化茧成蝶似龙飞

徐新义 著

北方文艺出版社

·哈尔滨·

图书在版编目（CIP）数据

化茧成蝶悠然飞 / 徐新义著. -- 哈尔滨 ： 北方文
艺出版社，2025. 7. -- ISBN 978-7-5317-6659-9

Ⅰ．I235.1

中国国家版本馆 CIP 数据核字第 2025A4X682 号

化茧成蝶悠然飞

HUAJIAN CHENGDIE YOURANFEI

作　　者 / 徐新义
责任编辑 / 宋雪微　　　　　　　　　　封面设计 / 杭州众书

出版发行 / 北方文艺出版社　　　　　　邮　　编 / 150008
发行电话 /（0451）86825533　　　　　经　　销 / 新华书店
地　　址 / 哈尔滨市南岗区宣庆小区 1 号楼　　网　　址 / www.bfwy.com

印　　刷 / 四川福润印务有限责任公司　　开　　本 / 710mm×1000mm　1/ 16
字　　数 / 150 千　　　　　　　　　　　印　　张 / 14
版　　次 / 2025 年 7 月第 1 版　　　　　印　　次 / 2025 年 7 月第 1 次印刷

书　　号 / ISBN 978-7-5317-6659-9　　定　　价 / 68.00 元

谨以此书献给为信用社和农村商业银行改革和发展作出贡献的人们。

目　录

场景一：山区公路

时间：日
地点：行驶的大巴车内

大巴车沿着蜿蜒的山区公路稳稳前行，窗外，山区春景如同一幅徐徐展开的画卷。

车内，农信仁（男，48岁）安静地坐在靠窗座位上，侧脸紧贴着车窗玻璃，目不转睛地欣赏着眼前的旖旎风光。看着车外不断变换的景致，他的思绪逐渐飘远，陷入深深的回忆之中。

场景二：江淮省信用社联合社办公大楼（回忆）

时间：日
地点：安农金办公室

安农金（男，53岁）正在办公室里擦拭办公桌，办公室门外传来一阵敲门声。

安农金（高声回应）：请进。

农信仁推门而入。

农信仁：理事长，早上好！

安农金：早上好！今天早晨回来的吧？坐吧。

农信仁：今天早上七点半下的火车，一出站就打车过来了。

安农金放好抹布，倒了一杯水，递给尚未坐下的农信仁。

安农金：坐呀，怎么老站着？站着的客人可不好打发。

农信仁（接过水杯，半开玩笑地说）：领导没坐，属下哪敢坐。

安农金坐到办公椅上。

安农金：哪有那么多讲究，现在坐吧。

农信仁：是。（在三把椅子中间的一把上坐了下来）

安农金：信仁，让你从出差地连夜赶回来，是有件重要的事情想和你谈谈。

农信仁将茶杯轻轻放在安农金的办公桌上。

农信仁：理事长，请指示。

安农金：咱们江淮省信用社被列入全国第二批改革省份。省信用联社成立不久，全省信用社工作问题多、困难大，用千疮百孔、百废待举、拨乱反正这些词描述都不为过。

农信仁（微笑着）：理事长，您经验丰富、能力全面，一定能带领全省信用社人走出困境，取得优异成绩。

安农金（微笑回应）：你向来不拍马屁，今天怎么也说起恭维话来了？

农信仁（笑着）：我说的是实话。

安农金：尤其是龙脊山市，虽说只是个县级市，但该市信用社问题突出，堪称重灾区。

农信仁：龙脊山市离我的家乡不远，但和我县分属不同地级市管辖。龙脊山市有个美丽传说，那是片红色土地，许多仁人志士为党和国家献出了宝贵生命。

安农金：龙脊山市信用联社原理事长秦发科被查处后，省信用联社准备选派新理事长。第一个人选因在其他联社任职时向外省拆借资金未能收回，监管部门没有通过其任职资格；第二个还没通过任职资格审查，就因原单位的经济问题被查处了。自我到省信用联社任职以来，心里一直不踏实，总感觉像坐在几十个火药桶上。

农信仁：龙脊山市信用社的情况，您在社务会上通报过。

安农金：信仁，省信用联社党委研究决定，任命你为龙脊山市信用联社党委书记，提名为理事长人选。今天约你谈的就是这事。你有什么想法尽管说，有什么要求也尽管提。但有一点我必须强调，希望你不要觉得，一个处长下去到县级市当信用联社理事长是大材小用。处长不好当，县市信用联社理事长同样不好当。

农信仁挠了挠头。

农信仁：我在外面出差时，人事处打电话让我连夜赶回单位，说有紧急重要任务。我心里想过多种可能，却没想到是让我到龙脊山市信用联社任职。既然党委已经决定了，我就表个态，一是感谢组织信任，二是坚决服从命令。

安农金：好，爽快！谈谈你的想法。

农信仁：至于处长下去当理事长大材小用，我真没这种想法。我不在乎什么处长不处长的。我是农民的儿子，赶上改革开放的好政策，才有机会考上银行学校。毕业后，我被分配到信用社，先后干过出纳、记账、会计、信贷员、信用社副主任、主任、联社股长、副主任、主任、理事长。省联社成立后，我通过竞聘当上省信用联社处长。龙脊山市信用联社的情况，我并不熟悉，现在还谈不出什么想法，等上任了解情况后，再向您汇报工作思路和计划。

安农金：你去办理工作交接。后天，我要去龙脊山市所属地级市找阮市长商谈信用社土地确权的问题，你跟我一起去，我到龙脊山市信用联社宣布任命。

农信仁连忙站起来。

农信仁：不用不用，我今天办好交接手续，到光明路长途汽车站总站坐去龙脊山市的大巴车就行。说不定在车上、路上还能了解到一些情况呢。

安农金也站起身来。

安农金：也好，你先了解一下情况，在龙脊山市等我。信仁，任务艰巨，责任重大，预祝你取得好成绩，让龙脊山市信用社实现蝶变，化茧成蝶悠然飞。

（回忆完）

场景三：山区公路

时间：日

地点：行驶的大巴车上及车外

龙脊山市界牌如幻影般一闪而过，大巴车猛地颠簸了一下。这突如其来的震动，将农信仁从深沉的回忆中拽回现实。

齐远山（男，48岁，个体户。戴着帽子，原本遮着脸睡觉，被颠簸弄醒，嘟囔一句）：汽车一颠，肯定是到龙脊山市地界了。

何丽丽（女，22岁，《龙脊山市日报》见习记者。坐在齐远山后排，一脸疑惑，出声问道）：大叔，您都没看，怎么光凭感觉就知道到龙脊山市地界了？

齐远山（语气随意）：还用看？我天天走这条路，熟悉得很，前面路况更糟糕。

大巴车继续前行，平坦的柏油马路逐渐变成坑洼不平的石渣路。车身颠簸摇晃愈发剧烈，车窗外，往昔的绿水青山被开采得满目疮痍，像一颗长满恶疮的头颅。

大巴车上的乘客纷纷被这颠簸惊醒。

何丽丽（不禁感慨）：才这么点距离，路况和景色就天差地别，真是界碑一隔两重天。

伴随着"吱"的一声尖锐刹车声，大巴车骤然停下，乘客们因惯性前冲。透过大巴车的挡风玻璃望去，一个头戴安全帽、手持小红旗的男子（下称挥舞小红旗男子）大声呼喊。

挥舞小红旗男子：来往的行人、车辆全部停下，禁止通行，马上要开山放炮了！

大巴车上瞬间议论纷纷。何丽丽站起身，朝车头方向张望。

何丽丽：怎么突然要放炮了？

吴中军（65岁。坐在何丽丽右边，隔着过道，出声解释）：是俺们镇水泥厂在开山炸石头，用来做水泥。俺们这一带山上的石头，特别适合做水泥、烧石灰。

何丽丽（皱起眉头，满脸惋惜）：这么好的青山绿水，都被开成这副模样，一点生态环保意识都没有。

吴中军（无奈地叹了口气）：现在人都只顾眼前实惠，不顾子孙后代。俺们小小的火龙岗镇，有好几十家大大小小的石料厂、石灰厂、水泥厂、砖瓦厂、耐火材料厂，还有小煤窑。好多都没证，都是偷偷开采的。政府管理部门的人睁一只眼闭一只眼，因为他们都拿了好处，最后倒霉的还是老百姓。

何丽丽（语气坚定）：这是改革开放几十年，部分地方留下的弊病。相信党中央迟早会清理这些问题，包括贪污、受贿、公款吃喝，还有黄赌毒等不良社会现象。

一辆退役的军用三轮摩托车风驰电掣般从大巴车后方驶来，车上坐着三个人，一人驾驶，一人坐在驾驶员身后，脸上有一道显眼的刀疤（下称疤哥），还有一人稍胖，坐在车斗里，三人都戴着墨镜。

三轮摩托车呼啸着从大巴车左侧驶过，在大巴车前停下，扬起一片尘土。疤哥跳下车，大声叫嚷。

疤哥：咋回事？咋不让过了？

挥舞小红旗男子（满脸恭敬）：疤哥，马上要放炮了，危险，所有车辆行人都得暂时停下，等放完炮才能通行。（说着，递上一根烟）疤哥，先抽根烟，稍等一会儿就好。

疤哥（不耐烦地一巴掌打掉香烟，大声呵斥）：放啥炮？赶紧停下来！没看到海哥在车上吗？海哥急着去市里参加新市长的接风洗尘宴呢！

挥舞小红旗男子（面露难色）：这……这……

疤哥（蛮横地命令）：别这呀那的，马上停止放炮，等海哥过去后再放。不听我的，你们水泥厂就别想开工赚钱了！

挥舞小红旗男子（连忙点头哈腰，赔着笑脸）：是，是，暂停，暂停，等海哥过去后再放炮。（迅速从腰间摘下对讲机呼叫）炮手，炮手，暂停放炮，听到请回答。

对讲机内回应声：听到了，咋啦？

挥舞小红旗男子：海哥来了，有急事要先过去。

对讲机内回复声：好嘞，明白，暂停放炮，让海哥先过。

挥舞小红旗男子（转身对疤哥说）：疤哥，请海哥先通行。

疤哥转身跨上摩托车，扬尘而去。

随后，挥舞小红旗男子重新挥舞红旗，拦住其他车辆和行人。

挥舞小红旗男子：不许通过，马上放炮，放完炮再通行！

何丽丽（一脸好奇，问吴中军）：爷爷，这海哥到底是谁呀？

吴中军（神色复杂）：他是俺们火龙岗镇信用社主任，大名丁大海，大家都叫他海哥。别看他个头不高，长得跟武大郎似的，可捞钱的本事不小，背地里大家都叫他丁大耙子，真是雁过拔毛。

农信仁坐直身子，专注地听着。

何丽丽（越发不解）：一个小小的信用社主任，咋这么嚣张？

吴中军：闺女，你是外地来的吧？第一次来龙脊山市？

何丽丽（点头）：对，我今年刚大学毕业，应聘到龙脊山市日报社当见习记者，今天去报到，第一次来龙脊山市。

吴中军：怪不得你不了解丁大海。俺们火龙岗镇，大大小小的企业、个体工商户，还有农民，哪个不怕他？他手里握着贷款大权，现在谁不想发家致富？都得找他贷款。只要他一句话，想把贷款给谁就给谁。能从信用社贷到款，哪怕不做生意，转手放贷都能赚钱。要是得罪了他，一分钱都别想借到。有一帮小痞子、混混跟着他，从信用社贷款，再高息转贷牟利。普通老百姓根本从信用社贷不到款，没办法，只能找这些人借。

何丽丽（震惊不已）：什么？还有这种事？

农信仁脸色变得凝重，再次陷入沉思。

场景四：安农金办公室（回忆）

时间：日

地点：安农金办公室

安农金（坐在办公桌前，神色凝重，目光直视农信仁，语重心长地说道）：信仁，龙脊山市信用社眼下的处境极为严峻。贷款业务一片混乱，不良贷款比例高达 90% 以上，违规贷款形式多达 36 种。送礼、买车、装修、招待客人，甚至晚上打牌、吃夜宵，都能通过编造个假名字，立下几千元的借据。以贷收息、冒名贷款、借名贷款、假名贷款，以及集中放贷给大户等乱象层出不穷。更严重的是，有信用社内部人员与地方势力相互勾结，把贷款放出去后转放贷。如此一来，真正急需贷款的群众根本借不到钱，只能被迫去借高利贷。这在社会上造成了极其恶劣的影响，员工思想也陷入了混乱，导致业务发展不断恶化。违规违纪事件接连发生，再加上之前市委书记、市长双双被查处，整个龙脊山市局势很不稳定。好在省委高度重视龙脊山市的工作，组建了强有力的市委、市政府新班子。你到那儿之后，一定要紧紧依靠新的市委、市政府，多向他们汇报工作，加强沟通，争取得到支持，尽快扭转这一不利局面，为全省信用社的改革和发展工作起到带头示范作用。

（回忆完）

场景五：大巴车上

时间：日
地点：行驶的大巴车内

齐远山（一把拿掉盖在脸上的帽子，语气激动，面向吴中军）：大叔，你说得太对了！不光火龙岗镇信用社是这副德行，俺们来龙镇信用社也是一样。实际上，整个龙脊山市的信用社都存在这种问题。不只是信用社主任，就连信贷员、会计、出纳，都会故意刁难人。俺叫齐远山，想开个商店，资金七拼八凑，还差 5000 元。为了贷这笔款，我往信用社跑了不知道多少趟，请客都请了好几次，才好不容易借到钱。

场景六：来龙镇仙人醉酒店（回忆）

时间：日
地点：仙人醉酒店安然居厅

酒店门前人来人往，一片热闹景象。安然居厅内，一张古朴的八仙桌稳稳地摆放在正中间。范主任（男，52 岁。神态悠然，坐在正对着门的椅子上），菜会计（男，45 岁。坐在范主任右手边），酒信贷员（男，26 岁。坐在范主任左手边），齐远山（坐在范主任对面，背对着门）。

齐远山（满脸恭敬，站起身，双手端起酒杯）：范主任，感谢您大驾光临，俺敬您一杯。

范主任动都未动，单手端起酒杯，轻轻碰了碰齐远山双手递来的酒杯，仰头一饮而尽，随后用筷子夹起一块红烧肉，慢悠悠地塞进嘴里。

齐远山（赶忙给范主任倒满酒，又给自己倒上一杯，转向菜会计）：菜会计，俺也敬您一杯。

菜会计和齐远山碰杯后，两人各自喝干杯中酒。接着，齐远山向酒信贷员敬了一杯。

齐远山下了座位，走到范主任右边，微微躬身，双手小心翼翼地端起范主任面前盛满酒的酒杯，恭恭敬敬地递到范主任面前。

齐远山：范主任，俺再给您端个酒，略表心意。

范主任单手接过酒杯，却没有喝。

齐远山（小心翼翼地询问）：范主任，现在有贷款额度了吗？

范主任（未理会齐远山的问题，扭头对菜会计说）：老菜，昨天中午老黄请咱们在老味菜馆吃的清炖鸡味道真不错，特别是那鸡汤，太好喝了，俺现在还回味无穷呢。

菜会计（满脸奉承）：是啊，那味道到现在还在俺嘴里留香呢。

酒信贷员（一脸懊悔）：怪俺没那口福。未来丈母娘非让俺去给她家买砖，错过了这么好的机会，清炖鸡没吃上，鸡汤也没喝着。不过，砖厂老板倒是给足了我面子，我买三间二层楼房的砖头，价钱便宜了一半。

菜会计（毫不客气地数落道）：他给你啥面子？那是看范主任的面子，是看信用社的面子。你要不是在信用社上班，不是信贷员，他借贷款得经过你手，他才不会便宜你半分。你不知道他外号叫铁公鸡吗？从他身上拔根毛，比登天还难。不过，在来龙镇信用社，咱们爷仨，范、菜、酒，那可是铁三角，谁不得给咱们面子！当然了，主要还是范主任的面子大，是范主任的光环罩着咱们。

酒信贷员（连忙点头）：对对，砖厂老板说了，是看范主任的面子。

齐远山（赶忙点头哈腰）：菜会计说得太对了，咱来龙镇老百姓都敬重你们三位。俺没啥大本事，以后三位要是有用得着俺的地方，尽管吩咐，俺一定效犬马之劳。

酒信贷员（叹了口气）：砖头是便宜了，在未来丈母娘那挣足了面子，可一场好酒没喝成，清炖鸡也没吃上。

范主任（满不在乎地说）：清炖鸡算什么？这仙人醉酒楼的"霸王别鸡"才是一绝，比老味菜馆的清炖鸡好吃多了，汤也好喝得多。

酒信贷员（一脸好奇）：啥是"霸王别鸡"？

菜会计（略带嘲讽）：说你年轻吧，也不算小了，怎么这么没见过世面。"霸王别鸡"，就是鳖和老母鸡一起炖。（说完，转头看向齐远山）俺说的对吧，老齐？

齐远山（先是一愣，随即反应过来，连忙应道）：对对对，"霸王别鸡"就是这么做的。范主任可是美食行家，在咱们来龙镇，甚至整个龙脊山市，就属来龙镇仙人醉酒楼做的"霸王别鸡"最地道、最正宗，肉好吃，汤也好喝。俺特意点了这道菜，能请三位过来，是俺的荣幸。俺去看看做好了没。

齐远山说完，走出包厢，摇了摇头，轻声叹了口气，自言自语。

齐远山（小声）：为了借这5000元贷款，都请了三次客了，借贷款可真难。还说全镇老百姓尊重他们？呸！老百姓恨不得生吃了他们这些信用社的人！

齐远山无奈地走到吧台，面对服务员。

齐远山：安然居厅再加一道"霸王别鸡"，麻烦快点。

美女服务员（笑容满面）：好嘞，您放心，"霸王别鸡"都是提前做好的，加热一下就行。齐老板，谢谢您，您都请他们三位来我们仙人醉酒楼三次了。

齐远山（摆了摆手）：不客气，俺出去透透气。"霸王别鸡"做好了，记得叫俺一声。

安然居厅内，酒信贷员对着范主任和菜会计挤眉弄眼，竖起大拇指。

范主任（没说话，用筷子夹起一块红烧肉，念叨了句）：红烧肉。（然后把肉送进嘴里）

菜会计赶忙给范主任倒满一杯酒，递过去。

范主任（接过酒杯，仰头一饮而尽，接着又说）：原浆酒。

酒信贷员从桌上的烟盒里抽出一支烟，递到范主任嘴边，范主任叼住，酒信贷员连忙用打火机给范主任点上火。

范主任（吸了口烟，吐出几个烟圈，慢悠悠地说）：带梢烟，扒到口。

菜会计（立刻接上）：贷款指标？

范主任（又吐了几个烟圈）：有，有，有。

菜会计（夸赞）：红烧肉原浆酒，带梢烟扒到口，贷款指标有有有。像首好诗啊！

范主任、菜会计和酒信贷员三人顿时哄堂大笑。

这时，齐远山端着一盆"霸王别鸡"走进包厢。

齐远山（大声吆喝）："霸王别鸡"来了！

齐远山看着大笑的三人，脸上露出尴尬的笑容。

（回忆完）

场景七：大巴车内

时间：日
地点：行驶的大巴车内

大巴车内，乘客们爆发出一阵欢笑。农信仁面色凝重，双眼紧盯着窗外那被开采得千疮百孔的山峦。

何丽丽（好不容易止住笑，感慨道）：红烧肉原浆酒，带梢烟扒到口，贷款指标有有有。这还挺押韵，有点陆游《钗头凤》的韵味。"红酥手，黄滕酒，满城春色宫墙柳。东风恶，欢情薄，一怀愁绪，几年离索。错！错！错！春如旧，人空瘦，泪痕红浥鲛绡透。桃花落，闲池阁，山盟虽在，锦书难托。莫！莫！莫！"先不说陆游的无奈和齐大叔的无奈，今天可真是长见识、学知识了。我还是头一回知道，鳖和母鸡一起炖叫"霸王别鸡"。那要是鳖和狗肉一起炖，该叫什么呢？

吴中军（接过话茬）：叫鼋汁狗肉。这里面还有个刘邦和樊哙的传说呢！

齐远山：用鼋鱼和狗肉一起炖才叫鼋汁狗肉。

何丽丽（一脸好奇）：啥是鼋鱼？长啥样啊？

齐远山（耐心解释）：鼋鱼也叫元鱼，是爬行动物，长得像龟，吻部短，背甲是暗绿色的，上面有好多小疙瘩，生活在水里。

查文秀（女，60岁。一直在看书，此时合上书本）："龟"这个字有三种

10

读音。一读"guī"，指爬行动物；二读"jūn"，形容皮肤因寒冷或干燥而破裂；三读"qiū"，比如"龟兹"，那是汉代西域的一个国名，在现在新疆维吾尔自治区库车一带。

齐远山（看向查文秀）：您是老师吧？

查文秀（微笑回应）：是的，我是龙脊山市中学退休的语文老师，姓查，就是检查的"查"，名文秀。刚才听你们说咱们市信用社的事儿，我也想说几句。咱们市信用社的不少工作人员，不光吃拿卡要，服务态度还特别差。上个月，我家老爷子去信用社存款，差点没被气死。

何丽丽（立马来了兴致）：查老师，去信用社存款还能被气死？咋回事啊？快给我们讲讲。

查文秀（娓娓道来）：我家老爷子今年 88 岁了，身体硬朗，就是耳朵有点背。老人家虽然把我们姐妹五个都培养成了优秀的人民教师，可他自己识字不多。我们平常给他的钱，他花不完，就去我家乡的状元镇信用社存款。

场景八：状元镇信用社（回忆）

时间：上个月某日
地点：状元镇信用社

查文秀父亲（脚步蹒跚地走进信用社，趴在那高高的、冰凉且落满灰尘的水泥柜台上，隔着防盗网，对里面的人说）：俺存钱。

信用社女职员（坐在柜台里，正低头打毛衣，头也不抬地问）：要死的还是要活的？

查文秀父亲一脸茫然，没听懂。

信用社女职员（依旧打着毛衣，扯着嗓子喊）：你耳朵聋了？我问你要死的还是要活的。

查文秀父亲（小心翼翼，轻声）：啥死的活的？

信用社女职员（一边不停地打着毛衣，一边抱怨）：真是活见鬼了！我问你存死期的还是活期的。

查文秀父亲（这才明白过来）：俺存死期的，留着给俺大重孙子上大学用。

信用社女职员（打着毛衣继续问）：死几年？死几年？听见没有，问你死几年？

查文秀父亲（赶忙问）：可以死几年？能死几年俺就死几年。

信用社女职员（打着毛衣回答）：可以死一、二、三、五年。

查文秀父亲（想了想）：那俺死五年吧，俺今年88岁了，五年后也真该死了。

（回忆完）

场景九：大巴车内

时间：日
地点：行驶的大巴车内

查文秀回忆结束，何丽丽哈哈大笑起来。

何丽丽：长知识，长见识了。定期存款叫死的，活期存款叫活的，那定活两便的该叫啥呢？

查文秀（思索片刻）：按字面推理，应该叫死活两便。

何丽丽：那零存整取呢？

桂玉娥（女，45岁。坐在查文秀前面，突然站起身抢答）：应该叫先死后活。（由于起身太猛，不小心头撞到了行李架，疼得龇牙咧嘴）

查文秀（关切地看着桂玉娥）：没事吧？

桂玉娥（揉着头顶，自我调侃）：没事，碰松了皮肯长。

吴刚（男，45岁，桂玉娥的老公。坐在桂玉娥身边，笑着说）：长头皮屑。

桂玉娥（没搭理吴刚，向大家自我介绍）：俺叫桂玉娥，桂花的桂，玉兔的玉，嫦娥的娥。

何丽丽：大姐，您的名字真好听，要是再加上吴刚，就整个一个月宫了。

桂玉娥（一脸惊讶）：大妹子，你咋知道俺家当家的叫吴刚？你会掐会算啊？（说着，拍了拍吴刚有点谢顶的脑袋）这就是俺当家的，叫吴刚。

吴刚（站起身，微笑着向大家招手）：大家好！俺叫吴刚。

何丽丽（惊讶地问道）：不会吧，大姐，大叔真叫吴刚？这么巧。

桂玉娥（笑着解释）：你喊俺大姐，喊俺男人大叔，这辈分可乱了。俺俩是碰巧凑一块了。俺和俺男人是巧巧的爹碰到巧巧的娘，巧到一块儿了。

何丽丽：喊您大姐，是看您年轻。现在年轻美女都喜欢大叔。

桂玉娥：他算哪门子大叔？俺还比他大三岁呢。

何丽丽（一脸惊讶）：我真看不出来您大，我还以为您比大叔小好多呢。

齐远山：大千世界，巧合的事儿多了去了。我有个表哥姓莫，小时候爱看《刘三姐》电影，就把名字改成了莫怀仁，和电影里财主的名字一样，大家都叫他莫老爷。他说他喜欢刘三姐，电影里的财主莫怀仁没得到刘三姐，他这个现实中的莫怀仁就下定决心，要找个叫刘三姐的老婆。后来还真让他找到了。不过，我这表嫂刘三姐的长相，实在不敢恭维，但我表哥可喜欢她了，就为了实现小时候的梦想。

桂玉娥：俺今年实际年龄 45 岁，和俺当家的一样大，但俺俩对外都说 46 岁。

何丽丽（好奇地问）：为啥多说一岁啊？有啥讲究，还是为了早一年领养老金？

桂玉娥：啥养老金啊，俺没交过。俺俩多说一岁，是因为老辈传下来的风俗，说 45 岁是腌臜年，是属马户的。

何丽丽（一脸疑惑）：属马户的，马户是什么东西？十二生肖里没有啊？

吴刚："马"和"户"两个字合在一起，不就是个"驴"字嘛！45 岁属驴，腌臜年是民间的一种说法。

何丽丽（拍着手说）：又长知识，长见识了。今天这班车可没白坐。

桂玉娥：俺是做药材生意的，从安徽亳州采购中药材，回来在咱市卖，搁以前这就是投机倒把。唉，做生意难，做药材生意更难。咱们市信用社，不光贷款难借，更要命的是结算技术落后，不能通存通兑，隔条马路的网点都不能互相取款，往外地汇款更是难上加难。有一次俺去信用社汇款，十几天都没到账，可把俺害苦了，损失了十几万元。俺本小利薄，现在俺情愿借高利贷，也不去信用社贷款。去信用社贷款，前前后后花的费用算下来，成本比借高利贷还高。俺也不在信用社存款，死期活期都不存。别的银行都能办银行卡了，一卡在手，走遍全中国都方便。（说着，从裤子口袋里掏出钱包，又从钱包里拿出银行卡给大家看）看，就这么个小薄片片。

齐远山：现在信用社的人都觉得自己了不起，那是因为没碰到厉害的角色。要是碰到硬茬，他们就没辙了。

何丽丽（疑惑道）：茬子？齐大叔，啥是茬子？

齐远山刚要解释：茬子就是……

"轰轰……"一阵炮声突然响起，打断了齐远山的话。一连几十声炮响过后，灰尘裹挟着碎石冲上天空，一时间遮天蔽日。冲上天空的碎石，完成自由落体后又纷纷落回地面，砸得地面劈里啪啦响。

戒严结束，道路开始放行。这一会儿工夫，大巴车前后左右已经拥堵了大大小小近百辆车，车辆和行人都争先恐后地向前拥挤。大巴车重新启动，缓缓向前挪动。路面坑坑洼洼，到处散落着大小不一的石子，灰尘弥漫，能见度极低。

何丽丽（抱怨道）：这老半天才放行，一个水泥厂竟然能把省道堵了半个多小时，真有能耐。

桂玉娥（无奈地说）：唉，强龙压不过地头蛇呀！地头蛇太厉害了。

何丽丽（对齐远山说）：齐大叔，大巴车都重新启动了，我问您什么是茬子，您还没回答呢。

齐远山刚要开口：美女记者，你这是打破砂锅问到底，问到砂锅几道纹啊。茬子就是……

韩东子（男，26岁，龙脊山市公安局警察。抢着回答）：茬子就是对手的克星，能治住、管住对方的人和事。

何丽丽：噢，那谁是他们的茬子呢？

韩东子：信用社不光存在大家说的那些问题，我觉得更严重的是制度缺失，而且就算有制度也没人遵守。我是市公安局治安大队的，叫韩东子。有一次，我陪分管治安工作的郑副局长去信用社网点暗访安全保卫工作……

何丽丽（打断道）：正副局长，两个局长？您不是说陪分管治安工作的

14

局长吗？

韩东子：我说的就是一个局长，姓郑，是分管治安的副局长。我看你真是幼稚到家了。你知道现在社会上有一种说法叫防火、防盗、防记者吗？

何丽丽（不服气）：我幼稚？这叫不懂就问，对你这是不耻下问。社会上还有一种说法，叫警匪是一家。我再问你，你为啥不穿制服？你是治安大队的，又不是便衣警察，按说该穿警服啊。以前经常能看到穿制服的警察、解放军和武警，现在除了交警，其他的都很少见了。是不是穿制服就得见义勇为，不穿制服就能躲开？

齐远山（接过话）：现在的年轻人可真厉害，不认识，见面就能互掐。美女记者，你说的这种情况还真有。我有个表弟，是个军官，回家探亲去看爷爷。爷爷问他，咋今年又没穿军装回来，每年都让你穿回来给我看看，你都不愿意。爷爷说，他当兵的时候，第一次探亲回家，整个村子都放鞭炮迎接他，那是他人生最风光的时候，责任感和荣誉感油然而生。奶奶也是因为他当兵，才嫁给他的。表弟告诉爷爷，是部队有规定，因私出差不准穿军装。爷爷说，有规定就按规定办。表弟后来悄悄跟我说，就算以后允许因私出差穿军装，他也不穿，嫌麻烦。跟女朋友出去，穿着军装牵着她的手、搂着她的腰，总觉得别扭。

何丽丽（认真地说）：齐大叔，看看您表哥、表弟，都是为了女人、为了老婆。军装是军人身份的象征，是人民子弟兵的标志。穿上军装，既能展现军人的良好形象，又能增强军人的担当意识和职业荣誉感。我觉得以后肯定会允许军人因私外出穿军装。要是韩东子穿上警服，大巴车上的人都会觉得安心。

韩东子（立刻反驳）：你这何大记者的名字也不咋地。何丽丽，听起来像电影明星的名字。

何丽丽（生气地说）：你别跟我提那些没演技的演员，靠扭扭屁股、抛抛媚眼、嗲声嗲气地撒撒娇，就能拿到几万、几十万、几百万的出场费。就这种人，还有那么多少男少女追捧，真不知道是时代变了，还是人心变了！说句让人感慨的话，将军孤坟无人问，戏子家事天下知，这简直就是一种悲哀！

韩东子：美女记者，出现这种现象，很大程度上是你们新闻媒体推波助澜造成的。明星家一点点事，都能被炒作得沸沸扬扬。

查文秀（语重心长地说）：我相信党中央很快就会整治这种乱象。我小时候的理想是当英雄、解放军、科学家、作家、警察等，可现在小孩子的理想就是当电影明星、电视明星、歌星、网红。当然，这些职业本身没什么错，关键是有些公众人物形象太差，会教坏小孩子。

何丽丽（附和道）：查老师，虽然我们年龄相差几十岁，但想法一样，我也坚信不久的将来这种情况会扭转过来。韩东子，你们公安局暗访信用社的事儿，还没说完呢，你该不会是假警察吧？

齐远山（笑着说）：美女记者，我看你和韩警官挺有夫妻相，像金童玉女。

韩东子（连忙说）：齐大叔，我有女朋友了。

何丽丽：你有没有女朋友跟我没关系，也别想让我当你女朋友，租的、借的、冒充的都不行。快讲讲你暗访的事儿。

韩东子：谁稀罕你当我女朋友。

何丽丽（催促道）：别啰唆，快讲讲暗访的事儿。

韩东子：好，我讲讲。

场景十：韩池储蓄所（回忆）

时间：日
地点：龙脊山市北关信用社韩池储蓄所

储蓄所营业大厅狭窄逼仄，地面上纸屑、葵花籽壳散落一地。水泥柜台表面，留有人长时间趴过的痕迹，积尘诉说着岁月的斑驳。

通往柜台内的通勤门大敞四开，营业室内，两男一女正大声谈笑着。其中一个小伙子斜挎着腿，大大咧咧地坐在桌子角上。

郑正（男，48 岁，龙脊山市公安局副局长。走进储蓄所，掏出一个存折，从柜台防护栏的小洞递向坐在椅子上的女子，礼貌说道）：请取 2000 元钱。

储蓄所女子（一脸不耐烦，爱答不理地回道）：等一会儿。现在就我一个人，办不了业务。

郑正（指了指另外两人，疑惑问道）：他们不是在那儿闲着没事吗？

储蓄所女子：他们不是我们储蓄所的，是我朋友，来这儿玩的。值班的另一个女同事，带着孩子上班，刚小孩子拉屎了，她到后院给孩子洗屁股去了。

郑正（微微皱眉，说道）：他们不是你们储蓄所的人，怎么能进营业室柜台里？而且你们的通勤门都没落锁。

储蓄所女子（更加不耐烦，提高音量）：他们进不进来，通勤门落不落锁，关你什么事？真是咸吃萝卜淡操心，狗拿耗子多管闲事。

斜挎男子（一下子从桌子上蹦下来，大声咋呼）：你是哪家的？从谁裤裆里漏出来的？老子是他们理事长，怎么就不能来？

郑正（神色平静，回应道）：信用联社理事长我认识，你不是。

斜挎男子（嚣张地说）：你个小崽子，我是不是联社理事长很重要吗？我看你是不想好了。

郑正（语气淡淡，却带着不容置疑的力量）：谁不想好，还不一定呢。

另一个男子（随手抄起狼牙棒，怒气冲冲地冲出营业间）：啰唆什么，赶紧走！在龙脊山市，还没人敢跟老大这么说话，你是活腻了！（举起狼牙棒，朝着郑正狠狠砸去）

郑正（眼疾手快，一把握住男子的手腕，反手一扭，夺过狼牙棒扔在地上，随后从口袋里掏出证件，严肃说道）：我是市公安局的，今天来暗访检查安全保卫工作。你们违反相关法律和规定，还涉嫌袭警，跟我们到公安局接受调查处理。

这时，韩东子和另外三名警察快步走来，两人一组，迅速扭住那两个闹事的男人。

郑正（看着被控制住的两人）：告诉你们，以后别冒充领导，就算冒充，也打听清楚再冒充。逮捕龙脊山市信用联社理事长秦发科，还是我带队去的，现在没有理事长，新的理事长还没到位。

斜挎男子与持狼牙棒男子刚才还气焰嚣张，此刻耷拉着脑袋，一声不吭。

郑正（转头对韩东子说）：你通知龙脊山市信用联社，这个储蓄所安全

17

保卫工作不合格，停业整顿。

韩东子（立正敬礼，大声回应）：是！

（回忆完）

场景十一：大巴车内

时间：日
地点：行驶的大巴车内

齐远山（看向何丽丽）：警察说公安局局长是地痞流氓的克星，不知道信用社这些人的克星在哪里。

大巴车在坑洼不平的路面上，如风浪中的小船，摇摇晃晃地缓慢前行。农信仁凝视着车窗外灰蒙蒙的天空，陷入沉思。

农信仁（内心独白画外音）：看来龙脊山市信用社存在的问题和在社会上造成的影响，比我想象中严重得多，还得进一步实地考察。

何丽丽（在大巴车内站起身，左顾右盼，目光最终落在农信仁身上）：同志，这一路大巴车上大家议论得热火朝天，你却一言不发。看你不像一般人，难道你没跟信用社打过交道？不管有没有，都没关系，说说你对信用社的看法呗。

农信仁（微笑着回应何丽丽）：美女记者，你这是采访呢，还是下命令呀？

何丽丽（干脆地说）：随你怎么理解，就是想听你对这事的看法。

瞬间，全车乘客的目光都聚焦在农信仁身上。农信仁从座位上起身，站在过道中，面向全车乘客说道。

农信仁：老少爷们，兄弟姐妹们，我不仅和信用社打过交道，而且关系密切。刚才大家议论的信用社的事，还有坐摩托车的信用社主任丁大海的行为，让我震惊，也很愤怒。说不定还有更恶劣、更严重、更触目惊心的事没暴露出来，他们这是在犯规、犯法、犯罪啊！愤怒之余，我也痛心、内疚、惭愧，实在对不起全市老百姓，这种现象必须彻底整顿！

何丽丽（追问道）：你是做什么的？信用社的事和你有什么关系？你内疚、惭愧什么？

农信仁（坦诚相告）：实话跟大家说，我就是即将上任的龙脊山市信用联社的党委书记、理事长。

何丽丽（面露疑惑，再次确认）：你是即将上任的龙脊山市信用联社党委书记、理事长？

桂玉娥（上下打量着农信仁，皱着眉头质疑）：信用社主任都有专车，你是信用联社理事长，再不济也得坐个广本或者帕萨特吧，怎么坐这破大巴车？

农信仁（笑着解释）：我要是坐小车，哪能了解到这么多情况。坐大巴车，我可算坐对了。

吴中军（一听，紧张起来）：哎呀，刚才我瞎说一通，你不会告诉丁大海他们，打击报复我吧？老天爷啊，真是草垛里有人、隔墙有耳！

农信仁（双手合十，放在胸口，笑着对车上的人说）：我确实是即将上任的龙脊山市信用联社党委书记、理事长，我也是农民的儿子。我不仅不会打击报复你们，还要感谢你们。

吴中军（不解地问）：你不报复我们，还感谢我们，为啥呀？

农信仁（诚恳地说）：感谢你们让我了解到这么多情况。这些情况，我今天要不坐这趟大巴车，上哪儿去了解？我不但不报复，还想请你们和全市老百姓一起，打击信用社的不正之风、不良行为，以及违规、违纪、违法犯罪的人和事。我现在有个想法，不知道你们愿不愿意听。

何丽丽（催促道）：你不说出来，我们怎么表态。

农信仁（认真地说）：我想，在座的乘客，只要愿意，并且符合省信用联社规定和法定条件，一个算一个，都聘请为龙脊山市信用联社行风行纪监督员，监督信用社的各项工作和工作人员。

何丽丽（第一个举手，兴奋地说）：好，行，我参加！

韩东子（也高高举起右手，说道）：管（行的意思），我参加！

齐远山（表态）：中，我愿意。

吴中军（有些犹豫）：我一个老实巴交、三脚踹不出个屁、斗大的字不识一箩筐的农民，能当信用社监督员，监督丁大海他们？

农信仁（鼓励道）：行，只要认真，就能当好。

吴中军（又说）：我不会打小报告，我从来不在背后说别人坏话。

查文秀（耐心解释）：大哥，这不是打小报告。你听过收音机里的行风热线节目吗？有问题可以及时反映，给他们提供情况和建议。

吴中军（还是觉得不妥）：我还是觉得这像打小报告，说人家坏话。

桂玉娥（询问吴刚）：咱们干不干，老公？

吴刚（笑着说）：你说干咱就干，我听老婆的，听老婆的话有饭吃。

桂玉娥（拍了下吴刚有点谢顶的脑袋，嗔怪道）：贫嘴！既然你听我的，那我表个态，为了老百姓，也为了自己，就算是打小报告，我也干。说坏人坏话，就是替好人说话；打坏人小报告，就是为好人办好事。我报名，我家吴刚也报名。

一直专注开车的司机师傅也开了口。

司机师傅：说得好，算我一个。

桂玉娥儿子（男，12岁。站起来大喊）：也算我一个！

桂玉娥（拍了下儿子的头）：去一边去，你毛都没长齐，算什么算？

全车人哄堂大笑。农信仁（对桂玉娥的儿子说）：你不行，你还太小，你现在的任务是好好学习，读好书，学好本领，好不好？

桂玉娥儿子（懂事地点点头）：好。

农信仁（接着提议）：大家热情很高，我建议，美女记者、帅哥警察当咱们的联络员，行不行？

全车人（鼓掌赞同）：管、行、中、照！

农信仁（掏出一叠名片，递给何丽丽）：这是我以前的名片，上面有我的手机号码。等会儿你发给大家，有什么事可以直接给我打电话。要是不想出头露面，我给你保密。

何丽丽（接过名片，惊讶地说）：您是省信用联社的处长，正处级干部，为什么要到龙脊山市信用联社当理事长？咱市信用联社理事长撑死了是个正科级。您是毛遂自荐，还是组织分配的？不会是充军发配过来的吧？

农信仁（解释道）：是组织安排的，既来之则安之。请大家把联系方式告诉美女记者和帅哥警察，咱们多联系。现在是春天，我想过几天召集大家开个座谈会，面对面好好交流，近距离听取你们的问题和合理化建议，到秋后咱们一总算账。

桂玉娥（一听，猛地站起来）：秋后算账，这不是打击报复吗？

吴刚（见妻子站起来，也跟着起身，结果头撞到了行李架，疼得龇牙咧嘴）：就是，说不打击报复，还不到两分钟就要秋后算账，真是七八月份的天，孩儿的脸，说变就变。

农信仁（笑着解释）：真是夫唱妻随，不对，是妻唱夫随，连碰头都一样。我说的秋后算账，不是报复你们，而是你们给我算账。春天，听取你们反映的问题和建议；秋后，把你们召集起来，向你们汇报改进整改情况。

桂玉娥（这才放心）：要是这么回事，那我就放心了，这种会我还没参加过呢！

吴刚（也附和道）：我也没参加过。

桂玉娥（白了吴刚一眼）：你就会学我说话，就不能说点不一样的？

农信仁开始讲述：咱们龙脊山市有个龙脊山市，龙脊山市有个"龙王护犊"的神话传说。

何丽丽（好奇地问）：神话？什么内容？怎么护犊的？讲讲，到市里还有几十里路呢。

查文秀（站起身来）：我来讲。我是语文老师，讲故事是我的强项。传说远古的南海龙王老来得子，对龙公子宠爱有加。可龙公子调皮捣蛋又任性，总觉得他爹是南海龙王，能上天揽月、下海捉鳖，口头禅是"俺爹是龙王"。就像有个公安局局长的儿子，口头禅是"俺爹是公安局局长"，结果惹事把他爹送进去了，也不知道是不是跟龙公子学的。有一天，龙公子跟父亲去天庭，依旧自我感觉良好，到处乱跑，结果不小心烧掉了天庭神龛，这下闯了大祸，他逃到南海龙宫。玉皇大帝不依不饶，派天兵天将来惩罚龙公子。南海龙王为救儿子，趴在儿子身上，任凭雷电击打。龙公子看着老爹为救自己被打得遍体鳞伤，悔恨愧疚，想冲出去与天神拼命。老龙王为保护儿子，也为赎罪，一头撞向山岩，当场死亡。所谓养不教父之过，南海龙王觉得自己死得其所。从此，龙公子幡然醒悟，终身恪守本分，与人为善，后来化身白龙马，和孙悟空、猪八戒、沙和尚一起保护唐僧西天取经，最终修成正果。

农信仁（称赞道）：查老师神话故事讲得太精彩了。神话里提到养不教父之过，老龙王觉得没教育好孩子，心里内疚，以死救赎，保护儿子。作为信用社管理者，信用社出了这么严重的问题，我也有责任。我们不但不能护短，还要严厉打击，整治工作。要是工作开展不力、没效果，你们尽管向我开炮，我主动辞职。

查文秀（担忧地说）：你有这么大把握？龙脊山市的水可深着呢。

农信仁（坚定地说）：新一届龙脊山市委、市政府成立了，相信会大有作为。省委、省政府高度重视农村信用社工作，还有省信用联社党委的坚强领导，我相信龙脊山市农村信用社工作会改变的。加强管理很重要，好干部、好员工、好单位、好工作成效都是管出来的，严管就是厚爱。龙脊山市大多数干部群众是好的，信用社大部分员工也是好的，所以我很有信心能干好。

大巴车上的乘客一起鼓掌，异口同声地说：我们愿意做信用社的监督员！

农信仁（对韩东子说）：韩警官，你刚才说的郑正，现在当局长了吧？我和他是省委党校青干班同学，麻烦你告诉他，最近几天我去拜访他，一起商量全市怎么打击信用社部分员工的违规违法行为。

大巴车里再次响起热烈掌声。掌声过后，大巴车终于驶出灰尘弥漫的区域。

何丽丽（望着天空，兴奋地说）：看，天上看到太阳了，丁大海之流的克星来了，信用社的天空很快就会晴朗起来。

场景十二：龙脊山市区好再来小酒馆

时间：日
地点：好再来小酒馆内

好再来小酒馆门前停满了电动车，电动车中间仅留一条狭窄通道。农信仁小心翼翼地绕过通道，走进小酒馆。

服务生（热情迎上）：先生，您几位？

农信仁：就俺一个人。

服务生引导农信仁至一张桌子前，待其坐下后，递上点菜单。

农信仁（没有接点菜单，随口说道）：麻烦炒一个尖椒肉片，一个青椒土豆丝，一份紫菜蛋汤。两个菜要辣，多放辣椒。紫菜蛋汤要多放胡椒。

服务生：好嘞，先生您能吃辣，您肯定是个当家的。

服务生走到吧台前。

服务生：9号桌一人，一份尖椒炒肉片，一份青椒土豆丝，一份紫菜蛋汤。菜要多放辣椒，汤多放胡椒。

说完，服务生又到门口迎宾。

服务生：先生，您几位？

农信仁环顾酒馆环境：屋里仅有三排桌子，每排六张。自己坐的是中间靠墙的桌子，右边靠窗坐着一对年轻夫妻带着一个小孩，左边坐着四个男人在喝酒，声音很大。

邵哥（男，43岁）：你们去信用社借贷款了吗？

黑子（男，40岁）：没有，想去贷，没有熟人咋能借来？

邵哥：要啥熟人，现在是啥年代了！熟人管屁用，现在是黄牛时代，找黄牛，他们可以帮你借到信用社的贷款。

黑子：借信用社贷款还有黄牛？咋找？

邵哥：黑子，你怎么啥都不懂？借信用社贷款不仅有黄牛，而且还很多。半年前，俺就通过黄牛借了信用社20万元贷款，16万买了一辆汽车。

黑子（笑着说）：俺的外号叫黑子，可不是俺心黑。是俺长得黑，弟兄们才喊俺黑子的。俺还以为只有买火车票才有黄牛呢。

呆子（男，41岁）：可真是，哪个行业都有黄牛，办驾驶证、车辆入户、年检、上牌、扣分、小孩上学、当兵、看病等。

愣子（男，41岁，与呆子是孪生兄弟）：邵哥，你16万买辆汽车，为啥借20万元？

邵哥：黑子、呆子、愣子，不瞒你们说，贷好款以后，我给信用社人员2万元，给黄牛1万元，剩下1万元，车辆入户时花了一部分，最后请弟兄们大吃大喝了一顿。

呆子：邵哥，那次你请弟兄们大吃大喝一顿，花的钱感情是在信用社借的贷款。

邵哥：不是贷款，俺哪里有钱请你们这些跟着俺玩的兄弟？

愣子：黄牛要的和信用社人员的回扣比例太大了！邵哥，凭你家庭情况，您用啥还贷款，还有利息，到时还不了咋办？

邵哥：你更是个傻瓜，现在借信用社贷款，还要还吗？有几个还的？现在是你欠贷款不还光荣，还了贷款可耻。再说了，信用社的人拿了俺送的钱，还敢问俺要贷款吗？有些信用社员工家里啥东西都是贷款的人送的，甚至连老婆的内衣都是贷款人给送的。你想想信用社的人还敢去要贷款吗？真是的。

邵哥端起酒杯，喝了一大口酒。

邵哥：现在能借到信用社贷款的，大多数都是从开始借贷款时就没有想到还，只想着如何能借到信用社贷款，借贷款时争先恐后，还贷款时无影无踪，这就是咱们龙脊山市的市情，一般老百姓能借到贷款吗？不能，能借到贷款的都是那些所谓有头有脸的人。

服务生用托盘把农信仁点的菜端上来，正要放到桌子上。

农信仁（制止，从服务生手里接过托盘，端到左边邻桌）：几个哥们，能搭个伙在一起干两杯吗？

黑子、呆子、愣子看向邵哥。

邵哥：管、管，坐、坐、坐。

农信仁（把菜端起，放到桌子上，把托盘递给服务生）：麻烦帮俺拿两瓶好酒过来，算俺的。

服务生：好的。（转身准备去拿酒）

农信仁：服务员，请等一下。你们有"霸王别鸡"吗？

服务生：有，现在正是吃饭的时候人多，可能会慢些，时间很长。

农信仁：来一个"霸王别鸡"，算俺的，菜上得慢不要紧，正好俺哥几个喝酒拉呱（说说话的意思）。

邵哥：老兄，大方，是哥们，俺喜欢。

服务生（拿来两瓶酒）：酒开开吗？

农信仁：开、开，两瓶都开，不够再拿，今天不醉不休。

服务生把两瓶酒打开，放在桌子上。

农信仁（拿起酒瓶，先给四人每人倒了一杯，自己也倒了一杯，然后端起来，一脸高兴的神情）：俺敬各位一杯，今后咱们就是熟人了，请多多关照。

四人一起端起酒杯。

邵哥（看着农信仁，成竹在胸地说）：好说，好说。

农信仁（放下酒杯，对邵哥说）：这位老弟，刚才说信用社有熟人能帮助借到贷款，（农信仁又给邵哥倒了一杯酒）来，老弟，咱们把这杯酒干了。

邵哥（端起酒杯，一饮而尽，得意地说）：没问题，俺肯定能帮你借到信用社贷款，你想借多少贷款俺都能借到。

农信仁：没有抵押物也能借到信用社贷款？听说借私人的钱都得抵押。

邵哥：放心吧，没有啥抵押也没有问题。现在办假证的虽然转入地下了，但黄牛有办法，他们可以给你办一套完整的手续，包括过户的完整手续。不过贷款到手后，你得给 20% 的回扣，这点少不了，这是规矩。

农信仁（点点头）：好说、好说，反正做生意需要钱，不管生意是亏还是赚，都学你邵哥，也不准备还了。但是，邵哥，俗话说，好借好还，再借不难，这次借的不还了，钱花光了要是真的需要贷款，就借不到了吧？

邵哥：你多虑了。在信用社欠几笔贷款的人有的是，屡借屡不还，屡不还屡借，实在不行，弄个假名或者借个名字、换个名字就行了。这点小事找黄牛就行了。在他们手里就是小菜一碟，只要给足他们钱，一切皆可 OK。

农信仁：俺还得问一下，俺不是本地人，也不在本地做生意，能借吗？在别的县是借不到的。

邵哥：你在世界各个角落做生意都行。放心吧，包在小弟身上了。但是有一个条件，得给回扣，信用社人员得到回扣，才不管你姓什么，更不管你是中国人还是外国人，照放不误。就是外星人，信用社的人得到了实惠照放。

农信仁：谢谢邵老弟，你把手机号给俺，过两天俺跟你联系，到时办好贷款，除了给你回扣外，咱们再到最好的酒店大吃大喝一顿。

邵哥（从屁股口袋里掏出一张名片）：给你俺的名片，上面有俺的手机号、QQ 号、家庭地址。对了，回扣要用现金，这样省事、安全，做事要有风险意识，防患于未然。

农信仁（接过名片，看了一眼，故作惊讶地喊道）：好家伙，邵老弟，你有十几个头衔，佩服，佩服！

邵哥：都是皮包公司，除了手机号和住址是真的外，其他都是假的，装装脸面而已。最实惠的是能在信用社借到贷款，搞点回扣，弄点酒喝，混顿饭吃。

黑子（端起酒杯，站起来）：俺敬邵哥一杯，请邵哥也帮忙给俺借十几万元，还还赌债。

呆子（也连忙站起来，端起酒杯）：俺也敬邵哥一杯，您也帮俺借贷款，俺还有几万元烟酒和饭钱没有还呢。

愣子：俺和呆子虽然是双胞胎，但性格不同，他喜欢吃喝，俺喜欢到处找女人。邵哥，您帮俺也借点贷款，俺去找女人。

邵哥：好说，好说，都是自家好兄弟，俺愿意帮你们借贷款。至于你们几个借贷款是为了还赌债、还吃喝的钱，还是为了以后好好地过日子，这些俺都不管，但有一点你们要记住，都得给老子回扣。来，干杯。

黑子、呆子、愣子端起酒杯与邵哥碰杯，四只酒杯碰在一起，酒洒了出来。

农信仁：四位老弟，老哥有一事不明白，你们借贷款是为了还赌债，是为了吃喝玩乐。贷款都可以不要还，那赌债、吃喝玩乐的钱怎么还要还，不还不行吗？

邵哥：那不一样，赌债必须还，吃喝玩乐的钱必须还，做人要讲诚信。

黑子：那不一样，信用社是公家的，赌债是私人的。信用社贷款信用社人员拿过回扣，赌债债权人没有拿回扣。

呆子：开赌场、开舞厅、开 KTV、开桑拿浴的，哪一个没有背景？你不还，全家人都得跟着遭殃。

场景十三：美又美理发店门前及店内

时间：日
地点：美又美理发店

农信仁摸着自己长长的头发，步入美又美理发店。店内，几个男女正在理发、烫发、做头发，还有几人在一旁等待。

小美（热情招呼）：你好，先生，需要什么服务？

农信仁：你好，我只理下头发就行。

小美：先生，你先洗头吧，洗过后，要等半个小时才能轮到你。

农信仁：行，我听你的安排。

小美引导农信仁来到洗头床前，示意他躺下。

此时，理发店门被推开，姚姐走进来。

女理发师（正为顾客理发，热情招呼）：哎呀，姚姐来了，快坐、快坐。

姚姐（疲惫地坐在沙发上，没精打采）：累死我了，困死我了。

女理发师（半开玩笑）：是数钱累的吧？再数钱喊我帮你数，让俺也过过瘾。

姚姐：数什么钱，我又不是开银行的，现在钱多难挣。

女理发师：别人钱难挣，姚姐的好挣，动动嘴就行。姚姐，俺看你的眼圈发黑，昨晚又熬夜了？

姚姐：是啊，在KTV玩到现在，这不刚从KTV回来。等会儿上二楼帮我做个大护理，我要好好睡一觉。我现在像小孩子一样，睡颠倒了，晚上不睡白天睡。唉，为了生活，不得不这样。

女理发师：姚姐，你的钱够多的了，还这么辛苦。昨晚又是你请客，请什么单位的人？

姚姐：和信用社的人在一起，但不是我请他们，是他们请我。

女理发师：姚姐面子真大，信用社的人现在吃香得很，牛得很，请他们吃饭都得排队，一般人请不到，别说让他们请你了，比上天还难。姚姐能让他们请，真是面子大，在咱们龙脊山市没有几个。姚姐，请你的是哪个信用社主任？

姚姐（有气无力）：我头昏死了，小美，来先给我捶捶头。

小美（大声回应）：好的，姚姐，俺给这位先生洗好头就给你捶。

姚姐：还需要多长时间？

小美：马上就好，不到一分钟。

小美（将毛巾递给农信仁）：先生，你自己擦一下头发吧。

农信仁接过毛巾，擦拭脸上和头发上的水珠。小美则走到姚姐身边，讨好地开始为她捶头。农信仁擦好头发，放好毛巾，找了个空位坐下。

小美（边捶边夸）：姚姐，你的头发发质真好，俺都羡慕死了，俺的头发要是也这么好就好了。

姚姐（笑着回应）：我的头发发质好，还不是花钱在你们这里保养的，一年我都得在你们这里花十几万。

小美：谢谢美丽善良的姚姐。姚姐，你刚才说是哪个信用社主任请你在KTV玩一夜？

姚姐（闭着眼睛回答）：咱们市最大的信用社，南关信用社。

小美：哇，南关信用社揣主任可难请了，俺请他多次都没排上队，姚姐你面子真大，他还请你，你能帮我安排一下请他吗？

姚姐：一般人要是能请动他，他还叫南霸天吗？你看他的头发长得可像《红色娘子军》里的南霸天。

小美：像，像，真像。人家说混得好的，头发才向后梳。

姚姐：头发向后倒，说明混得好；头发向前趴，说明混得差；头发两边分，情人一大堆；头上没有毛，聪明又时髦；头发中央光，这人很吃香。小美，不是姐吹，请他客容易得很，你说什么时候请，现在怎么样？

小美：现在？你能把他喊到俺理发店来？

姚姐：那有啥难的，一个电话，十分钟他准到。

小美：十分钟就到，你当是110？姚姐你不会是逗俺吧？

姚姐：我逗你干啥，要是他十分钟不到，这客我请了。

小美：姚姐，你真有把握让揣主任十分钟到俺这里？他咋那么听你的，你们之间有啥故事吧。

姚姐：不要相信广告，要相信疗效。有没有把握待会看。小美，你就准备好吧，中午安排一下。

小美：中午安排？听说现在规定中午不许喝酒。

姚姐：规定是死的，人是活的。就中午吧，晚上我还有场。

姚姐（掏出手机拨号）：喂，我是姚姐，我在美又美理发店。我有急事找你，你过来一下。什么？你有事，过不来？不行，我不管你有什么事，十分钟之内必须赶来见我。

姚姐不管对方再说什么，直接挂掉了手机。

小美（继续给姚姐捶头）：姚姐，揣主任有事？

姚姐：小美，你放心吧，他有事也得放一边，等会儿肯定来。

农信仁（凑到姚姐面前）：这位美女，我是外来的，想在龙脊山市做点小生意，但资金有点紧张，正愁找不着关系，刚才听你这么一说，我好像遇到了救星。等会儿信用社主任到了，你能也帮我拉拉关系吗？我请客。

姚姐（睁开眼睛，看了农信仁一眼）：帮你拉拉关系，有我什么好处？

农信仁：只要您能帮我借到贷款，给你20%的回扣。

姚姐（眼睛一亮）：挺懂规矩的，看你长得挺帅，满脸慈善的样子，行，帮你拉拉关系，你可要说话算话，舍得出血。

农信仁（拍着胸脯保证）：放心吧，没问题。我身上的血多。

姚姐：看你也是痛快人，我不怕你说话不算话。你借贷款时，信用社的人会直接从你所借的贷款中扣给我的。你和小美一起请客，不过，你要买单。

农信仁：一切听姚姐的，我初来乍到，人生地不熟。姚姐，你说安排在什么地方吧。

揣主任（男，50岁，急匆匆赶来，满头大汗）：姚姐，什么事这么急？我正接待一个检查组呢。

姚姐（右手摸着左手的指甲，头也不抬）：叫你来也没什么大事，就是想让你中午陪我吃顿饭。

揣主任（点头哈腰）：姚姐，这点小事打个电话不就行了吗，干吗还非得让俺来一趟。路上车太多，差点来晚了。

姚姐：让你来，你来就是了，来有来的道理，说这么多干啥？

揣主任（连忙赔笑）：姚姐说得对，我把今天中午的另一个饭局推了陪您，你说在哪里，我安排。

姚姐：今天不让你安排，有人出血，到龙脊山市大酒店吧，中午12点钟准时见，你们的人由你安排。

揣主任：好的，姚姐，中午12点准时见，那俺先去忙了。

姚姐：行，你先去忙吧，我也要上楼让小美给我做护理了。

揣主任急匆匆地离开美又美理发店。

小美（伸出大拇指）：姚姐真厉害，信用社主任真听你的话。

姚姐：这算什么，小小的信用社主任，就算是咱们市的局长们，只要让他们来，他们也得来。小美，上楼给我做护理去，我要好好睡一觉，中午好有精神应付他们。

女理发师：姚姐，信用社主任和刚才这位先生，年龄都比你大，他们为啥还喊你姚姐？

姚姐：江湖无大小，看谁混得好。姚姐是官称，是身份、社会地位的象征，他们就是80岁了，也得喊我姚姐。

场景十四：龙脊山市大酒店豪华包厢

时间： 日

地点： 龙脊山市大酒店豪华包厢

豪华的包厢内，满桌丰盛菜肴摆放整齐。

揣主任（端起酒杯，站起身，面向姚姐）：姚姐，我先敬你一杯。

姚姐：你们信用社今天来的人多，要是一个一个敬我，我可招架不住。这样吧，我敬你们信用社的所有人。

揣主任：姚姐，您这是用猎枪打兔子，一打一大片呐！好，就按姚姐的指示办。姚姐，您可是个了不起的人物，跺跺脚，龙脊山市都得跟着颤。在咱们市里，那可是上管天、下管地、中间管空气的主儿。

姚姐（笑容可掬）：你就会拿姚姐打趣，我哪有那么大本事。来，我敬信用社的各位。

姚姐话音刚落，十几个美女站起身来，一同向姚姐敬酒。

姚姐（面带笑意）：揣主任，你可真是艳福不浅，带的全是美女，一个比一个漂亮。

揣主任：我们南关信用社，除了我，清一色的美女。不过，她们再美，也比不上姚姐您啊。

姚姐：我都半老徐娘了，还谈什么漂亮不漂亮的，还是她们青春靓丽。

揣主任（神色略显谨慎）：姚姐，贵公司的贷款眼看就要到期了，麻烦您明天到信用社去换个据、结个息。

姚姐：我去没问题，但还按老规矩办，利息也在新据里，用你们信用社的行话讲，就是以贷收息。

揣主任（赔笑）：姚姐说得太准确了，信用社的行话您都门儿清。

姚姐：久病成良医嘛。每次不都是这么操作的？只要不让我掏钱还贷款和利息，换多少次据都行，金额累多大我都不在乎。

这时，小美走上前来。

小美：姚姐，您光顾着说话，都忘了给我介绍揣主任了。

姚姐（笑着说道）：瞧我这记性，光顾着聊天了。揣主任，这是美又美理发店的老板小美小姐。她想扩大业务，想请您帮忙贷点款。我们是好姐妹，您多关照关照。

揣主任（直勾勾地看着小美）：好说，好说。姚姐交代的事，我肯定全力办妥。姚姐，这么漂亮的美女，您怎么现在才介绍给我？

姚姐：主要是考虑你这信用社大主任风流成性，还手握信贷大权。小美呢，也是个厉害角色，又单身。你们俩要是认识了，那还得了？

小美（端起酒杯，嗲声嗲气）：揣主任，咱们现在认识也不晚呀，往后日子长着呢。欢迎您常来我们理发店理发。

揣主任：不晚、不晚，以后机会多了。我下午就去你店里理发。

姚姐：你们俩性子也太急了吧？也好，要不你们俩喝个交杯酒，喝完交杯酒，往后就更亲近了。

众人（纷纷起哄）：好，喝个交杯酒！

小美（端起酒杯）：好，喝就喝。东风吹，战鼓擂，现在谁怕谁。只要揣主任愿意帮忙贷款给我，喝就喝。

小美和揣主任亲密地喝了一个交杯酒。

姚姐（拍着手喊道）：好不好？

众人：好、好！

姚姐（继续鼓动）：妙不妙？

众人：妙、妙！

姚姐（再次鼓动）：再来一个要不要？

众人（有节奏地拍着手）：要、要，再来一个、再来一个！

小美和揣主任又喝了一个交杯酒，众人鼓掌叫好。

农信仁（对姚姐说道）：姚姐，现在该把我介绍给揣主任了吧？

姚姐：好、好，光顾着高兴，把今天请客的主角都忘了。揣主任，这位大哥是我新交的朋友，外地人，刚到咱们龙脊山市，做点生意，想跟你们信用社的人交个朋友，以后好有个照应。

揣主任（上下打量着农信仁）：我怎么看你有点面熟呢？

农信仁：不可能，绝对不可能。我今天才到龙脊山市，也许主任您见多识广，遇到过跟我长相相似的人吧。

揣主任：也许是吧，相像的人确实不少。姚姐，我可得实话实说。您介绍小美小姐这样的大美女，我肯定热烈欢迎。可这位先生，咱们不熟，又是外地人，也不知道他来自哪里，是哪路人物，人品靠不靠谱。

姚姐：你揣主任就是重色轻友、重女轻男。小美你之前也不熟，怎么就痛快接受了？不熟没关系，一回生二回熟嘛。他人品咋样，你们可以去考察。你们信用社贷款发放，不是有贷前调查、贷时审查、贷后检查这一套流程吗？

揣主任：我们信用社的三查制度，其实很多时候就是走个形式。

姚姐：我看他慈眉善目的，是个正派人。我这人呐，心软，见不得别人有困难，就答应帮他一把。怎么？你对这事不满意？要是你觉得不方便帮忙，那就算了。这顿饭钱也不让他出了，我来结，省得给你添麻烦。

揣主任（连忙说道）：姚姐，您别生气。您介绍的朋友，我肯定愿意结交。我就是说对他不太了解，得慎重些。

姚姐：小心驶得万年船，这没错。不过，认识之后可以慢慢考察嘛。我刚不是说了，你们贷款发放有三查流程，对他考察可别走过场。揣主任，给我个面子，先认识认识，交个朋友，后续再深入考察。

揣主任：行，既然姚姐都这么说了，我照办就是。先生，您贵姓？从哪儿来？来龙脊山市打算做什么生意？现在生意可不好做啊。

农信仁：我姓农，来龙脊山市主要想做个资金周转的生意，吸收一部分钱，再放贷出去，赚点利差。

揣主任：你这是想自己开个信用社，抢我的饭碗呐。

农信仁：要是您能帮忙开个信用社，那可太好了。

揣主任：别想着吸收别人资金了，太麻烦。不如直接从信用社贷款，再放出去，利息收高点。

农信仁：能行吗？信用社贷款好贷吗？

揣主任：我说能行就行。你认识了我，贷款就不是难事。只不过，得表示表示，我们几个给你办贷款，也是担风险的。

农信仁：这个我懂，您说个比例？

揣主任：在座的都不是外人，平常我们收别人都是20%。看在姚姐的面子上，收你18%，给你让两个点。

农信仁：啊，这么高？我还得给姚姐20%呢，这样我还能挣钱吗？

揣主任：你还嫌多？多少人想给我们送钱，我们还不乐意呢。龙脊山市缺钱的人多了去了，你可以高息放贷，现在都能放到一毛到一毛五的利息，能借到贷款就能赚钱。

姚姐：这样吧，揣主任，你们收15%，我也收15%，再给他让8个点。

揣主任：行，姚姐真是够照顾他的。现在贷款要求有抵押物，你在龙脊山市有房产吗？要是没有，就得再想别的办法。

农信仁：我没有。我有个亲戚在龙脊山市有间门面，他同意给我抵押。不过那门面位置偏，值不了多少钱，估计抵押不了多少贷款。

揣主任：没事儿，只要有门面就行。我们合作的房产评估公司多的是，随便找一家，给你多评估些。刚开始别太贪心，要学会慢慢积累。

农信仁：您说得太对了。我初来乍到，就碰上你们这些热心人，真是太幸运了。以后还请各位多多关照。

揣主任：我们也算不上什么好人，大家相互帮忙，互利共赢嘛。

农信仁：那我什么时候去信用社办手续？明天行吗？

揣主任：明天不行，明天我小孩姨结婚，我必须到场。后天也不行，后天县信用联社开会，宣布新班子。大后天吧，大后天你到信用社来找我。

农信仁：正好，明后天我也有事。那就大后天上午10点，我准时到信用社。您刚才说后天宣布新班子，不会有什么变动吧？

揣主任（自信满满）：不会，能有什么变动？换了一茬又一茬，还不都是换汤不换药，一个样。都是吃五谷杂粮的人，谁能不贪呢？新班子来了，我三个月就能把他们搞定。大后天你来，保证让你贷到款，不过，佣金可不能再少了。

农信仁：行，就按主任说的办。

揣主任（看着农信仁，突然问道）：你姓什么来着？

农信仁：我姓农，农业的农。

33

揣主任：听说市信用联社新来的理事长也姓农，叫什么仁来着？对，叫农信仁，不会是你吧？

农信仁：主任，您真会开玩笑，怎么可能是我呢？要是我，还找您贷什么款呀？

揣主任：也是，信用联社理事长想贷多少款都能贷到。

姚姐：揣主任，你就是想得太多了。来，喝酒，喝完酒咱们去唱卡拉 OK。小美，卡拉 OK 你请客。

小美：好嘞，我请。姚姐，揣主任，那我的贷款……

揣主任：放心，照办。你的回扣我只收 10%。

小美：谢谢揣主任，我再跟您喝个交杯酒。

场景十五：保龙镇信用社门前及营业室

时间：日

地点：保龙镇信用社

信用社门前地面坑洼不平，杂草肆意生长。白色、黑色、红色、黄色的塑料袋在杂草间，被风吹得"哗哗"作响，远远望去，仿若一朵朵五颜六色、肆意绽放的"花朵"。信用社营业室大门两侧，张丽娟（女，32 岁）和江晓红（女，31 岁）各站一边。二人皆斜倚门框，江晓红还将左腿搭在右腿上。她们嘴里嗑着瓜子，瓜子壳随意吐在地上，地面已积攒起薄薄一层。

一辆红色出租车从远处驶来，稳稳停在信用社门口街边。农信仁从出租车后排下车，径直朝信用社走去。他走进营业室，门口的张丽娟和江晓红对此毫无反应，依旧专注地嗑着瓜子。农信仁环顾大厅，只见营业厅内空无一人，纸屑散落一地。通往柜台内部的通勤门敞开着，柜台里同样不见人影。

农信仁（转身走出营业大厅，向门口的两位发问）：同志，请问信用社咋没人上班？

张丽娟：我们就是，有事吗？

农信仁：现在能办业务吗？我有急事。

江晓红（仍保持着腿交叉的姿势）：不能，运钞车还没把钱箱子、账箱子、印章箱子送来呢。

农信仁（看了看手腕上的手表）：现在都快 10 点了。

张丽娟（吐出瓜子壳）：天天都这样。早送晚送没啥区别，两天都来不了三个人办业务，我们闲得浑身难受。

农信仁：为什么？这镇不小，顾客都去哪儿了？

江晓红（面露愤懑）：为什么？信用社哪哪都落后。结算不行，服务不行，环境不行，管理也不行，规章制度缺失，体制机制落后。当官的整天就知道迎来送往、阿谀奉承，天天喝得晕晕乎乎，早上刚清醒，中午又喝高，晚上直接不省人事。用人唯亲，尽用些庸才。大家各怀心思，拉帮结派，争着放贷款、揽工程、采购东西，还向下推销产品。今天你推销茶叶，明天他摊派奶粉。保龙镇是大镇，离市区近，又挨着龙脊山市核心景区，镇上有农行、建行、工行、邮储，顾客都跑其他银行去了。不光顾客走了，全市信用社有本事的职工都跳槽到其他行了，走了好几十个了。我虽然是信用社职工，可都不愿提这茬，一提就来气，信用社的前途在哪儿啊？

张丽娟：听说省联社派了个新理事长，叫农信仁，是省联社的一个处长。这名字听起来挺正能量的，不知道真人咋样。

江晓红：哼，还不是一丘之貉。名字再好有啥用，又不能当饭吃。

张丽娟：听说农信仁是从基层信用社一步步干上去的，有能力。

农信仁（掏出工作证，递给江晓红）：我就是省信用联社派来、即将上任的龙脊山市信用联社党委书记、理事长农信仁。

江晓红和张丽娟脑袋凑到一起，看着农信仁的工作证，两人嘴巴大张，同时发出"啊"的惊呼。江晓红将工作证甩回给农信仁，随后和张丽娟迅速跑回营业室柜台内，端正坐好，手忙脚乱地收拾桌上的东西。江晓红找出锁，锁上通勤门，也赶忙整理物品。

农信仁（走进营业室，隔着防护栏对她们说道）：我又不是老虎，不会吃人，你们怕什么？你们说的应该是实话，不过有一句不对。我和他们可不是一路人，省信用联社派我来，就是要彻底改变龙脊山市信用社的面貌，我有信心做好。

江晓红和张丽娟神情紧张，不时望向外面，似乎在盼着什么人到来。此时，花正香（男，54 岁，保龙镇信用社主任）满头大汗，急匆匆地走进营业室。

花正香（急切地问）：咋啦，咋啦？检查的人在哪儿？没看到车，也没看到人，你们俩别逗我啊。

江晓红和张丽娟同时看向农信仁，用眼神示意花正香就是此人。

花正香（看向农信仁）：您是？

农信仁：我叫农信仁，刚才两位同志看了我在省信用联社的工作证，新工作证还没发下来。

花正香：农书记、理事长，您好。（伸出双手，想与农信仁握手）

农信仁伸手，两人握手。

花正香：我叫花正香，是保龙镇信用社主任。不知道您来检查工作，实在抱歉，请领导原谅。

江晓红：花主任，麻将打完了？

花正香（擦了擦额头的汗，有些生气）：胡说，谁打麻将了。

农信仁（问）：你是保龙镇信用社主任？

花正香（赶忙回答）：是的，我叫花正香，男，54 岁，汉族，党员，经济师……

农信仁：好名字，名字不错，消息也挺灵通，我刚到你就知道了。

江晓红：是我给花主任发的信息，这是他规定的，其他事他不管，有检查的必须第一时间通知他。今天您来得太突然，又是暗访，没来得及提前通知，他没准备。

张丽娟：我也给花主任发信息了。花主任，实在不好意思，没人提前打电话，领导突然就来了，刚刚才表明身份。

花正香（语无伦次）：农书记、理事长，我……

农信仁：省信用联社还没宣布任命和提名决定，我现在什么都不是，不是理事长，也不是党委书记，明天才是龙脊山市信用联社党委书记。等银监局核准我的理事长资格后，我才是理事长。今天就是来看看，没跟任何人打招呼，有点不好意思。但话又说回来，我也没法打招呼，毕竟我现在啥职务都没有。

花正香（边擦汗边说）：一样、一样，都一样。您明天是党委书记，和今天其实没啥区别，您的任职资格核不核准，您都是理事长。请您指示。

农信仁：现在作指示还早了点。花主任，你们信用社业务上不去，可能有很多原因，但信用社卫生搞不好，这总归是你们的问题吧。你看看这柜台，灰尘有多厚，真是日积月累啊。再看看地面，柜台内外，跟垃圾场有啥两样。还有门口，像荒废了很久的宅院，拍聊斋鬼片都不用重新布置场景了。这给人什么感觉？知道的这是信用社，不知道的还以为是乱七八糟的地方呢。花主任，这里是信用社，希望你尽快组织人员把卫生搞好。

花正香（惊得满头大汗，连连点头）：是、是，下午就打扫。

农信仁（隔着防护栏，对江晓红和张丽娟说）：两位同志，希望你们以后别在门口一边站一个吃东西了，还搭着腿，形象不太好。不过你们讲真话这点很好，希望知道我的身份后，还能继续跟我讲真话。

花正香：是、是，一定、一定，一定改正。

江晓红：花主任，领导这话是说给我和丽娟姐听的，我俩还没表态呢，你倒先表上了。

花正香：一样、一样，你们表态和我表态都一样。

"吱"的一声刹车响，一辆汽车停在信用社门口，司机按响喇叭。农信仁透过信用社营业室窗户望去，只见车上下来五六个年轻女子，个个打扮得花枝招展，一边下车一边抱怨。

女子A：累死了、累死了！

女子B：挤死了，这破车！

江晓红和张丽娟看向花正香。

花正香（挥手，瞪眼说道）：看我干什么，看我干什么！你们俩还不快去接包！

江晓红和张丽娟没有行动。汽车司机又按了几下喇叭，见没人出来，便下车从后备厢拿出两个大皮包，一手拎一个走进信用社营业室。

司机：咋啦，今天咋回事？都不出来接包了？稀奇了。哦，花主任，今天咋没去打麻将？

江晓红：今天咋就你一个人送包，保卫呢？

司机：我有五六个朋友要去龙脊山市景区玩，车坐不下，我就没让两个保卫来，自己开车带朋友来了。又不是第一次自己送包。给你们包。（将两

个皮包放在柜台上，扬起一片灰尘）

司机（转身对花正香说）：花主任，我打你手机你也不接。你给景区打个电话，把我几个朋友的门票免了。另外，在张果老山庄安排一桌，红烧野猪肉、红烧野兔子和野蘑菇炖野鸡可不能少，其他菜你看着安排。再给我两箱酒，我带着。别看她们是女的，酒量大着呢，个个能喝八九两。

花正香又是递眼色，又是摆手，示意司机别说了。

司机满脸兴奋，没领会花正香的意思。

司机：你们今天到底咋啦？中邪了？跟以前完全不一样。

花正香（无奈，指着农信仁）：这是新来的农理事长，今天来保龙镇微服私访。

司机（不屑）：农理事长？不是说明天才来宣布吗？怎么今天就到你们这儿了？不会是假的吧？

花正香偷偷暗示司机赶紧走。

司机虽半信半疑，但还是继续说。

司机：包给你们了，我先走了。（跑到外面，对几位美女说）赶快上车，赶快上车。

美女们：咋啦？以前不都是先到信用社会议室喝茶休息会儿再去景区吗？今天咋变了？再说了，景区都去过好几回了，来这儿主要是吃野味的，现在去太早了吧？

司机（不耐烦）：赶快上车，今天不去玩了，有情况。

几位美女上车后，司机迅速倒车、调头，驾车驶离信用社，一时间尘土飞扬。农信仁透过窗户，看着送包的汽车远去，转过身来。

农信仁：一个司机，还带着五六个外单位的人，就把装账、装款、装章的包送来了，也不办理交接就走了。

江晓红：他只是个司机，还是临时工。

农信仁：临时工？一个临时工对信用社主任指手画脚，又是安排这又是安排那，他比市信用联社主任还厉害。

江晓红：他虽然不是副主任，却比副主任还威风。他来信用联社开车才一年多，仗着他现在的姨夫，就是联社副主任封臣的势力，狐假虎威，到处招摇撞骗，哪个信用社主任都不敢得罪他。

农信仁：封臣怎么成了他现在的姨夫？

江晓红：封臣的老婆一年前自杀了。封臣说，是他老婆有病受不了才自杀的。他老婆死后不到三个月，封臣就和这个司机的姨结婚了，还说什么老婆死后三个月内不结婚，就得等三年后才能结婚，简直胡说八道。我们这儿确实有个习俗，不过是说父母死后三个月内子女不结婚，就得三年后结婚，可没听说老婆死后丈夫得在三个月内结婚的。老婆刚死三个月，正常人都还沉浸在悲痛中，哪有心思找对象？封臣在他老婆死后三个月内就结婚，还大操大办，亲自去接新娘。好多人都怀疑，他们早就有不正当关系，司机的姨可能早就成了封臣的小三。封臣的老婆到底是不是因为有病受不了才自杀的，谁也说不清楚。

花正香：江晓红，你别说了，这话要是传到封主任耳朵里，你可没好果子吃。

江晓红：我怕什么？又没指名道姓。不像你，为了保住乌纱帽，怕他。我们信用社离龙脊山市核心景区近，谁打招呼都得热情招待，招待费用比营业收入还高。

画外音：老花、老花，你这熊孩子，跑这么快干吗？招呼都不打就走了，急着去干啥？你输老娘的钱还没给呢。老娘正玩得兴起，赶快跟老娘回去，现在三缺一。

随着声音，花枝招展女子晃晃悠悠地走进来。

花正香（连忙把女人往外推）：谁打麻将了？谁输给你钱了？谁欠你钱了？你是谁？我不认识你，去、去、去，快走。

花枝招展女子：老花，你今天吃错药了？敢把老娘往外推？平时你恨不得趴在我身上闻香味。

张丽娟：今天有领导暗访，花主任有点紧张。

花枝招展女子：噢，怪不得。那我走，给老花个面子。老花，你输老娘的钱必须给，一分都不能少，少一分老娘都跟你没完！（扭着屁股，一步三摇地走出信用社）

农信仁：真是乱七八糟，乌烟瘴气。（憋着一肚子气，头也不回地走出信用社营业室）

花正香（连忙跟在农信仁后面跑出营业室）：理事长、理事长，您别生气。

江晓红：丽娟姐，有戏，有希望。我看这个姓农的靠谱，咱们信用社有盼头了。

张丽娟：李双双出嫁，到底有没有希望，咱们走着瞧吧。实践是检验真理的唯一标准。晓红，你可真敢说，封臣在联社作威作福、欺负人，谁都不敢吭声，你却在还没上任的领导面前说他。这个姓农的到底是个什么样的人，咱们也不清楚，要是他和封臣一伙的，你可就惨了。

江晓红：怕什么，此处不留爷，自有留爷处。这样的单位，这种风气，我早就待够了。

场景十六：龙脊山市信用联社六楼会议室

时间：日
地点：龙脊山市信用联社六楼会议室

龙脊山市信用联社六楼会议室内，百余人济济一堂。主席台上，五位领导正襟危坐。省信用联社理事长安农金居于中央，其右侧是龙脊山市市委书记牛士奇，左侧则是市长皮定山。牛士奇的右边是市委副书记崔明异，皮定山的左手边是常务副市长巴荣景。

参会席的第一排，坐着市金融办主任、人民银行行长、银监局龙脊山市监办主任、农信仁，以及龙脊山市信用联社新一届党委委员。丁大海、范主任、花正香、揣主任四人则坐在一张长条桌旁。

贾都会（省信用联社人事处处长。稳步走到主持发言席，轻轻调试了一下话筒，随后开口）：同志们，请静一静、静一静。

原本嘈杂的会场，渐渐安静下来。

贾都会：请与会同志将手机关闭，或者调至振动、静音状态。出席今天会议的领导有：省信用联社党委书记、理事长安农金同志；龙脊山市市委书记牛士奇同志；龙脊山市市长皮定山同志；龙脊山市市委副书记崔明异同志；龙脊山市常务副市长巴荣景同志。

随着贾都会的介绍，被提及的领导们依次起身，向与会者点头致意。每一位领导起身时，会场都会响起一阵热烈的掌声。

贾都会：现在，宣布江淮省信用联社党委文件。经研究决定，因工作需要，江淮省信用社联合社党委做出如下任命：农信仁同志，担任龙脊山市信用社联合社党委委员、书记；张岩阳同志，担任龙脊山市信用社联合社党委委员、副书记；冯雪松同志，担任龙脊山市信用社联合社党委委员、纪委书记；凌辰同志，担任龙脊山市信用社联合社党委委员；曹正文同志，担任龙脊山市信用社联合社党委委员。

在贾都会宣读的过程中，农信仁、张岩阳、冯雪松、凌辰、曹正文依次站起身来，转身面向与会者，点头示意。揣主任愣愣地盯着站起来的农信仁，眼神中满是惊讶。

贾都会（继续宣布）：根据工作需要，江淮省农村信用社联合社党委研究决定：提名农信仁同志为龙脊山市信用社联合社理事长人选，提名张岩阳同志为龙脊山市信用社联合社主任人选，提名冯雪松同志为龙脊山市信用社联合社监事长人选，提名凌辰同志为龙脊山市信用社联合社副主任人选，提名曹正文同志为龙脊山市信用社联合社副主任人选。

农信仁、张岩阳、冯雪松、凌辰、曹正文再次起身，向与会者表达敬意。揣主任不停地擦拭着脸上冒出的汗珠，神色显得有些慌张。

贾都会：任命和提名文件宣布完毕。下面，请农信仁同志代表新一届龙脊山市信用社联合社党委，进行表态发言。

在热烈的掌声中，农信仁稳步走上主席台。他先向与会者深深鞠了一躬，接着转身，又向主席台上的领导们鞠了一躬，随后走到发言席，开始讲话。

农信仁：尊敬的安农金理事长、牛书记、皮市长、崔书记、巴市长，以及与会的各位同志们，大家上午好！我是农信仁。首先，感谢组织对我们龙脊山市农村信用社联合社新一届党委组成人员的信任。在就职会上表态，本应说些豪言壮语，但经过这两天的暗访，我深感恐慌，真的有如履薄冰之感。在龙脊山市的不同场合，总能听到大家对信用社的议论。然而，这些议论并非对信用社的赞扬，全都是负面消息，涉及信用社的违法违纪之事。就拿贷款来说，为了贷到 5000 元，贷户得请三次客，吃了清炖鸡不算，还得吃"霸王别鸡"，甚至还流传着"要想贷到款，必须找黄牛；红烧肉原浆酒，带梢烟扒到口，贷款指标有有有"这样不知羞耻的顺口溜。急需贷款的人贷不到，还得给黄牛 20%的回扣。信用社主任被不法分子操控，让几分钟到就得几分钟到，比 120 急救车还快，比 110 出警还迅速，甚至不顾检查组在场。服务态度更是恶劣，说话生硬。有老人来存款，不问存活期还是定期，张嘴就问"要死的还是活的"，把老人吓得不轻。制度如同虚设，非信用社人员能随意进出营业室，就跟进超市一样。公安局局长暗访安全保卫工作时，竟遭到袭击。信用社脏乱差现象严重。信用社主任上班时间打麻将，被人追到信用社要赌债。联社临时工驾驶员，把保卫人员撵下车，自己带着装钱、账、印章的包，带着五六个女人到信用社，还要求信用社主任出钱买景点门票，点菜安排午饭。更过分的是，有的信用社主任称霸一方，纠集一帮人套取贷款再放贷，甚至自称急着参加新来市领导的接风宴，强行逼停开山放炮作业。一个镇的企业、个体户、农民都怕他，不敢得罪。据了解，全市信用社违规贷款形式多达 36 种。当然，这只是我了解到的一部分，不过是冰山一角。信用社的这些违规违纪违法行为，都需要我们新一届党委去整治。我坚信，有省信用联社党委的坚强领导，有市委、市政府的坚强领导，我们一定能做好。做不好，绝对不收兵！我的表态发言完毕，谢谢大家！

农信仁话音刚落，会场便响起了热烈而持久的掌声。丁大海、范主任、花正香、揣主任等人，头上都冒出了细密的汗珠，神色显得格外紧张。

贾都会：接下来，请江淮省信用联社党委书记、理事长安农金同志讲话。

安农金站起身来，向与会者点头示意。全场掌声雷动。

安农金：同志们，省信用联社结合龙脊山市农村信用社的实际情况，经过慎重考虑、反复研究，并征得新一届龙脊山市市委、市政府和有关部门的同意，组建了龙脊山市信用联社新的一届党委，并提名了龙脊市信用联社班子人选。龙脊山市信用联社新一届党委成员及班子提名人选，都是省信用联社从全省农村信用社系统不同岗位选调出来的精英。他们克服了家庭和工作上的诸多困难，坚决服从省信用联社党委的决定。昨晚，我代表省信用联社党委，对他们进行了集体谈话，并提出了相关要求。由于时间紧迫，具体要求我在此不再赘述，希望他们在实际工作中认真贯彻落实。省信用联社党委的总体要求是：龙脊山市信用联社要在省信用联社党委的坚强领导下，在龙脊山市委、市政府的坚强领导下，在人民银行、银监局的监督管理下，认真开展各项工作。以坚强的党委会、规范的股东大会、健康的董事会、尽职的经营层、有效的监事会和职代会为目标，推动龙脊山市农村信用社改制为农村商业银行。在此基础上，着力构建具有中国特色、符合农村商业银行实际的有效治理机制，打造内控好、服务好、效益好的三好银行，更好地支持龙脊山市的经济发展，支持龙脊山市中小企业、小微企业发展，支持龙脊山市农村农业发展，实现自身效益和社会效益双丰收，最终化茧成蝶，实现飞跃式发展。我的讲话到此结束。

安农金的讲话结束后，会场再次响起热烈的掌声。

贾都会：下面，请龙脊山市委书记牛士奇同志讲话。

牛士奇站起身，向与会者致以诚挚的敬意。会场掌声热烈。

牛士奇：刚才，安农金理事长的讲话虽然简短，却为龙脊山市信用社的改制和发展工作，明确了具体目标和方向。我们要认真研究，切实贯彻落实，扎实推进龙脊山市农村信用社的改革和发展工作。大家看，龙脊山市信用联社大楼的这间会议室，是目前咱们龙脊山市最好的。硬件条件一流，但软件呢？说实话，应该是全省最差的。所以，我们必须加大改革和发展的力度。安农金理事长拥有丰富的金融知识、卓越的金融管理能力，以及丰富的行政领导经验。他管理全省信用社，就如同庖丁解牛，游刃有余。有他的领导和关心，龙脊山市农村信用社的改革和发展，必将实现质的飞跃。不过，仅有好的领导还远远不够，还需要在座的各位，带领全市信用社员工，齐心协力，努力工作。近期，市委、市政府将专门召开关于我市信用社改革工作的会议，深入研究下一步的改革举措。相关单位要提前做好准备。刚才，贾处长介绍参会的市委、市政府领导时，大家有没有发现一个有趣的现象？我们几位领导的姓氏，我姓牛，市长姓皮，副书记姓崔，常务副市长姓巴，连起来就是"牛皮崔巴"。再看我们名字的最后一个字，又组成了"奇山异景"四个字。但我们绝不是在吹牛皮。在这里，我代表市委、市政府郑重表态，我们一定会全力以赴，做好龙脊山市的各项工作，包括信用社的改革和发展工作。我们要让龙脊山市各行各业的面貌焕然一新，将龙脊山市建设成为环境优美、景色绚丽、风清气正、经济繁荣、治安稳定、市民安居乐业、宜游宜居的城市。我的话讲完了。

牛士奇讲话结束，与会者再次报以热烈而持久的掌声，掌声回荡在整个会议室。

场景十七：龙脊山市信用联社三楼会议室

时间：日
地点：龙脊山市信用联社三楼会议室

椭圆形会议桌前，信用联社新一届党委委员们围坐在一起。人事部经理孟祥田列席会议，负责记录。

农信仁：同志们，今天上午，省信用联社党委书记、理事长安农金同志对我们提出了明确要求，市委牛书记、皮市长也分别表达了期望。今天，是龙脊山市信用联社新一届党委的首次会议。咱们党委成员来自不同岗位、不同地方，彼此可能还不太熟悉，大家要尽快度过磨合期。省联社已与银监局协调，会快速核定我们的任职资格，今晚他们就会与我们谈话。这两天，大家通过明察暗访，了解到不少情况和问题，但这只是冰山一角，后续还要持续深入了解，从暗访过渡到明察。大家都吃过饺子，咱们龙脊山市人吃完饺子后，习惯喝"饺稀稀"，也就是饺子汤，因为原汤化原食，能更好地帮助消化。我们现在的任务，就是尽快找到化解龙脊山市信用社问题的"原汤"。省信用联社从全省系统内抽调了 58 名经验丰富的同志，明天下午就能到岗，协助我们工作一个月。我们要抓住这个难得的机遇，借助他们的经验和能力，全面、真实、快速地摸清信用社的存贷情况、财务状况和资产情况。

农信仁（布置任务）：党委委员分工明确后，各位要"下去一把抓，回来再分家"。到基层调研和检查工作时，不要局限于分管领域，不能因为某项工作不归自己分管，就有所顾虑。对于所有工作和问题，能当场处理的，当场解决；当场处理不了的，带回来，我们共同研究处理。在这个特殊时期，我提议党委分工如下：我主持全面工作，重点是摸清情况和家底，积极协调市委、市政府及相关单位、部门，全力推进信用社改革工作。张岩阳主任负责业务经营，不管面临什么情况，业务经营绝不能松懈。冯雪松负责查处违规违纪违法的人和事，制定详细的违规违法违纪处理细则，同时加强职工的思想教育工作。凌辰负责内部管理和建设工作，全面梳理各项制度，建立全新的内部规章制度。曹正文同志在协助张岩阳做好业务经营工作的同时，侧重加强职工队伍建设，构建长效的激励机制和用人机制。结合当前实际情况，我们研究部署以下十项工作：

1.全面清理信贷资产、各项资产及财务状况，彻底摸清家底。

2.全面清理梳理各项规章制度，废除不适应发展的旧制度，建立新的规章制度。

3.改善用人机制和收入分配制度，建立全新的用人机制。所有岗位一律通过考试、考核竞争上岗，真正做到庸者下、能者上，多劳多得。

4.采取内部退养、待岗等方式分流人员，注入新鲜血液，招收大学生。

5.成立工会职代会。

6.完善法人治理结构，有效防范管理风险和道德风险。加强内控制度建设，狠抓安全保卫和案件防范工作，坚决打击违纪违规违法行为和不良风气。

7.全面清理不良贷款。先从内部入手，推动外部清收，对于有违规自借、担保及责任担保的内部员工，限期收回贷款，否则一律下岗清收。触犯刑法的，移送司法机关。

8.开展全员世界观、人生观、价值观教育。通过观看先进事迹录像、前往红色教育基地参观、接受警示教育等方式，加强廉政建设。

9.抓好业务经营工作和改革工作。

10.加强党的建设和廉政建设，推动各项工作高质量发展。

农信仁（补充）：这十项工作安排不分先后、不分主次，大家要协同作战，一起抓好落实。

场景十八：岭上镇信用社门前及内部

时间： 日

地点： 岭上镇信用社

岭上镇信用社门前，十几个员工姿态各异。有的端着茶杯，有的提着水瓶，有的捧着盛有清水的洗脸盆，还有的手里攥着毛巾。信用社主任唐士清（男，50岁）站在队伍前列，主管会计王松华（男，50岁）紧随其后。炽热的阳光毫无遮拦地洒下，照在众人脸上，汗水顺着脸颊不断滚落。

王松华（抬手抹了把汗，望向唐士清）：唐主任，咱们都在这儿站了半天了，领导咋还不来啊？累死我了，这春天的太阳咋跟夏天似的，热得要命。

端盆员工（语气中带着几分抱怨）：王会计，您空手都嫌累嫌热呀。其实天不算太热，主要是咱穿得太厚了。眼瞅着快夏天了，还穿着统一的冬装，能不热吗？而且领导说10点到，唐主任却让咱们9点不到就站这儿，提前了整整一个小时，能不累吗？再说了，领导说10点，就真能10点到？

提水瓶女员工（轻声反驳）：领导说要来，还能不来？

端茶杯男员工（小声嘟囔）：天下乌鸦一般黑，哪个领导不骗人？

唐士清（压低声音，神色紧张）：都别说话了，精神集中点，领导来了。

一辆面包车从远处缓缓驶来，稳稳停在信用社大门前。农信仁率先从面包车内走出，随后下车的还有副主任凌辰和人事股长孟祥田。唐士清见状，急忙满脸堆笑地迎上前，与农信仁、凌辰等人一一握手，嘴里还不停说着寒暄的话，紧接着便引导农信仁一行往信用社院门内走去。端茶杯、端水盆、提水瓶的员工们赶忙跟在后面，组成了一支略显滑稽的"欢迎队伍"。

信用社一楼至二楼楼梯的拐弯处，有一面墙，墙上悬挂着一幅农信仁身着西服、打着领带的巨幅标准像，格外醒目。农信仁走到画像前，脚步停了下来，端详着自己的巨幅照片。片刻后，他转过身，看向唐士清。

农信仁：你怎么弄的？

唐士清（笑容可掬，微微躬腰）：在咱们省信用联社的官网上搜的，然后找照相馆 PS 了一下，洗出来挂这儿了。您看看满意不？要是觉得小，我马上找人重新做个更大的。

农信仁（嘴角微微上扬，拍了拍唐士清的肩膀，语气温和）：很好、很好……（话锋陡然一转，脸色瞬间阴沉下来，大声吼道）快把照片给我摘下来！搞什么名堂？乱七八糟的，你这是奉承我、巴结我，还是要害我？我的照片能挂在这儿吗？挂在这儿，别人会怎么议论？负面影响得有多大，你知道吗？

唐士清被这突如其来的转变吓得一哆嗦，顿时手足无措，脸上的笑容也僵住了。

农信仁（看向身旁的凌辰和孟祥田）：他这马屁都拍到马蹄子上了。既然他心思没放在工作上，净搞这些歪门邪道，那就先停止他信用社主任的职责，让他好好反省反省。

农信仁说罢，转身继续往楼上走去，一大帮人赶忙跟在后面。唐士清则一脸慌张地跟在农信仁身后，嘴里还在不停地解释着。

唐士清（语无伦次）：理事长，我……我真不是想害您，我是想着展示您的风采。

端茶杯、提水瓶、拿毛巾、端脸盆的员工们也都紧紧跟着。农信仁一行来到三楼楼道，继续前行。端茶杯的员工见状，急忙快走几步，与农信仁并行，将茶杯递上前。

端茶杯员工：领导您辛苦了，喝点茶吧，茶都凉了。

端水盆的员工也不甘落后，快步走到农信仁跟前，由于走得太急，盆里的水晃出了一部分。

端水盆员工：领导，您洗把脸吧，街上灰尘多。

唐士清（急忙挥手，试图驱赶这些员工）：去、去……

农信仁（连忙制止）：别！别赶他们走，大家都到会议室，咱们开个小型座谈会，好好讨论讨论今天这事儿，以及往后该怎么做好服务。

农信仁走进会议室，其他人也鱼贯而入。信用社员工们将手中的东西放在会议桌上。

唐士清：拿走、拿走，放角落里去。

农信仁：就放会议桌上吧，咱们看着这些东西好好讨论。

唐士清不再言语，乖乖坐下，眼睛盯着农信仁。

农信仁伸手拿起桌上的毛巾，放入水盆浸湿，随后拧干，开始擦拭会议桌上厚厚的灰尘。

唐士清（见状，急忙起身）：我来、我来，哪能让您动手擦呢？

农信仁：我就是来清理暗处灰尘的，这会议桌上的灰，我怎么擦不得？你们这会议室很久没用了吧？

提水瓶女员工（脱口而出）：用啊，昨天唐主任还带朋友在这里打牌呢。

唐士清（狠狠地瞪了女员工一眼）：去、去，净瞎说。

农信仁仔细擦完会议桌，又接着擦椅子，擦完后，将毛巾放回水盆，原本清澈的水瞬间变得乌黑。

农信仁：大家都坐吧。

农信仁率先坐下，会议室里的其他人也纷纷跟着落座。

农信仁：在省信用联社宣布我担任龙脊山市信用联社党委书记、提名为理事长之前，我进行了暗访；宣布之后，我开始明察，第一站就选了咱们岭上镇信用社。结果呢，你们搞出这么个像迎亲似的队伍，在大太阳底下迎接我们。有人端茶杯、有人端水盆、有人提水瓶、有人拿毛巾，在大街上这么显眼。今天又正好逢集，人来人往的，围观的人不少。你们想想，赶集的老百姓会怎么看？这影响得多恶劣。你们每天开门营业，迎接顾客，能像今天迎接我们这样吗？今天这做法，有必要吗？还有，唐主任，你找人制作我的巨幅照片挂墙上，你觉得合适吗？来信用社办业务的顾客看到了，这负面影响得有多大、多恶劣！

端盆员工：领导，没事儿的，咱们信用社一天也没几个人到楼上办业务，到信用社柜台借贷款的人都少得可怜，想借贷款的都去唐主任家里办。

唐士清（连忙摆手否认）：你这孩子别瞎说，谁去我家办业务了。农理事长，我组织员工迎接您，挂您的照片，真没坏心，是一片好心。

提水瓶女员工：唐主任说的是真心话，他真没坏心。唐主任说，对新来的领导隆重欢迎、挂照片，能让新领导重视咱们，留个好印象，往后咱们也能得些好处。

唐士清（急忙打断）：去、去，我啥时候说的？

农信仁：不管是好心还是拍马屁，这些行为都不合适，极为不妥。就算你是出于好心，可好心办坏事的例子还少吗？况且，你这行为，恐怕不只是好心这么简单，奉承领导才是你的目的吧。这种作风，必须彻底改。以后别想着欢迎领导，多去欢迎顾客。孟股长，就今天这事儿，在系统内组织一场大讨论。

孟祥田（连忙点头）：好的，我回去马上组织。

农信仁：在座的各位都要参加这次讨论。唐主任，你们现在的存款、贷款分别是多少？

唐士清（不假思索）：存款7513885.28元，贷款6931244.83元。

农信仁：唐主任，你这记忆力可真好，都能精确到角分，不简单啊。

提水瓶女员工（小声嘀咕）：唐主任记性是不错，但不一定准。

唐士清（瞪了女员工一眼）：你净瞎说，怎么不准？

农信仁：你们谁去把业务状况表拿来我看看。

提水瓶女员工应了声"我去"，便跑出了会议室。

农信仁：唐主任，你们岭上镇信用社现在有多少职工？其中女职工多少？学历情况和年龄结构又如何？

唐士清（连忙掰着手指头开始数）：有21个职工，女职工12人。高中11人，大专8人，本科2人。50岁以上8人，40岁以上8人，40岁以下5人。

提水瓶女员工气喘吁吁地跑回来，将业务状况表递给农信仁。农信仁接过，认真地看了起来。唐士清则神色慌张，额头直冒汗珠，眼睛不时看向农信仁手中的报表。

提水瓶女员工：唐主任，您很热吗？怎么头上直冒汗？

唐士清（压低声音呵斥）：去、去，别说话，别影响领导看报表。

农信仁（抬起头，看向唐士清）：唐主任，业务状况表上的存、贷款数字和你刚才说的不一样，相差不少，哪个准？

唐士清（抬手擦了擦额头上的汗）：报表上的准确。

农信仁：报表上的准确，那你刚才为什么不按报表上说？你平常不看报表，不分析业务开展情况吗？

唐士清：平常不看报表，也不分析，没时间。

端水男员工（小声嘟囔）：唐主任不是没时间，是根本看不懂报表，更不会分析。

提水瓶女员工（接着说道）：你说得太对了。唐主任也不是啥都不懂，他对权责发生制就有"独到"见解。唐主任说，权责发生制，就是给你权力，同时也给你责任。

唐士清（生气地瞪着两人）：去、去，你们俩别在领导面前瞎说。

农信仁：唐主任，你不看报表，我问你贷款数额时，你为什么还随便编个数字糊弄我，连角分都编得有模有样？

唐士清：以前联社领导来信用社调研，我们都是随便说个数字，他们在笔记本上记一下，然后东拉西扯到中午，喝完酒就走了。有一次，封臣主任来检查，笔记本都忘在会议室了，现在还在我办公室放着呢。联社领导从来都不看报表。

孟祥田：唐主任，我看了我们股统计的数字，你刚才向理事长汇报的人员情况，除了 12 个女员工这个数字准确，其他都不对。学历、年龄情况相差甚远，连职工总人数都不对。岭上镇信用社职工人数是 22 人，你数手指头算，怎么还少 1 人？

唐士清（尴尬地笑了笑）：我把自己给忘了，没算进去。

提水瓶女员工：唐主任经常这样"舍己为人"，分任务的时候把自己忘掉，光给我们分。还美其名曰"我是掌握大局的，我有大事要做，主任和员工能一样吗？你们上班不能迟到，我可以迟到，因为我在路上跟熟人聊天都是工作，睡觉做梦也都是工作"。

农信仁：大家好好想想，就这种工作作风，能把工作干好吗？能支持地方经济发展吗？咱们信用社的业务能发展起来吗？职工收入能提高吗？信用社年年亏损，可咱们职工工资照发、奖金照拿。大家想过没有，这工资和奖金从哪儿来的？没有盈余、没有利润，还不是拿老百姓的存款发的？长此以往，信用社就会资不抵债，最终垮台、破产。信用社要是破产了，老百姓的存款怎么办？咱们员工又怎么办？信用社现在这状况，咱们员工心里能不愧疚吗？再这么任由发展下去，信用社就要毁在我们手里，我们可就成历史罪人了。

农信仁这一番话，说得唐士清满脸羞愧、坐立不安。唐士清缓缓站起身，对着农信仁深深地鞠了一躬。

唐士清：农理事长，您是第一个来我们信用社看报表的领导，我打心底佩服。这样吧，您不用免我职务了，我主动辞职，去当外勤，从头开始。

场景十九：信用联社会议室

时间： 日

地点： 龙脊山市信用联社会议室

农信仁（主持会议，目光扫过众人）：最近几天，咱们都在暗访，今天进行了明察。大家把今天明察的情况说说，然后讨论如何解决。

张岩阳（微微皱眉，语气严肃）：我今天去了几个信用社，可能是因为信用社知道我们要检查，卫生打扫了，上班也正常了。但到了一个分社，情况就不一样了。营业间的大门开着，营业间里没有人。我走进院子，从营业室后门进入营业室，看到营业室的抽屉全开着，保险柜的两把钥匙都插在保险柜上，保险柜半开着。拉开一看，里面放着印章、重要空白凭证和钱。有一个喝得醉醺醺的人，在库房里的床上打呼噜。我喊了半天，他才睁开眼，看着我们，口齿不清地说"喝、喝，你们都得喝"，说完倒头又睡了过去。

凌辰（神情略显不适）：我检查的几个信用社，和张主任说的情况差不多。有一个信用社，表面看卫生很好。我去了厕所，那厕所脏得不堪形容，说出来大家可能几天都不想吃饭。我晚饭都没吃，满脑子都是那个厕所的景象。我真后悔去了那个厕所。

曹正文（无奈地摇摇头）：我路过一个分社，便下车查看，同样营业间的门开着，营业室没有人。我围绕分社转了一圈后，有两个女同志慌慌忙忙地喘着粗气赶来。其中一个说"不是说你们明天才来吗？咋今天就来了"。分社门口围了不少人，其中一个醉鬼拉着我说，你别批评她们俩，谁家都有"业务"。我又气又好笑，这家伙把家务说成业务了。我们进了营业间，看见传真机旁边放着一个传真件，是信用社主任发的。内容大概是让各分社注意了，联社最近要进行检查，28 号不到 29 号肯定到。各分社务必做好防范工作，不得有误。

农信仁（略带调侃）：哟，这个信用社主任防范意识这么强，他这是学习抗日军民防范日军的办法来防范检查组的。

农信仁的话引得与会者哈哈大笑。

冯雪松（表情严肃）：我今天在去某个信用社时，半途突然改变方向去了三山分社。分社主任听到汽车的声音，把会计锁在房间，谎称会计不在分社，没办法查库。我对分社主任说"我讲一个故事给你们听。有一次，联社原副主任封臣带朋友到你们这里钓鱼，你开始以为封臣是突击检查的，慌忙把会计锁在屋子里，接着忙着招待封臣他们，却把会计锁在屋里的事情忘了，结果会计饿了一天一夜。今天，你又故技重演吧？行，我相信你们说的会计不在家。我把库封了，啥时会计在啥时查库。反正你分社一天也没有一笔业务，如果有人来办业务，你先想办法筹钱"。分社主任无奈，只好把会计放了出来。该分社4个人，存款余额不到400万元，库里已没有现金，全是白条抵库，其中有自立借据10张。

农信仁：好，大家都讲了情况，我来讲我查到的情况吧。我到一个信用社，主任不在社里。信用社的人到街上把正在和别人打牌、脸上贴着字条的信用社主任喊来。我随机抽了几张借据看了看，对信用社主任说，咱们到这几家贷户去走访走访，了解了解。信用社主任带着我们在街上七拐八拐，也没找着贷户的家。问信贷员，信贷员也不知道。回到信用社后，偶然发现一个贷户就在信用社对面，只隔一条街；另有一户在信用社左边，隔三家。根据大家检查的情况来看，信用社员工根本就没有制度观念，没有一点安全意识。几个景区所在地的信用社实行每天接包，其他社都是守库。尤其市区几家信用社，晚上守库的情况更可怕，一是库房不标准，二是守库不规范，三是城区信用社几乎全部是女员工，守库的也是女员工，非常不安全。市区信用社离联社金库近，没有必要设库。从明天开始，每天全部接到联社金库。

冯雪松：接包车暂时不够。

农信仁：先向兄弟行求援，然后抓紧时间购买。

场景二十：农信仁办公室门外

时间：日
地点：龙脊山市信用联社农信仁办公室门外

农信仁走到办公室门前，掏出钥匙准备开门，这时，手机突然响了。农信仁接通电话，冯雪松急促的声音从手机里传来。

冯雪松（声音慌张）：不……不好了，杀人了。

农信仁（神情一凛）：什么？什么杀人了？

冯雪松：南关信用社昨天晚上，两个守库的女同志被杀了。

农信仁闻言一惊，手中的钥匙掉落在地上。

农信仁：啊，怎么会这样？真是怕啥来啥，赶快报案。

冯雪松：已经报案了，我正在去南关信用社的路上，马上就到。

农信仁：通知党委委员全部去现场，我这就去。

场景二十一：南关信用社门前

时间：日

地点：南关信用社

南关信用社门前拉起了警戒线，不少群众在警戒线外驻足观望，交头接耳议论纷纷。韩冬子和两名警察在警戒线内执行警戒任务。农信仁等人神色匆匆地赶到现场。

韩冬子（主动和农信仁打招呼）：农理事长。

农信仁：韩警官，你不是在治安大队吗？

韩冬子：最近刑事案件频发，我被临时抽调到刑警大队。农理事长，现场正在勘查，任何人不得进入。

农信仁：这我知道。

这时，冯雪松快步走过来，面向农信仁汇报。

冯雪松：南关信用社已被封锁，我在附近宾馆租了会议室和几个房间，咱们去那里吧。

场景二十二：宾馆会议室

时间： 日

地点： 附近宾馆会议室

揣主任站在会议室里，浑身止不住地颤抖。农信仁等人走进会议室。

农信仁（面向揣主任，目光严肃）：昨天晚上谁值班守库？

揣主任（结结巴巴地回应）：是……是罗紫竹和秦丹桂两人。

农信仁：你说说具体情况吧。

揣主任：早上，我来上班，从后院进来后，发现营业室的门开着，有一股烧焦的皮子味。走进营业室，看到守库室的门也开着。我伸头一看，罗紫竹和马艾舒已经死在床上了。

农信仁：你等等，你刚才不是说昨夜守库的是罗紫竹和秦丹桂两人吗？怎么又变成罗紫竹和马艾舒两人了？

揣主任：值班表上安排的是罗紫竹和秦丹桂。估计是秦丹桂私自与马艾舒换班了。

农信仁（皱眉，语气加重）：值班守库人员经常私自换班，我们在明察暗访中都没发现，也没人反映过。换班难道不需要经过你同意吗？

揣主任：很早以前，换班要经过我批准，后来觉得太麻烦，就不用我批准了。南关信用社除了我，都是女同志，罗紫竹还经常带孩子值班守库。

农信仁（满脸吃惊）：啊？带孩子值班守库？昨晚也带孩子了吗？

揣主任：不知道。

冯雪松（走进会议室，快步来到农信仁身边，小声说）：死者的家人已经到宾馆了，他们想见你。

农信仁：我这就去见他们。你抓紧时间向省信用联社汇报此事。

场景二十三：龙脊山市信用联社会议室

时间：日

地点：龙脊山市信用联社会议室

农信仁及龙脊山市信用联社党委委员整齐就座，向安农金进行汇报。

农信仁（神色愧疚）：安理事长，真是对不起。您从龙脊山市才走没两天，又急匆匆赶来，还是为了处理信用社金库抢劫杀人案。

安农金（表情凝重）：不存在对得起、对不起的问题。我这个省信用联社党委书记、理事长，现在就像个救火队队长，带着党委成员在全省各地救火。

农信仁（满脸自责）：南关信用社抢劫库款杀人案的发生，我们班子有不可推卸的责任，尤其是我。我愿意接受省信用联社给予的任何处分，甚至承担法律责任。

冯雪松（满脸懊恼）：真是倒霉，我的任职资格还没批下来，就发生了信用社守库人员遭抢劫杀害的事。昨天晚上党委会上，我们还研究决定今天把城区信用社的库款全部接到联社大库。党委委员中，我分管安全保卫工作，要处理就处理我吧！

安农金（语气严肃，目光扫视众人）：现在不是追究责任的时候。当务之急是妥善处理死者后事，安抚好死者亲属，消除这起事件给信用社造成的严重影响和后果。大家要总结教训、亡羊补牢，防范和杜绝一切案件发生。不仅你们要这么做，省信用联社也要行动起来，在全省范围内开展一次大检查，发现问题立即处理。

农信仁：案件目前还在侦破阶段，公安局不便透露具体情况。到底被抢了多少钱，我们也不清楚，因为库里现金和账面不符。我们已经拟定了一个处置方案，现在向您汇报。

安农金：不用口头汇报了，把处置方案给我，我自己看。看完后，有想法再和你们说。现在，我要代表省信用联社去慰问死者家属，然后前往市委、市政府，和牛书记、皮市长见个面，听听他们的意见。

场景二十四：公安局审讯室

时间：日

地点：公安局审讯室

警察坐在审讯桌前，对面是秦丹桂，审讯正式开始。

警察（目光紧盯秦丹桂）：你昨天晚上为什么私自换班？你经常让马艾舒替班吗？

秦丹桂（神色略显慌张）：我身体不舒服，在家休息。马艾舒人挺好，乐于助人，我经常让她替班。这不算违法犯罪吧？

警察（冷哼一声）：你真的在家休息？

秦丹桂（急忙说道）：对天发誓，我真的在家休息。

警察（严肃道）：对天发誓？老天爷会相信你的誓言吗？实话告诉你，我们调取了你所在小区的监控，你晚上从家里出去后，一夜都没回家。

秦丹桂（微微一怔，随即解释）：我身体不舒服，去市立医院看病去了。

警察（目光犀利，步步紧逼）：你一会儿说在家休息，一会儿又说去医院看病，究竟哪句是真，哪句是假？

秦丹桂（强装镇定）：都是真的。先是在家休息，后来不舒服才去医院看病，这并不矛盾。

警察（质疑道）：你看病看了一夜？

秦丹桂（点头）：是的，吊了一夜盐水。

警察（继续追问）：你看的什么病？

秦丹桂（犹豫片刻）：女人的病，具体什么病属于我个人隐私，不方便说。

警察（严肃警告）：我们会去查证你是否去了医院。我提醒你，你涉及的案件是抢信用社金库的杀人案，性质极其恶劣。你得考虑清楚不说实话的后果，孰轻孰重，自己掂量。我再问一遍，你昨天晚上和夜里在什么地方，和什么人在一起？

秦丹桂（低头思考了一会儿，缓缓说道）：我说实话。昨晚我和火龙岗镇信用社主任丁大海在天上人间歌舞厅唱歌、跳舞、喝啤酒到半夜，然后我们去了花好月圆酒店开房过夜。我和丁大海相好已经七八年了。

警察（感慨道）：真是好人不长寿，坏人活千年。道德败坏的人躲过一劫，做好事、帮助别人的人却失去了生命。

听了警察的话，秦丹桂低头不语。

场景二十五：龙脊山市公安局局长办公室

时间：日

地点：龙脊山市公安局局长办公室

农信仁坐在郑正对面，态度诚恳。

农信仁：郑局长，我从省城来龙脊山市的大巴车上认识了韩东子警官，还让他转告您，近期会来拜访，商量如何打击信用社违规违法行为。没想到信用社被抢，竟然还出了人命，我们以这种方式见面了。

郑正（微微点头，神色凝重）：社会上的事情就是这样，意想不到的突发事太多。但就龙脊山市信用社违规违纪、不执行制度的情况屡禁不止而言，发生这种事情是必然的，并非偶然。

农信仁：您说得太对了。我今天来，一是想了解案件进展，二是想听听您对信用社下一步案件防范和安全保卫工作的意见。

郑正：案件还在侦破中，具体细节不便透露，只能跟你讲一点。南关信用社两名守库女同志是被锤子砸死的，死状很惨。省厅刑侦专家判断为一人作案。

农信仁（面露疑惑）：一人作案？这可能吗？你们勘查现场后，我也去了。光那两个氧气瓶，一个人就扛不动。而且一人要杀死两人，还要割开库房门，夜里那么安静，周围邻居怎么会一点动静都没听到？

郑正（耐心解释）：隔行如隔山，你要相信公安机关的刑侦技术和经验。此案已与外省几个案件并案处理。

农信仁：大概什么时候能破案？

郑正：刑事案件侦破可不容易，不像你们办理存款业务，想存几年就存几年，想什么时候取就什么时候取。

农信仁：我是希望早点破案，为死者讨回公道，她们太不幸了。

郑正：没错，生命最为宝贵。不过，不幸中也有万幸。

农信仁（好奇地问道）：万幸？怎么说？

郑正：罗紫竹的婆婆说，罗紫竹每次值班守库都会带上儿子。平时孩子都很乖，到信用社就睡觉。但这次不知为何，孩子到信用社后一直哭闹，说什么都不愿在库房里睡，非要回家。罗紫竹只好把他送回家交给婆婆，然后再返回信用社。

农信仁：我的天，幸亏孩子不愿意在信用社库房睡，不然又要多一条无辜的生命。

郑正：马艾舒的母亲说，马艾舒是个温柔善良的女孩。秦丹桂经常让她替班，守库费还自己拿着。秦丹桂那天让马艾舒替班，是为了和火龙岗信用社主任丁大海到花好月圆酒店开房幽会。关于信用社案件防范和安全保卫工作的意见，我们已经形成文字材料。今天没时间细谈，我下午还要去省厅开会，材料你先看看，找个时间我们两家再坐下来好好商量。

农信仁：好吧。我们也制定了一个清收不良贷款方案，到时候一并讨论，还请郑局长多多指教。

郑正：只要是为了工作，为了龙脊山市的安定和发展，我义不容辞。

场景二十六：龙脊山市信用联社大院

时间：日
地点：龙脊山市信用联社大院

农信仁、张岩阳与其他党委委员和前来支援工作的 58 名同志一一握手告别。

农信仁（诚挚地道谢）：谢谢兄弟们！谢谢兄弟们！

58 名同志陆续上了大巴车。大巴车缓缓启动，驶离信用联社。农信仁等人挥手致意。

场景二十七：龙脊山市信用联社大门前

时间：日
地点：龙脊山市信用联社大门前

龙脊山市信用联社大门被十几辆四轮拖拉机堵住。拖拉机上坐着男女老少近百人，行人纷纷围过来凑热闹，交通一时陷入堵塞。拖拉机上有人打出多条横幅，上面写着"贷款难、难贷款""我们要发展，我们要贷款""信用社的存款是老百姓的，贷款就要发放给我们"……有几个人拿着照相机在现场拍照。看热闹的人越来越多，交通堵塞愈发严重。

场景二十八：龙脊山市信用联社理事长办公室

时间：日
地点：龙脊山市信用联社理事长办公室

农信仁迅速拿起电话，先后向各部门下达指令。

农信仁（对着电话，严肃地说）：郭宏伟，你迅速组织保卫部人员到大门口维持秩序，并协助交警维持交通秩序，劝散围观人员，同时密切关注现场人员动态，做好保卫工作。

农信仁（再次拨号，下达指令）：杨保森，你带信贷部人员化装成围观群众，迅速了解真实情况。

农信仁（第三次拨号）：卓先超，通知全体党委委员到接待会议室。

农信仁（最后拨号给市应急办）：市应急办……

场景二十九：龙脊山市信用联社大门口

时间：日
地点：龙脊山市信用联社大门口

保卫部工作人员在龙脊山市信用联社大门口维持秩序。郭宏伟在给上访者选出的五位代表登记身份证。

代表甲（质疑道）：又让我们选代表，又让我们登记身份证，你们是什么意思？是想收集我们的信息，卖我们的信息吗？那我们可不答应。

郭宏伟（将身份证递回）：给你们。没人贩卖你们的信息，我们正事都忙不过来。跟我上楼吧。

郭宏伟带着五位代表上楼。杨保森等三人下楼，与上访者代表擦肩而过。杨保森三人走出信用联社大门，来到上访者人群中。一辆四轮车厢坐着几个老年妇女，杨保森走到车前，故意询问。

杨保森（装作好奇）：大娘，这么多人，出啥事了？你们这是干啥？大清早的就来了。

大娘：来要贷款的，来要贷款的。

杨保森（故作惊讶）：要贷款，您老得70多岁了吧？

大娘（得意地说）：俺今年73岁了，前天刚吃过闺女和女婿送的大鲤鱼，俺的年龄还能往上蹿呢。

杨保森：能，能，七十三，吃个鲤鱼往上蹿，祝您老健康长寿，寿比南山不老松，福如东海长流水。

大娘：这孩子的嘴真甜，大娘俺喜欢。

杨保森：大娘，俺也不是小孩了，都40多岁了。大娘，你知道不？闺女、女婿送大鲤鱼时，不能直接提进家，要从院子外面扔进去，这叫鲤鱼跳龙门，这样年龄都能往上蹿。您老都73岁了，该享清福了，还要贷款干啥？做生意？您老身体好干啥都行。

大娘：身体好啥好，一到刮风下雨天，浑身疼。现在一干活就累，俺这一把年纪了，土都埋到脖子了，还能做啥生意。

杨保森：您不做生意，还要贷款干啥？是不是要给孙子娶媳妇送彩礼用，现在彩礼多得可不得了。

大娘：俺才不要贷款呢，俺几个孙子孙女都结婚了。是有人非让俺们来，说中午管饭，还给钱。

杨保森：大娘，您好福气，孙男娣女这么多，怎么您老不要贷款，还有人逼你们来，还许诺给钱管饭。

大娘：有人让俺来……

相邻四轮车上还坐着七八个年轻大嫂，其中一个小声地跟杨保森说话。

大嫂甲：大兄弟，你是信用社的吧？

杨保森（连忙摆手）：俺不是，俺是过路的，看这里怪热闹随便问问。

大嫂甲：你别装了，俺没有嫁到火龙岗镇之前，在娘家来龙镇信用社见过你，俺取钱置办嫁妆时，就是你给俺办的业务，整个来龙镇信用社就你态度好，长得也好看。

大嫂乙：老弟，她暗恋你好长时间了，她对俺说，见你第一面时，要不是已经领过结婚证了，就不跟老公结婚了，就去追你去了，彩礼倒贴都行。

大嫂甲（指着大嫂乙）：净瞎说。她娘家也是来龙镇的，她说的是她的心里话。噢，对了，这次来这么多人到你们这里上访，是火龙岗镇信用社主任丁大海和俺村的书记张长理组织来的，说是帮个人场。

大嫂乙：上去的那五个人是执行者，就是他们吓唬俺们，谁不来就得挨揍、挨骂，以后没有好果子吃。谁要跟来，中午不仅管饭，还发给 20 块钱。这不，在家的男女老幼 108 人都给逼来了。

大嫂丙：俺们没有办法，不敢不来。村书记是市人大代表，养了一帮打手，他办的造纸厂污染可厉害了，臭气熏天，鱼虾都养不活，俺村不少人都得怪病了，好多人都去外地打工，有的全家都搬走了。就剩俺这些没有用的，天天闻臭味。

大嫂甲：村书记强行把俺们的身份证收集起来，给他办贷款用，每人 2 万元，80 多岁的都有，你们规定信用社主任有 2 万元的权限，发放贷款不需上报，他就让俺立 2 万的借据，俺签字，他们用贷款，钱转给他，俺只能见着借据，见不到钱。

大嫂乙：嫂子、嫂子，别说了，二流子正往这边看呢。

杨保森迅速消失在拥挤的人群中。

场景三十：龙脊山市信用联社五楼会议室

时间： 日

地点： 龙脊山市信用联社五楼会议室

一张椭圆形会议桌摆放在会议室中央。农信仁、张岩阳等信用联社党委委员及办公室主任卓先超坐在外面背靠门一边的几把椅子上。五位上访者代表坐在里面脸朝门口的五把椅子上，其中两人在吸烟。信用联社女工作人员给五位代表每人倒了一杯热水。

农信仁（指着墙上"禁止吸烟"的标牌）：请不要吸烟，这是公共场所，吸烟不仅影响自己的健康，还影响他人的健康。

杨金刚（吸烟者之一，男，42岁。愤怒地说）：你这是限制俺们人身自由，剥夺俺的吸烟权，俺就得吸。

苏吉龙（吸烟者之二，男，40岁）：俺们来，你们不拿烟招待俺也就算了，俺自己抽自己带的烟，你们还不让抽，太不像话了，太没有礼貌了。

农信仁（针锋相对）：如果二位觉得我们限制你俩的人身自由，剥夺了你们的吸烟权，请二位离开信用联社到你们自己家里去抽，另换两位不抽烟的人上来。

吴信用（男，55岁。居中调解）：杨金刚、苏吉龙，你们俩把烟灭掉，又不是来吸烟的，一会儿不吸烟能憋死？公共场合不吸烟，也体现咱们的素质，让他们看看咱们的素质也不差。

杨金刚、苏吉龙把烟丢在会议室地板上，用脚踩灭，并将烟头踢到一边，烟头转了几圈在一个角落停下来。

农信仁站起来，走到烟头丢弃处，弯腰拾起烟头，丢到垃圾桶里，然后走到会议桌旁。

农信仁侧着身子从杨金刚和苏吉龙中间伸手，从放在桌子上的抽纸盒里抽出抽纸擦了擦手，把用过的纸巾投放到垃圾桶里，回到自己的座位上。

农信仁：请问各位，带着这么多人，开这么多四轮车，打着条幅，堵着信用联社大门，有什么公干吗？

杨金刚（抢先发言）：俺们来讨一个公道，讨一个说法，你们为啥停了俺们的贷款，你们口口声声说支持地方经济建设，支持企业发展，而上台才一个月，就停止了俺们的贷款，请问你们就是这样支持企业发展的吗？

王占山（男，42岁，留着小胡子）：你们没有捞着俺们的好处，就不给俺贷款了，俺要告你们信用联社。

郜状（男，35岁）：你们要赔偿俺们的损失，而且还要按鸡生蛋、蛋生鸡的方法赔偿。

会议室的门被推开，一个女员工走进来，关好门走到农信仁身后，把几张纸和表格放在农信仁面前，然后站在农信仁后面等待着。农信仁翻看材料和表格后，在女员工耳边说了些什么，女员工拉开门走出，并轻轻地关好门。

吴信用（狠狠地说）：刚才俺制止他们俩吸烟是给你们面子，你们今天要是不给俺们一个满意的答复，不给俺们继续发放贷款，俺们就到省里、中央告你们去。

杨金刚：就是告到联合国也要告，上访告状产生的所有费用，你们还得给我们报销，包括误工费、补助费等。

农信仁（没有理会他们，看着手中的材料，自言自语）：火龙镇信用社主任丁大海，绰号丁大耙子，社会上官称海哥。火龙镇火龙岗村书记张长理，市人大代表，幕后组织了这次上访活动，许诺谁跟着来，中午就在老家地锅鸡管饭，并发给20元钱。谁若不来参与上访，就要挨骂挨揍。上访者共108位，女70人，男38人。其中60岁以上老人85人，16以下5人……

吴信用（打断农信仁的话）：你瞎扯，俺们是自愿上访的，不是海哥和张书记指示的，俺也没有威胁群众，更没有给钱也没有管饭，你说话要有证据。

农信仁：好，暂不说这个。我来介绍你们五位，我们党委委员都是刚从外地调过来的，对你们五位还不了解。你们五位之间，有些事可能相互也不清楚。我现在介绍介绍，有错的地方，请你们指出来。

农信仁把材料放在会议桌上，顿了顿，开口念。

农信仁：上访者之一，吴信用，男，55岁，火龙岗镇耐火砖厂法人代表。在火龙岗镇信用社借贷款25次，累计借贷款7800万元（含以贷收息立据），现欠火龙岗镇信用社贷款7800万元，利息748万元，全部逾期。你从第一笔借贷款到最后一笔贷款，从来没有还过款。你的信用度真与你的名字相符，吴信用，名副其实呀。

吴信用（瞪大眼睛，大声道）：士可杀不可辱，不要用俺的名字说事。

农信仁没有理会吴信用，继续介绍。

农信仁：上访者之二，杨金刚，男，42岁，火龙岗镇石料厂老板，火龙岗镇"八大金刚"之一。在火龙岗镇信用社借贷款12次，累计借贷款2460万元（含以贷收息立据），现欠本息2150万元，全部逾期。上访者之三，王占山，男，42岁，火龙岗镇水泥厂厂长。在火龙岗镇信用社累计借贷款16次，累计借贷款5285万元，现欠贷款3666万元，均逾期，欠利息426万元。上访者之四，苏吉龙，40岁，火龙岗镇煤矿矿长。累计在火龙岗信用社借贷款21次，累计金额7816万元，现欠火龙岗镇信用社贷款6180万元，均已逾期，欠利息1828万元。上访者之五，郜状，男，35岁，丁大海外甥，火龙岗镇石灰厂老板。累计在火龙岗镇信用社借贷款8次，共3850万元，现欠火龙岗镇信用社贷款2480万元，均已逾期，利息586万元。

五位所谓的上访者代表在农信仁的介绍声中，各自不停地抽出抽纸擦拭额头上的汗珠，他们的手在不停地抖动。

农信仁：五位上访者代表在信用社贷款的情况介绍完了，现在介绍张长理、丁大海两位的贷款情况。火龙岗镇火龙岗村书记兼村主任、火龙岗镇长理集团董事长张长理，男，56岁。长理集团下辖水泥厂、造纸厂、石料厂、石灰厂、饭店、旅馆各一个，累计在火龙岗镇信用社借贷款1.8亿元，现欠贷款13856万元，利息2382万元。火龙岗信用社主任丁大海，自借贷款3960万元，借别人名字贷款2680万元，替别人担保贷款3400万元，均已逾期。以上七位的贷款均存在违规违法行为，比如说，强迫老百姓交出身份证，垒大户贷款，借名贷款，冒名、假名借贷款。套取信用社贷款后，再高利息放出去等。你们不是想知道为什么停止你们的贷款吗？现在可以告诉你们，是你们自己的行为造成的，你们的生产经营不符合国家的环保政策、土地政策、矿山管理政策，不符合贷款政策和条件。市应急办、公安局、法院、检察院的有关领导和同志正在向信用联社赶来，等他们来到后，你们如有什么疑问，可以再向他们咨询。他们对法律法规的研究是专业的，你们可以向这些单位告我们的状，由他们裁决，省得你们去省里、中央了，甚至到联合国去了。

吴信用（一边擦汗，一边掏出手机打电话）：喂，二流子，撤退。

二流子（手机里传来声音）：到老家地锅鸡去吗？

吴信用：到啥老家地锅鸡去，赶快带着全体人员回家。

二流子（手机里传来声音）：那每人20块钱还发吗？

吴信用：发什么发，不发了，快给张书记和海哥打电话，请他们务必在家等着，俺们赶快回去向他们汇报，俺看这回上访出问题了，可能要出大事，咱们碰到茬子了。

场景三十一：龙脊山市政府第三会议室

时间：夜
地点：龙脊山市政府第三会议室

整个龙脊山市政府灯火通明，第三会议室内，龙脊山市市委常委整齐地坐在背对墙的一侧，市委书记牛士奇、市长皮定山居于中央位置。市人大、市政府、市政协、市纪委、市政法委、市法院、市检察院、市公安局的领导，分别在椭圆形会议桌旁就座。椭圆形会议桌前方，十几排会议桌依次排开，坐满了市委、市政府各部门的负责人。

皮定山（目光扫视全场，主持会议）：同志们，从今晚会议的阵容就能看出其重要性。市委常委全体参会，市人大、市政府、市政协、市纪委、市政法委、市法院、市检察院、市公安局，以及市委组织部、市委宣传部、市司法局、市金融办、人民银行、银监局监管办、各家银行、信用联社、市土地、税务、财政、工商及新闻媒体等部门的主要领导齐聚于此。如此高规格的会议，在我市实属罕见。本次会议的主题至关重要，关乎龙脊山市未来的稳定与发展，即全面整治我市政治生态环境、自然生态环境与信用环境。下面，请牛书记讲话。

会场内响起热烈的掌声。

牛士奇（端起茶杯，轻抿一口后开始讲话）：同志们，近年来，我市遭受的并非自然灾害，而是人为造成的灾难。其中，政治生态环境、自然生态环境和信用诚信环境的破坏最为严重，拉山头、搞小团体，不作为、乱作为，形成了不请客送礼就办不成事的恶劣风气。正不压邪、恶势力横行等事件频繁发生。自然资源遭到严重破坏，绿水青山被肆意践踏，偷采盗采国家矿山资源的行为猖獗到了极致，有些人还美其名曰是为了提高 GDP。但这种行为真的能提高 GDP 吗？我看未必。偷采盗采带来的所谓效益，国家得到了吗？集体得到了吗？老百姓得到了吗？答案是否定的，这些利益全都落入了个别犯罪嫌疑人和腐败分子的腰包。我们宁可在 GDP 考核中排名倒数，也绝不要这种以破坏为代价的 GDP。市委常委会已统一思想，要全面关停违反国家法律、土地、矿山环境保护等政策的企业，严厉打击偷采盗采矿山的违法行为。市公安局要会同相关部门，在全市范围内开展严厉打击矿产资源领域违法犯罪行为的专项行动，坚持"打源头、端窝点、斩网络、断链条、追流向"，集中侦破一批大案要案，摧毁犯罪窝点，斩断犯罪链条，严惩犯罪分子，确保打击行动取得实效。

牛士奇再次端起茶杯，润了润嗓子，继续发言。

牛士奇：除了政治生态环境和自然生态环境问题，我市的信用环境也极其恶劣。一些人不以诚信为荣，反以诚信为耻，毫无信用观念，借贷款不还，导致我市不良贷款率居高不下，情况十分严峻。尤其是信用社的贷款，不良贷款率竟然高达 90%以上。近期，我们要召开全面整治我市政治生态环境、自然生态环境和信用生态环境的誓师大会，并进行全市现场直播。会后，组织一场声势浩大的游行，营造强大的舆论氛围，对违法犯罪者形成有力震慑。全市上下要总动员，全民参与，上下联动，齐抓共管，打响一场整治政治生态环境、自然生态环境和信用生态环境的人民战争。而整治政治生态环境和自然生态环境，要先从整治信用环境入手。只有社会讲信用、人人讲信用，政治生态环境才能风清气正，自然生态环境才能山清水秀。整治信用生态环境，要从整治银行的不良贷款开始，特别是信用社的不良贷款。

牛士奇（目光严肃，条理清晰地阐述）：整治信用社的不良贷款，需从两个方面着手。一是整治贷款发放问题。目前，全市信用社的贷款大多流向了所谓的能人、黄牛手中。这些人套取贷款后，非法放贷，致使真正需要贷款的老百姓无法从信用社获得贷款，只能无奈借高利贷。市信用联社已开始行动，对不符合国家环保政策、土地政策、矿山管理政策及贷款政策和条件的企业和个人停止发放贷款，这一做法值得肯定。然而，这触动了某些人的利益，火龙岗镇龙岗村书记兼村主任、市人大代表张长理，以及火龙岗镇信用社主任丁大海，竟然组织多人非法上访、寻衅滋事。对于这种现象，必须严厉打击，杜绝类似事件再次发生。二是整治贷款回收问题。我市信用社的不良贷款率高达90%，这一数字令人触目惊心。信用环境如此之差，90%以上的贷款收不回来，到了非整治不可的地步。不良贷款已成为信用社改革工作的最大障碍，必须坚决彻底清收！

牛士奇（坚定地）：如今，我们要发动一场清收不良贷款的歼灭战，全面清收不良贷款，由纪委牵头，公安、司法、检察院、法院为主力，人民银行、银监局监管办及市直各部门协助，信用联社要提供信息和数据，并做好后勤保障工作。信用联社已制定了清收信用社不良贷款的方案，我看过之后，觉得很不错。一会儿，请农信仁同志带领大家学习该方案，随后进行讨论，争取今晚通过。誓师大会结束后，立即付诸行动。接下来，我再讲讲我市信用社的改革工作。曾有同志问我，为什么如此重视信用社工作？因为信用社是支持地方经济发展的金融主力军。经济发展、农民脱贫、迈向小康社会，都离不开信用社的支持。我省对信用社工作，尤其是改制工作高度重视。省委书记、省长亲自到一线调研，常务副省长亲自设计改制方案，并给难度较大的几家农村信用联社所在地的党政主要领导人写信，提出指导意见。我和皮市长都收到了。皮市长已安排金融办牵头制定我市信用社改革工作方案。在全国信用社改制过程中，有些市政府给予虚假支持，甚至有人把废旧火车道作为资产支持信用社，实际上卖废铜废铁所得还不够支付拆铁道的工钱。尽管我市财政资金紧张，但我们绝不搞虚假支持，一定给予实实在在的支持。经济如同肌体，金融恰似血液，只有血液充盈、畅通，肌体才能健康强壮。我的话讲完了，谢谢大家。

会议室里再次响起热烈的掌声。

皮定山（待掌声平息，继续主持会议）：请各部门散会后，迅速落实牛士奇同志的讲话精神，将工作做扎实、做到位。下面，请农信仁同志带领大家学习我市清收不良贷款方案，学习结束后，展开讨论。

农信仁（起身，面向众人）：各位领导，按照会议安排，由我宣读我市清收不良贷款方案……

场景三十二：龙脊山市市民广场

时间：日
地点：龙脊山市市民广场

全面整治龙脊山市政治生态环境、自然生态环境、信用生态环境誓师大会现场，气氛热烈庄重。龙脊山市市委书记牛士奇站在主席台上，面向台下群众发言。

牛士奇：从今天开始，我市将开展为期三个月的清收不良贷款歼灭战，全力清收不良贷款。坚持以战促建，着力固根基、补短板、强弱项，以雷霆手段保障信贷资金安全。此次行动，先从党政机关、企事业单位公职人员，党代表、人大代表、政协委员，以及党员、团员入手。上述人员自借、担保或非法获取的贷款，必须限期收回。若在限期内未能收回，将实行"三停五不"措施；一旦触犯刑法，必将追究刑事责任。所谓"三停"，即停职、停薪、停岗；"五不"，就是不提拔、不调动、不评先、不加薪、不晋级。我们还会在广播、电视、报纸上公布名单，并在大街小巷、乡村张贴，让其无处遁形……

场景三十三：龙脊山市县城、乡镇各处

时间：日
地点：龙脊山市县城居民家中、乡镇村户内

城乡居民们或围坐在电视机前，或通过手机直播，收看誓师大会的盛况。电视画面中，牛士奇书记继续讲话。

牛士奇：我们务必坚决打赢这场清收不良贷款的攻坚战。要在快、狠、稳、全方面下足功夫，做到不留死角。结合政治生态环境与自然生态环境治理，严厉打击假名、冒名、累大户贷款等行为，坚决打击恶意逃废债行为，以及套取信贷资金再放贷、非法揽客和黄牛等行为。以打击推动清收，彻底

整治信用环境。该逮捕的逮捕，该处罚的处罚，该处分的处分，该开除的开除，该关停的关停，该清除的清除。让失信单位、企业和个人寸步难行，还龙脊山市一片诚信蓝天。清收任务已分配到各乡镇、街道办事处，党政一把手作为第一责任人，若完不成任务或清收不力，将就地免职……

场景三十四：龙脊山市街道

时间：日

地点：龙脊山市各主要街道

浩浩荡荡的游行队伍沿着街道有序前行，各个方队整齐排列，手中举着醒目标牌。

方队甲（齐声呼喊）：守信走遍天下，失信寸步难行。

方队乙：积极还贷款光荣，拖欠贷款可耻。

方队丙：清收不良贷款，保障经济发展。

不同方队呼喊口号的同时，展示着手中写有"依法从严从重打击逃废金融债务行为""谁立据谁还贷，谁担保谁负连带责任，谁介绍贷款谁负责清收""还贷光荣，赖账可耻""欠债还钱，天经地义""恶意逃废债务，身败名裂"等标语的标牌。

场景三十五：龙脊山市街上

时间：日

地点：龙脊山市街头

宣传车缓缓行驶在街头，车顶的喇叭不断播放着龙脊山市政府关于清收不良贷款的公告。公告声吸引路人纷纷侧目聆听。

宣传车广播（声音洪亮）：广大市民请注意，龙脊山市政府发布清收不良贷款公告……

场景三十六：龙脊山市各乡镇、村子

时间：日

地点：龙脊山市各乡镇集市、村子广场

大喇叭高悬在电线杆或建筑物上，持续播放着龙脊山市政府关于清收不良贷款的公告，声音传遍乡村的每一个角落。

大喇叭广播：各位村民请注意，龙脊山市政府发布清收不良贷款公告……

场景三十七：龙脊山市各地

时间：日

地点：龙脊山市区街道、乡镇街道、村庄房屋墙壁

市内街道的宣传栏、电线杆上，乡镇街道的店铺门前，村庄房屋的墙壁上，都贴满了清收不良贷款的标语。从市区到乡村，形成了浓厚的宣传氛围。

旁白：一时间，龙脊山市从市区到乡村，随处可见清收不良贷款的标语，清收行动在全市范围内全面铺开。

场景三十八：龙脊山市信用联社办公大楼下

时间：日

地点：龙脊山市信用联社办公大楼下

近百名信用社员工，整齐地列成六路纵队。员工们身着统一制服，外穿红黄相间的马甲，马甲前面印着"诚信至上"，后面印着"依法收贷"字样。张岩阳站在队伍前方，神情庄重，声音铿锵有力。

张岩阳：龙脊山市信用联社清收不良贷款大队，今天正式成立！清收大队全体队员已全部到齐。下面，有请龙脊山市信用联社党委书记、理事长农信仁同志授旗并讲话。

农信仁从一名队员手中接过旗帜，郑重地交给正步走来的清收不良贷款大队队长。清收不良贷款大队队长双手接过旗帜，挥舞几下后，转身正步走回队伍。

农信仁（目光坚定，扫视队员）：同志们，今天，龙脊山市信用联社清收不良贷款大队正式成立，这在龙脊山市信用社的历史上尚属首次。清收队员们都是从全市信用社抽调的业务骨干。从今天起，你们将直面各种难缠的老赖，面临诸多困难与危险。大家怕不怕？

清收队队员（齐声高呼）：不怕！我们准备好了！

农信仁：好！感谢大家。在清收不良贷款的过程中，倘若你们遇到任何问题、困难，包括家庭方面的难题，都要及时向联社党委汇报。联社党委将是你们最坚实的后盾。清收不良贷款，不仅是一场法律实践，更是一场心理较量。打赢这场清收战役，关键在于攻心为上，持之以恒。我们既要依法催收，也要寻找切入点，尝试为欠贷户解决实际问题，与他们建立信任，用真情推动清收。总之，清收任务艰巨，前方布满险阻。唯有咬定目标，勇往直前，多管齐下，才能确保全面清收，打赢这场不容有失的硬仗！

场景三十九：龙脊山市多地

时间： 日
地点： 丁大海等人所在地

镜头1：丁大海、张长理、吴信用等人被警察押着走向警车，周围人群围观。

镜头2：黄牛邵哥等人神色慌张，被警察带上警车。

镜头3：姚姐、揣主任、范主任、花正香等人，在警察的控制下，被带上警车。

伴随着警笛声，警车缓缓驶离现场。

场景四十：龙脊山市大酒店豪华包厢

时间：日

地点：龙脊山市大酒店豪华包厢

豪华包厢内，大圆桌上摆满山珍海味，几瓶茅台酒十分显眼。

孙传令（男，47岁，制革厂法人代表。举起酒杯，热情招呼）：吃、吃，这是咱们当地名吃"霸王别鸡"；喝、喝，这酒是我托人从茅台酒厂直接采购的，保证正宗。

众人（纷纷举杯）：谢孙老板的热情款待。

这时，一个年轻人推门进来，快步走到孙传令身后。

年轻人：老板，大奔汽车入户上牌了，牌号是5个6。

孙传令（满意点头）：好、好，5个6，六六大顺。你告诉市交警队许支队长，改天我请他喝茅台。你入座吧。

年轻人：好。

年轻人转身走到一个空位坐下。众人再次端起酒杯。

众人：祝贺孙老板喜得坐骑。

孙传令：谢谢、谢谢，同喜、同喜。

孙传令的手机突然响起，他示意众人安静，然后拿起桌上的手机。

孙传令：喂，哪位？信用联社的张主任，您好、您好，我现在确实没钱，没钱进货，生产都停了，账又要不回来，现在连招待客人的钱都没有。嘴长在你们身上，你们想怎么说就怎么说，我就是没钱还贷款。你们起诉吧，把我抓进去坐牢也行，我正愁没地方吃饭呢，听说监狱的免费伙食也不错。

孙传令不管对方回应，直接挂断电话，将手机扔在桌上，满脸气愤。

孙传令：市信用联社新来一帮人，催收贷款跟催命似的，还要起诉我。那么多人欠贷款，我看他们怎么起诉。还是原先那几个家伙好，打个电话、送点钱，贷款就到手了。而且他们从来不催收贷款，年底换个借据，连利息都算在里面，按他们的行话说叫以贷收息。这样一来，他们的收入、利润都完成了，奖金也到手了，贷款我们还能继续使用。现在倒好，天天催收，还跟踪贷款使用情况，真是烦人。来、来，不管他们，咱们继续喝酒。

客人甲：市里专门召开了信用社不良贷款清收誓师大会，要搞一场清收不良贷款歼灭战。

客人乙：我看了现场直播，现在风声很紧，全市抓了不少人，火龙岗镇抓得最多。看样子咱们的好日子到头了，贷款不还不行了。

孙传令向刚入座的年轻人招了招手，年轻人起身走到他身边。

孙传令：大奔先藏起来，暂时别开。他们这种行动持续不了多久，等风头过去再开。

孙传令端起酒杯，站起身来。

孙传令：各位老弟，哥教你们一招逃避债务的方法，回去把资产转移到老婆名下，同时办理离婚手续。

众人（端起酒杯，站起身附和）：高招、高招。

客人甲：怪不得现在离婚率居高不下，可能有一部分人就是为了逃避债务吧。

客人乙（半开玩笑）：可别把资产转移给老婆，办理离婚手续。老婆要是假戏真做跟别人跑了，到时真是赔了夫人又折了兵。

孙传令：这的确是个问题，得研究研究对策，做到万无一失，既转移了资产、办理了离婚手续，老婆又不能假戏真做跟别人跑了。

场景四十一：传令制革厂

时间：日

地点：传令制革厂

一辆标有法院字样的警车缓缓开进传令制革厂，随后停下。几个身着法官制服的法官从警车上下来，他们手持封条，开始往传令制革厂的厂房、仓库、车库的门上张贴。

场景四十二：孙传令家

时间：日
地点：孙传令家别墅前

法官正在给孙传令的豪华别墅张贴封条。孙传令的老婆见状，号叫起来。

孙传令妻子：我和孙传令已经离婚，他跑路了，这套别墅是我的，你们无权查封。

法官：传令制革厂的债务是你和孙传令婚内产生的，况且你也是传令制革厂的股东、董事。

场景四十三：警车内

时间：日
地点：警车内

法官坐在孙传令对面，开始询问。

法官：法院的判决你拒不执行，还跑路逃避，你觉得能跑掉吗？你为什么不执行法院的判决？

孙传令（理直气壮）：我借贷款时，信用社的人拿了我的好处。拿了我的钱，我为什么要还？

法官：法律不会冤枉一个好人，也不会放过一个坏人。信用社的人收了你的钱，犯了受贿罪，同样会受到法律制裁。你借款时给信用社工作人员送钱送物，现在又拒不执行法院判决，不仅涉嫌行贿罪，还涉嫌拒不执行罪。

孙传令：我欠信用社贷款不假，但实际没使用那么多。

法官：为什么？

孙传令：他们信用社每年为了完成利润计划，拿高工资，让我每年换据。按他们信用社的行话说，就是以贷收息。

法官：这不是你不执行法院判决的理由，你下一步准备履行法院的判决吗？

孙传令（毫不犹豫，淡定地摇了摇头）：不履行。

法官：法院会强制执行的。

孙传令突然大声唱起京剧：儿受刑不怕浑身的筋骨断，儿坐牢不怕把牢底来坐穿……

法官（冷哼一声）：你唱得确实不错，字正腔圆，很有专业水平，但却侮辱、亵渎了英雄形象。有"铁窗诗人"称号的革命者何敬平，为了免除下一代的苦难，愿把牢底坐穿；英雄李玉和为了祖国山河无恙、人民幸福，不怕把牢底坐穿。而你呢？你是为躲避债务，为了身外之物，为了当老赖，不怕把牢底坐穿。你的父母有你这么个"有骨气"的儿子，是感到骄傲，还是感到羞耻？你的儿女有你这么一个老赖父亲，是感到光荣，还是感到可耻？

孙传令：什么是光荣？什么是可耻？现在还能分清吗？我不管父母妻儿有什么感受，就是不执行判决。

法官：法律会维护公道的。

场景四十四：农信仁办公室

时间：日
地点：农信仁办公室

农信仁坐在办公桌前打电话。

农信仁：喂，皮市长，您好！我是农信仁。想向您汇报一下近期工作情况，您看什么时间方便？好、好，晚上7点到市政府第一会议室。谢谢，再见。

农信仁挂断电话，这时门外传来敲门声。

农信仁：请进。

杨保森推门而入，站在农信仁办公桌前，低着头。

农信仁（关切地看着杨保森）：保森，今天怎么了？看起来无精打采的。

杨保森（声音低沉）：理事长，今天我是来申请辞职的。

农信仁（猛地站起身）：啥？辞职！辞什么职？

杨保森（低头，小声说道）：是的。理事长，我是来辞职的。

农信仁（生气地质问）：辞职？嫌弃信用联社了，想跳槽？找到好单位了，待遇更好、能升迁了？

杨保森（急忙解释）：理事长，您误会了。我不是跳槽，我对信用社有感情，再难、待遇再低，我也不会离开。我说的是辞去信贷管理部经理职务。

农信仁（指着办公桌前的椅子）：坐下说，为什么？

杨保森坐下，农信仁也跟着坐下。

杨保森：理事长，我不诚实，不诚信，是个老赖。

农信仁：保森，别急，慢慢说，到底怎么回事？

杨保森：那是我刚从银行学校毕业，到来龙镇信用社工作的第二年，也是我刚结婚半年的时候。

场景四十五：杨保森家（回忆）

时间：日

地点：杨保森家

房间里还保留着结婚时的喜庆装饰，杨保森推门进屋，开始换鞋。祁红从厨房走出来，迎到门口，挽住正在换拖鞋的杨保森。

祁红：保森，今天你休班，我给你做了你最爱吃的羊肉滑脊和泉水鱼。

杨保森（搂住妻子，在她额头上亲了一下）：谢谢，我的小红茶。除了你，羊肉滑脊和泉水鱼就是我的最爱。

祁红：做泉水鱼的水，是爸爸从龙泉寺山泉打来的。爸爸说打泉水的人多得排成长队，好多人都带几个能盛五十斤水的塑料桶，有人用汽车运，有人用电动车驮，还有人用自行车载。更有锻炼的人，趁着上山锻炼顺便打水，一举两得。

杨保森：谢谢爸爸，爸爸不仅送我一个好媳妇，还每天送泉水。龙泉寺的泉水含有多种矿物质，喝了对身体好。

祁红（笑着打趣）：喝死了，还不算伤人，真能吹。

杨保森（端着泉水鱼从厨房出来，放到餐桌上）：不是吹，是形容龙泉寺的水质好到极致了。

祁红（把碗筷放在餐桌上）：我爸爸也这么说。不知道为什么爸爸这么喜欢你，逢人便夸，说你多好多好。我都没觉得你有多好。上辈子你和爸爸肯定是一对情人。

杨保森：小红茶，你吃醋了。没听说过吗？女儿是父亲上辈子的小情人，是这辈子的小棉袄。

祁红（把一杯祁门红茶放到杨保森面前）：给你沏了一杯祁门红茶，也是你的最爱。你的最爱可真多。

杨保森：喝茶我只喝红茶，红茶暖胃，而喝红茶我只喝祁门红茶。不是因为祁门红茶口感好，主要是你叫祁红，爱屋及乌吧。你的名字好听，但我最喜欢喊你小红茶。喊你"小红茶"，我的胃就暖暖的。

祁红：你的嘴巴甜，是不是哄了不少小姑娘？就是你一声"小红茶"，打动了我的芳心。确定关系后，我跟爸爸说了。爸爸听了哈哈大笑，连说"好、好，这名字起得太好了，有水平，比我给你起的祁红更好。不过建议给这名字申请专利权，只准杨保森一个人喊"。我老家是安徽祁门县，爷爷家祖辈都是种茶、制茶的，对祁门红茶钟情到了极点。我又姓祁，所以就给我起名叫祁红。

杨保森：祁红这名字，世界都有名。

祁红：怎么讲？你又有什么鬼点子？

杨保森：啥鬼点子都没有，不过，聊到祁门红茶，我是从很早的时候起，就下决心找一个叫祁红的漂亮、温柔、知书达理的女孩子当老婆。结果苍天不负有心人，你爸妈把你送到了我身边。祁红、小红茶就成了我的老婆。

祁红：虚情假意。就是你对红茶的评价骗取了我爸的好感。

杨保森：在第一次去你家见爸妈之前，我联系了在安徽黄山工作的同学，让他帮我找了一些资料，背了几天。谁知道第一次见到你爸妈，我非常紧张，忘了不少，好在关键的没忘。结果成功了。

祁红：真是个骗子。骗了我不说，还骗了我爸妈。

杨保森：骗得美人祁红归，骗得小红茶暖人心。

祁红：去，哪天我当着爸妈的面揭穿你。

这时，门外传来"嘭嘭"的敲门声。

祁红（站起身）：谁呀？来了。

祁红透过门上的猫眼，看到姨表姐叶玉桂和乔怀财两口子笑盈盈地站在门外，便打开门。

祁红：玉桂姐，怀财哥，是你们两口子，快进来、快进来。

叶玉桂、乔怀财两口子在门口换上拖鞋，走进房间。

叶玉桂（走进房间，四处打量着装修豪华的房子，发出啧啧声）：看、看看，还是两口子在银行上班有钱，家里装修得像皇宫一样。真是羡慕嫉妒恨，看看你们的家，再看看我们家，自杀的心都有。谁让我找了个窝囊废，要权、要钱都没有。

祁红：玉桂姐，老公只要人好就行。怀财哥不错。

叶玉桂：人好就行？你表姐夫就是名字不错，乔怀财、乔怀财，好像怀里揣着多少财似的。他是三脚踹不出一个屁来，一把抓住两头不冒。好啥好，看着就恶心。

祁红（笑了笑）：玉桂姐真是会说，怀财哥这么高，你还一把抓住两头不冒，你的手真大。

杨保森：玉桂姐、怀财哥，来来，坐，饭菜刚做好。咱们坐下喝两杯，好长时间不见。祁红，拿酒去。

祁红：好的。保森刚从爸爸那里"骗"来两瓶原浆酒。

杨保森：咋是骗的？是过年我孝敬老爷子，给老爷子买的。

祁红：名义上你买酒孝敬老爷子，实际上都是你喝。也难怪，我爸只钟爱红茶，一两白酒就喝醉。

祁红走进储藏间去拿酒。

乔怀财（拉过一个凳子坐下）：好，喝两杯，这叫有福之人不用忙，无福之人跑断肠。好长时间没喝原浆酒了。

叶玉桂（揶揄乔怀财）：你就知道喝酒，酒鬼一个。

祁红从储藏间拿酒回来，杨保森打开酒瓶盖开始倒酒。

叶玉桂：给我也倒一杯。祁红，这一瓶酒不够，再拿一瓶。你不知道我也能喝，我的绰号叫叶八两吗？

乔怀财：你还有一个绰号更厉害，叫叶子包。

祁红：好。真忘了，玉桂姐巾帼不让须眉，能喝。

乔怀财：你表姐能喝别人的酒，在家我要买酒喝，她死活不让，说等碰上酒场时照死里喝。

叶玉桂：滚一边去。你也好不到哪去。说肉是你的命，一顿不吃都不行。但是一见着酒，命都不要了。

杨保森（拿出三个能盛四两酒的玻璃杯放在桌子上，打开一瓶酒，倒满三杯）：这酒是一斤二两一瓶，刚好倒三杯。我的酒量可比不过二位。来，表姐、表姐夫，喝酒。

叶玉桂：咋只倒三杯，祁红不喝？

祁红：玉桂姐，你是知道的，我还不如我爸呢，我滴酒不沾。我以茶代酒，敬你们两口子。

乔怀财：行。不能喝就不喝，只要心中有，喝啥都是酒。

叶玉桂（拍了乔怀财一下）：说的啥话，只要心中有，喝啥都是酒，人家祁红心里只有杨保森，那是人家心中的森林。杨保森心中只有祁红，那是暖胃的小红茶。

祁红：玉桂姐，不带这样讽刺挖苦人的。来，敬你们。

叶玉桂（端起酒杯）：好，不说了。这么好的酒得多喝点。

四只杯子在桌子上空碰在一起。

叶玉桂（喝了一大口酒，放下杯子，拿起筷子夹起一块肉放进嘴里，一边嚼一边说）：祁红，你们的房子装修得真漂亮，花不少钱吧？

祁红：连买家具 20 万吧。现在啥东西都贵。

叶玉桂：乖乖，20 万？你们在银行上班真有钱。

祁红：有啥钱，我们农行工资不高，保森在信用社更差。再说，我俩才上班两年，哪里能存下钱？我爹妈赞助 10 万，保森家给 5 万，我们七拼八凑凑了 5 万。

叶玉桂：姨和姨夫对你就是好，其他几个老表没有意见？

祁红：没有。我家兄弟姐妹相处得非常好。

叶玉桂：真好。我家就不行。爹妈一分钱都不给我们，兄弟之间，一分钱都得用放大镜分清楚。

乔怀财（端起酒杯喝了一口，对叶玉桂说）：你别老说话，别忘了咱们来的目的，别喝多了，耽误正事。

叶玉桂（一拍脑袋）：对了，光顾喝酒了。我说怀财是见酒不要命，跟了他这么多年，把我也给传染了。

乔怀财：什么坏事都赖我，你能喝是天生的，也怪我？

叶玉桂：祁红、保森，姐现在实在是困难，你们要帮我一把。咱们是亲姨老表，打断骨头还连着筋呢。咱们有血缘关系，你们一定要帮这个忙。

祁红：玉桂姐，只要保森能帮上忙的，我们尽力。

叶玉桂：我和怀财的工作，都是姨夫给找的。我在土产公司，你怀财哥在粮站，当时姨夫给我们找工作时，这两个单位都是好单位。姨夫协调能力强，有名的"磨动天"。现在形势发生了变化，我也下岗了，你怀财哥也下岗了。我也不怪姨夫当时没有给我们找银行工作，只能怪我们命不好。

祁红：这就是市场经济。任何单位不适应市场的变化就要被淘汰。任何人不加强学习，也适应不了形势的变化，更应该被淘汰。这也不是我爸能左右的。他没这么大本事。再说，当时给你们找了好几个单位，这两个单位是你们自己挑选的。

叶玉桂：是的、是的。是我们眼光肤浅，现在很后悔。

祁红：世上就没有卖后悔药的。玉桂姐，你说什么事，刚才我说过了，只要我和保森能帮的，一定尽力帮。

叶玉桂：你们有这个能力。我和你怀财哥为了生计商量了一下，准备学人家收购玉米，卖出去赚点差价。两个孩子马上就长大了，不得买房子吗？不得娶媳妇吗？真愁人。可收购玉米得有钱，我们没有。想问你们借 10 万元钱。

（转闪回）

场景四十六：叶玉桂家（闪回）

时间：日
地点：叶玉桂家客厅

叶玉桂坐在沙发上，转头看向一旁的乔怀财。

叶玉桂：怀财，咱们也去贩玉米吧，听说挺赚钱的。不过咱们刚开始，少搞点，免得折本。

乔怀财（点头赞同）：好的。我在粮站干过，有这方面经验。你把咱们存银行的 20 万元取 5 万出来，先试试水。

叶玉桂（眉头一皱，摆手否定）：不行。钱还差一年到期，提前取出来不划算。咱们借钱去，这样不用付利息，还能保住银行利息。

乔怀财（无奈地笑了笑）：你呀，真是个财迷，啥便宜都想占。

（画面淡出，闪回结束）

场景四十七：杨保森家（回忆）

时间：日
地点：杨保森家客厅

叶玉桂和乔怀财坐在沙发上，祁红和杨保森对面相陪。

祁红（面露难色）：玉桂姐，不是我们不帮你，你看，我们刚装修完房子，钱都花光了，实在拿不出钱。

叶玉桂（向前凑了凑，拉着祁红的手）：祁红，别跟姐哭穷。你把钱借给姐，姐肯定不会忘你的好。最多半年，姐连本带利一起还，利息就按一年定期算。

祁红（轻轻摇头）：利息倒无所谓，主要是我们现在真没钱。

叶玉桂（眼眶泛红，语气急切）：好妹妹，你一定要帮姐这个忙。不然姐真不知道该怎么办了。你要是帮了姐，姐这一辈子，不，几辈子都感激你们。要是你们实在没钱，就帮姐借贷款吧。

祁红（疑惑地问道）：借贷款合适吗？再说，借贷款是有条件的。

叶玉桂（拍了拍胸脯）：信用社的贷款好借，只要信用社有人就行。保森不就在信用社上班吗？他肯定有办法。

杨保森（眉头微皱，语气认真）：玉桂姐，信用社贷款是有严格条件的。

叶玉桂（双手一摊）：啥条件不条件的，办法是人想的，条件也是人创造的。怀财粮站的老黄，借了好多身份证到信用社贷款。我和怀财借身份证，别说借别人的，就连爸妈和姐妹几个的身份证都借不来。想来想去，突然想到保森在信用社工作，咱们在信用社有人啊。

杨保森（严肃地说道）：借身份证贷款违法，不能这么做。

叶玉桂（情绪激动，作势要跪）：借身份证贷款违法，可借身份证贷款的人多了去了，法不责众。保森好兄弟、祁红好妹妹，就帮姐这一次吧，姐求你们了。要不，怀财，咱们给他们跪下。

叶玉桂拉住乔怀财就要下跪，祁红连忙扶住她。

祁红：玉桂姐，你们这是干什么？

叶玉桂（抽泣着）：你们要是不帮忙，我们真没法活了。

杨保森（连忙说道）：怀财哥，玉桂姐，咱们先坐下慢慢说。

四人重新坐下。

杨保森（耐心解释）：借信用社贷款，一般需要抵押和担保。

叶玉桂（眼睛一亮）：房产抵押要去房产局过户，太麻烦，时间也长，生意可不等人。保森兄弟，你给担保一下吧，最多半年，我肯定把贷款还上。要是还不上，我卖房子、卖血，也会还。

杨保森（犹豫道）：我担保？这合适吗？

叶玉桂（又突然站起来）：保森兄弟，你要是不帮这个忙，我和怀财就真给你跪下，而且不起来了。

杨保森低头沉思片刻。

杨保森：好吧，明天上班我问问主任。不过你们一定要按时归还。我担保是要负连带责任，会被追究的。

乔怀财（连忙表态）：一定、一定。到期肯定归还。

叶玉桂（破涕为笑，端起酒杯）：兄弟，姐敬你。

乔怀财：保森兄弟，要是需要请客，尽管说。

叶玉桂：是呀、是呀，要是需要请客，保森兄弟就代劳了。姐现在困难，兄弟先垫上，等生意好了，再还你。你们就算再没钱，一顿饭钱还是不在乎的吧？

叶玉桂放下筷子，起身准备离开。

叶玉桂：吃饱了，喝足了。怀财，咱们回去吧。人家小两口一星期才见一回面，小别胜新婚，别耽误人家时间了。

叶玉桂、乔怀财开门走出房间，杨保森、祁红送到电梯门口。电梯来了，叶玉桂、乔怀财走进电梯，向杨保森、祁红招手。

杨保森、祁红（挥手回应）：玉桂姐、怀财哥，慢走。

电梯门关闭，缓缓下行。杨保森、祁红回到屋里，关上门。

祁红（叹了口气）：咋摊上这么一个表姐，麻烦来了。

（转场）

场景四十八：电梯里（回忆）

时间：日

地点：电梯内

电梯里只有叶玉桂和乔怀财两人。

乔怀财（疑惑地看着叶玉桂）：不是只需要 5 万元吗？你怎么说要借 10 万？

叶玉桂（得意地笑了笑）：你懂什么，我买东西向来拦腰砍价，就说借 10 万，等他砍价呢。没想到他没砍，借 10 万更好。

乔怀财（皱起眉头）：借多了要多付利息，你怎么不算这笔账了？

叶玉桂（不屑地撇嘴）：付利息？你听说过借信用社的钱有人还吗？

乔怀财（惊讶道）：啊，不还？保森可是担保人，他得还。

叶玉桂（连忙叮嘱）：他还就他还，他又不是还不起。你可一定要保密。

电梯停下，有人走进电梯，叶玉桂、乔怀财停止说话。电梯门关闭，继续下行。

（转场）

场景四十九：来龙镇信用社主任室（回忆）

时间：日

地点：来龙镇信用社主任室

信用社范主任坐在椅子上，摆弄着手表，室内烟雾缭绕。杨保森走进来，将两条烟放在办公桌上。

范主任（抬头看了看）：噢，是保森，有什么事？

杨保森：祁红的表姐想借 10 万元贷款。

范主任：祁红的表姐？祁红好久没来来龙镇了。她表姐借贷款做什么？

杨保森：祁红所在的农行最近比较忙，她还让我向您问好。她表姐夫以前在粮站工作，借贷款是想收购玉米。

范主任：谢谢祁红。她表姐借贷款收购玉米，以前这算投机倒把，现在贷款政策也不太支持。不过既然是咱们信用社员工自己的事，行。改个贷款用途，符合政策就行，你担保一下。明天让祁红表姐来写个申请，我批了就行。祁红可是个美人，她表姐应该也不差。明天中午我请客，见见祁红她表姐。

杨保森（将烟往范主任跟前推了推）：主任，这是我给您买的两条烟，请您收下。哪能让您请客，明天中午我在仙人醉酒店请您吃"霸王别鸡"。我这就去订桌，去晚了可订不着。主任，您看还喊谁？

范主任（思索片刻）：人多了不好，你把主管会计、信贷会计喊上。噢，把熊主任也叫上，省得他眼馋。

杨保森：行。就按您的意思办，我现在就去安排。

（转场）

场景五十：叶玉桂家（回忆）

时间：日

地点：叶玉桂家客厅

电话铃响了，叶玉桂左手拿着黄瓜片，右手接起电话。

叶玉桂：喂，是哪位？噢，保森呀，啥事？你看表姐这记性，借贷款的事说好了。好，好。啥？还得去一趟，怀财也得去。不去不行吗？你签一下不行吗？不行。必须两口子都去，现场签。带两人身份证，明天。我看看明天有没有熟人的车去来龙镇。我知道有客车到来龙镇，坐客车两人来回得花20多块钱呢。不是我小气，过日子就得能省则省，不像你们两口子，都在银行上班，有钱。好，明天见吧。

（转场）

场景五十一：来龙镇仙人醉酒楼（回忆）

时间：日

地点：来龙镇仙人醉酒楼包厢

信用社范主任双手背在身后，率先走进包厢，熊主任、主管会计和信贷会计紧随其后。包厢内，杨保森见状立刻起身，向叶玉桂介绍。

杨保森：这是范主任，这是熊主任，这是菜会计，这是小刘会计。

范主任（随意地招了招手）：好、好，你们好。

杨保森接着介绍：这是我表姐，这是我表姐夫。

范主任（目光看向叶玉桂）：果然是个美人，和祁红有几分相像。

杨保森：范主任，您坐主位，主持一下。

范主任：让我坐买单的位置？

杨保森：咱们这儿的风俗，最重要的人坐中间。

范主任：我能不知道？开个玩笑，我怎么会买单呢？

杨保森（看向众人，安排座位）：熊主任，您坐范主任右边，主客位；菜会计，您坐范主任左边；刘会计，您挨着菜会计坐。

范主任：改一下，熊主任坐我左边，祁红的表姐坐我右边。毕竟她是从城里来的客人嘛。

众人按照安排依次就座。服务员端来凉菜，放在圆桌上。杨保森打开两瓶酒，给每个人面前的玻璃杯倒满。

叶玉桂（端起酒杯，站起身，面向范主任）：有幸认识范主任和各位，深感荣幸，谢谢大家。我敬大家一杯，往后咱们就是熟人了，还请多多关照。

范主任（端起酒杯，未起身）：好说，好说。

众人纷纷端起酒杯，站起身。熊主任端起酒杯，却没有起身。

众人：敬范主任、熊主任一杯。

七八只玻璃杯碰在一起，回忆画面渐暗结束。

（回忆完）

场景五十二：农信仁办公室

时间：日
地点：农信仁办公室

杨保森坐在农信仁对面，继续讲述。

杨保森：就这样，我在来龙镇信用社替祁红表姐担保借了 10 万元贷款，期限 1 年。到期时，我去催收，麻烦就来了。

画面随之转入回忆场景。

场景五十三：叶玉桂家（回忆）

时间：日
地点：叶玉桂家客厅

叶玉桂穿着睡衣，斜靠在沙发上，跷着二郎腿，嗑着瓜子，眼睛盯着电视。突然，电话铃声响起，叶玉桂被吓了一跳。

叶玉桂（起身走向电话，嘴里嘟囔着）：这鬼电话铃声，吓我一跳。

叶玉桂拿起话筒。

叶玉桂：谁呀？保森呀，这时候打电话有啥事？噢，还贷款的事，你不是都打过两次了吗？到期还有一个星期呢。别急，到期一定归还。放心吧，你玉桂姐说话算话。就这样吧，我还看电视呢。

叶玉桂放下电话，回到沙发前坐下，继续嗑瓜子。这时，房门传来钥匙插入门锁的声音。

叶玉桂（停止嗑瓜子，厉声问道）：谁？

无人回应，房门被推开，乔怀财挎着包走进来。

乔怀财：是我。从上海回来了，累死了。

叶玉桂：咋样？钱要回来了吗？

乔怀财：你不关心我累不累，只关心钱要没要来。要回来了，九万七，还剩 3000 元，你大弟弟玉山在上海，过两天他去跑一趟就能要回来。

叶玉桂：大弟弟玉山，让他去要？钱还能要回来？

乔怀财：没事。不就 3000 块钱吗？玉山有能力要回来。

叶玉桂：我说的是钱到了玉山手里，就别想要回来了。你说得轻松，3000 块钱还少？

乔怀财：短短一年，咱们收购玉米就赚了三十多万元。三千块钱算什么。现在行情不好，咱们把贷款还上，停一段时间，看看情况再说吧。我累了，想歇歇。

叶玉桂：现在行情确实不好，货款也难要了。歇歇可以，但贷款不能还。留着有用。

乔怀财：贷款不还？还有五六天就到期了。

叶玉桂：过期都不还。你打听打听，有谁会主动还贷款？傻瓜才还贷款呢。咱们不当这个傻瓜。

乔怀财：贷款逾期不还，保森是担保人，他要负责的，你不还他就得还。

叶玉桂：谁爱还谁还去，我是不还。

乔怀财（拿起挎包）：你不还，我去还。

叶玉桂（一把拽住挎包）：你敢？乔怀财，你现在胆子大了，还敢去还贷款？你要是去还贷款，咱俩就离婚。

乔怀财（从挎包里掏出现金）：好、好，钱给你，你随便，你想还就还，不想还就不还。我不问了，反正杨保森、祁红又不是我家亲戚。

叶玉桂（一边整理乔怀财掏出的钱，一边说道）：你不问可以，但你得保密。你见人就说，货款要不回来，收购玉米赔得一塌糊涂。我都不想活了，都寻短见几次了。

乔怀财（倒了一杯水，边喝边说）：也不知道你是什么心态，这几年你卖小吃、看台球案子，挣了不少钱。我做个小生意，虽然挣得不多，但在咱们这地方也算不错，存款有五六十万。还不满足吗？不能光顾着钱，连亲情、友情都不要了。这几年我的朋友都不和我来往了，亲戚之间的走动也少了，都是因为你的脾气和性格。爱占小便宜，看似得到了好处，可都是蝇头小利。现在是信息时代，你不与人来往，就失去了信息、机会和资源。你们家兄弟姐妹七八个，我家兄弟姐妹五六个，咱们光吃他们的饭、喝他们的酒，连一碗稀饭、一滴酒都没回请过。每次我都觉得不好意思。

乔怀财还没说完，叶玉桂就把钱摔在茶几上，大声叫嚷起来。

叶玉桂：放屁。你不好意思，我好意思？你混成这样，还怪我不让你与人来往？我就爱占人家小便宜，占小便宜我心里舒服，吃别人的、喝别人的我心情舒畅，花我半分钱我都心疼。我就是这样的人，我连一件十几块钱的衣服都不舍得给我娘买，还能给其他人花钱？真是搞笑。

乔怀财坐在沙发上，喝着水，心里憋屈，不再理会叶玉桂。

叶玉桂（把散落在地上的钱拾起来，重新整理好放进包里，问乔怀财）：你说钱是存银行定期，还是买理财产品？还是各占一半？

乔怀财没有搭理叶玉桂。

叶玉桂（把装钱的包重重地摔在茶几上，号叫起来）：乔怀财，你哑巴了？你说话呀，这日子没法过了，离婚、离婚，不跟你过了。

乔怀财正在气头上，依旧没有搭理叶玉桂。

叶玉桂（停止发火，推了推乔怀财）：哎，你去财政局找一下你的同学，走后门买点国库券。国库券利息高。

乔怀财：我不去。几年前，人家家里有事，你不让我去随礼。多少年都不与人家来往了，我没脸去。

（转场）

场景五十四：杨保森家（回忆）

时间：日

地点：杨保森家餐厅

祁红把炒好的两盘菜、两碗稀饭和一盘馍，依次端到桌上。

祁红（对着卧室喊道）：保森，吃饭了。

杨保森从卧室里走出来，一副无精打采的样子。

祁红（把筷子放好，关切地看着杨保森）：保森，怎么啦？哪里不舒服？

杨保森（坐下，叹口气）：哪里都舒服，就是心里憋屈。替玉桂姐担保的 10 万元贷款，快到期时我就打电话催，她刚开始说到期一定还。到期后再找她，她说货款马上就到，到了就去还。现在倒好，贷款逾期几个月了，她又说做生意赔本了，没钱还。这几天找人找不着，打她家里电话也没人接。

祁红（递给杨保森一个馒头）：先吃饭吧，明天是星期天，咱们去找一下姨和姨夫，让他们催一下。

（转场）

场景五十五：祁红姨家（回忆）

时间： 日
地点： 祁红姨家门外及客厅

杨保森和祁红提着不少礼品，来到祁红姨家门前。祁红轻轻敲门，屋里传来祁红姨的声音。

祁红姨：谁呀？

祁红：姨，是我，祁红。您快开门。

门打开，祁红姨探出头来。

祁红姨：哎呀，是祁红。快进来，快进来！保森也来了，快进来，快进来！

祁红和杨保森提着礼品走进客厅。祁红姨看到礼品，几乎是抢过两人手中的东西，嘴上却假意推辞。

祁红姨：看你们两个孩子，来就来呗，还带什么东西到姨家，又不是到别人家。他爹，快出来，祁红、保森来了，还带着好多东西。

祁红姨提着东西走进卧室，祁红姨夫从卧室走出来，两人差点撞在一起。

祁红姨（埋怨道）：你咋不长眼睛。

祁红姨夫走出卧室，招呼祁红和杨保森。

祁红姨夫：坐、坐。玉桂她娘，倒点茶，也给我倒一杯。

祁红：不用啦。我和保森早上喝了稀饭，现在不渴。

祁红姨从卧室出来，数落着祁红姨夫。

祁红姨：喊啥喊？你不能给孩子们倒。我只给祁红他们俩倒，不给你倒，要喝自己倒去，不要吆五喝六的，好像什么大人物似的。看你那熊样，一把抓两头不冒，三脚踹不出一个屁来。

祁红笑得弯了腰。

祁红：姨，玉桂姐跟你学的吧。她说怀财哥也是"一把抓两头不冒，三脚踹不出一个屁出来"。笑死我了。

祁红姨夫：有什么样的娘就生什么样的闺女，遗传。

祁红姨：祁红、保森，你们大上午跑来有啥事吧？我可是一没钱、二没权，啥事也帮不上。

祁红：姨，还真是有点事。不过，主要是想姨了过来看看。今天找姨和姨夫，一不要你们花钱，二不要你们用权。

祁红姨：那就好、那就好。说说是啥事？

祁红看了一眼杨保森，转脸对姨说。

祁红：姨，最近保森整天整夜睡不着。去年，玉桂姐、怀财哥让保森担保，在来龙镇信用社借了 10 万元贷款，现在逾期三四个月了。信用社让保森催收，如收不回来，保森就要赔偿，而且还要受到处分，搞不好还要丢饭碗。现在我们也找不着玉桂姐和怀财哥。

祁红姨（吃惊地）：啥贷款？啥时候借的，我怎么没听说过。

杨保森：姨、姨夫，是去年三月份。玉桂姐、怀财哥去来龙镇办理的，期限 1 年。快到期时，我给玉桂姐打电话，她说到期一定还上。到期了，她说正要收货款，货款来了就还。后来又说做生意赔了，还不起了。现在再打电话没人接，去家里敲门没有人理。明明听见玉桂姐、怀财哥在家说话的声音，但一敲门就没声了。现在信用社催得紧，我也没有办法，不知该怎么办了。

祁红：玉桂姐说生意赔了，但我听别人说她赚了不少钱。

祁红姨（拍了一下手掌）：听说总归是听说。俗话说，眼见为实、耳听为虚。玉桂、怀财确实做生意赔本了。上个月还和我借 3000 元钱，说好 1 个月归还，1 个月到了，我找她要，你说她咋说？她说"问你儿子玉山要"，我说"你借我的钱，我问你要，咋问玉山要？玉山又没有借我的钱"！她说"玉山拿了我 3000 元货款，不愿意还我了，我向他要不来，就故意向你借钱。他是你儿子，你们问你儿子要。这就是三角债，你要不来就算了"。你说这是什么事，有这样的人吗？我现在都不跟她来往了。

祁红姨夫（对祁红姨说）：你婆婆妈妈的啥。玉桂借贷款，你们找我们有啥事？

杨保森：想让姨、姨夫帮助催一下玉桂姐。

祁红姨夫：催一下？她借贷款让你担保时，咋不跟我说，看不起我？这个时候贷款逾期找我了。早干啥去了？要是借贷款时跟我说了，我同意了，我摔锅卖铁、去捡破烂、卖血挣钱都给还上。现在别找我。

祁红：姨夫，您老误会了，我们找你不是让你替玉桂姐还钱。只是我们见不到玉桂姐、怀财哥，想请你们二位老人跟她说一声，让她想想办法。

祁红姨夫（喝了口水）：让我替她还钱，我也不会替她还的。谁的事，谁承担。还是那句话，借贷款的时候没跟我讲，现在跟我讲了，没有用，我也不会催她还贷款的。

祁红姨（看了一眼祁红姨夫）：你说得对。嫁出去的闺女，泼出去的水，覆水难收。（转脸又对祁红、杨保森说）再说，也怪你们，要不是你们在银行、信用社上班，没有熟人借不来贷款，他们也不可能贷出来款。你们要不同意担保，他们也借不来贷款。贷不来贷款，他们就没本钱做生意，也就不会赔本。现在好，你们替他们担保借了贷款，他们不还你们就生气，势必影响咱们亲戚的感情，致使关系不好。

祁红姨夫：你姨说得对，谁的事、谁承担，自作自受。我们老一辈管不了。

祁红（非常生气，猛地站起来，腿碰了茶几角也没感觉到疼）：姨、姨夫，咋自作自受？真自作自受吗？他们借贷款、做生意，花天酒地地享受，却让别人受罪，应该叫自作，别人受罪。当时玉桂姐、怀财哥到我家咋说的，你们知道吗？玉桂姐拉着怀财哥要给我和保森跪下磕头，要死要活的，不同意担保就跪在我家不起来，我才同意让保森担保的。

祁红姨夫（极其不讲理地说）：那又咋样，总归是一样的。当时你们要跟我和你姨说了，我们会阻止的，也不会是这个结局。你们要总结教训，不要轻易替别人担保，你们受连带责任是小事，别人因为你们的担保，造成了巨大损失是大事。

祁红姨：是的。你们要注意，以后不要再给别人担保，以免别人因为你们的担保造成损失。不过，我跟你们保证，玉桂、怀财他们无论造成多大的损失都由他们自作自受，除了贷款，其他的不让你们承担。他们要是因为这事告你们，我不会愿意的。要真是那样，到时姨和姨夫给你们撑腰，放心吧。

祁红（对姨和姨夫鞠了一躬）：姨、姨夫，我听了你们二老的一番话，真是胜读十年书。我明白了一些道理。你们保证不让玉桂姐、怀财哥因保森担保借到贷款后造成损失告我们，不要我和保森承担，我和保森谢谢你们了。

（然后拉住杨保森的手）保森，咱们走。

祁红姨：不用客气，你们有空常来家玩。

祁红心情低落，拉着杨保森的手，头也不回地走出房间。祁红的姨和姨夫看着祁红、杨保森离去的背影，相对笑着。送走祁红、杨保森后，祁红姨老两口回到屋里，还在生气。

祁红姨：玉桂打电话说，祁红要是找上门来，别理她，就说做生意赔了。玉桂虽然气人，骗走了我 3000 块钱，但她毕竟是我亲生的闺女。你祁红是啥？不就是个外甥女吗，最多过年过节来看一下。姨娘亲、姨娘亲，死了姨娘断了亲。我死了就没有关系了。

祁红姨夫：他们拿的酒，确实是好酒，但我看还不如我的孬酒好喝呢。再说，好酒我喝惯了，他们又不能保障供应，那怎么办？我还得花钱买。这不是坑我吗？真是的。不过他们逢年过节来看咱们带的东西真少。玉山、玉桂从来不买东西，光从咱们这里拿东西。我就看不惯祁红家比咱家好。他们家以前不如咱家，凭什么现在比咱们好。不仅钱比咱们多，房子比咱们大、比咱们好，更气人的是，他们家人缘比咱们好、社会地位比咱们好。他们家几个孩子，各方面都比咱们的孩子好。凭什么呀？不能提，一提我气就不打一处来，气死我了。去，给我倒杯酒，我喝酒解解闷。

（转场）

场景五十六：祁红的父亲家（回忆）

时间：日

地点：祁红父亲家客厅

祁红坐在沙发上默默哭泣，杨保森坐在一旁，低头不语。祁红爸走上前，递给祁红一张抽纸，试图逗她开心。

祁红爸：森林的小红茶，别哭啦，再哭鼻子可就不漂亮喽。

祁红接过抽纸，擦拭着眼泪，满脸气愤。

祁红：全世界估计都找不出像我姨一家这样的人！太不讲理，太没人情味，简直无赖透顶！我又没让他们还钱，不过是想让他们帮忙催催。前几天我还纳闷玉桂姐怎么这么无赖，现在算是明白了，上梁不正下梁歪，真是会遗传！

祁红妈端着两杯红茶走过来，将一杯递给杨保森，一杯递给祁红。

祁红妈：好啦，别哭啦，哭破了嗓子也没用。你姨和姨夫才不会管这些，你就算哭死，他们家还不是照样过得自在。（转向祁红爸）也给你沏了杯红茶，我给你端过来，还是你自己去拿？

祁红爸：不用麻烦你，我自己去。

祁红接过茶，喝了一口，满脸疑惑地看向妈妈。

祁红：妈，你和姨是一母同胞，怎么差别这么大呢？你善良贤惠，宁愿自己吃亏，也不做亏心事，好事做尽。难道你们虽是一个妈生的，却有着不同的遗传？难不成是同父异母？

祁红妈脸色一沉，大声斥责。

祁红妈：祁红！不许胡说八道！就算再生你姨的气，也不能侮辱姥姥、姥爷。

祁红慌忙站起身来，满脸愧疚。

祁红：对不起，妈，我错了。

祁红妈轻轻抚摸祁红的头，语气缓和。

祁红妈：下次注意，坐下吧。

祁红重新坐下，祁红妈也在一旁坐下，拉过祁红的手，轻轻拍着。

祁红妈：跟着好人学好人，跟着巫婆跳假神。人之初，性本善。你姨没结婚的时候，善良又温柔，在我们姐妹五个里，就属她最勤快。她比我大两岁，排行老三。小时候，姥爷、姥姥忙，孩子又多，顾不过来，就规定谁的衣服谁自己洗。我和你小舅就趁他们不注意，把衣服往你姨面前一扔。"姐，我累了，帮我洗下衣服，别跟爸爸说，行不？""姐，我作业没写完，得写作业，衣服你帮我洗下，洗干净点，别告诉爸妈。"有时候，大哥、二哥的衣服也让你姨帮忙洗，她从不推辞，默默洗完，也不向爸妈告状。

祁红停止抽泣，眼中仍有不解。

祁红：那姨怎么变成现在这样了？

祁红妈：我也纳闷呢。她结婚没多久，就像变了个人，说话粗野，蛮不讲理，自私自利，还爱占小便宜，动不动就埋怨别人。

祁红爸端着一杯红茶从厨房出来，坐在沙发上，接过话茬。

祁红爸：随着时代变迁，女人结婚有了孩子后，心思基本都放在家庭、孩子和丈夫身上，有了孙子后，更是以自家为中心。姐妹间的关系也越来越疏远。古人说，近朱者赤，近墨者黑；鸟随鸾凤飞腾远，人伴贤良品德高。你妈之所以这么贤良、温柔、漂亮，还不是因为嫁给了我。都说夫妻相，夫妻越处越像，你妈就是因为越来越像我，才变得更好。

祁红妈撇了撇嘴，一脸不屑。

祁红妈：得了吧你！你第一次去我家，邻居们还议论呢。第一个邻居小声说"这丫头带的什么人"，第二个邻居说"瞧你这眼神，这丫头带的是个老头，八成是她表大爷，来走亲戚的吧"。第一个邻居又说"要是不走，站在小区门口，再拿把大刀，都能当门神了"，第二个邻居问"咱小区门口不是有保安吗"？第一个邻居说"保安管人，门神管鬼。你没听过'门神门神骑红马，贴在门上守住家；门神门神扛大刀，大鬼小鬼进不来'吗"？第二个邻居说"经你这么一说，还真像。等会儿咱去跟他说说，留下来，咱们凑钱给他发工资"。

祁红听后，笑得前仰后合。

祁红：爸，这是真的吗？

祁红爸：艺术来源于生活，又高于生活，适当夸张很正常。事情是真的，但情节夸张了不少。

祁红妈：婚后，是我改变了你。想当年，我可是出了名的贤妻良母、大美人。要是当时有选世界小姐这码事，我说不定能拿第一。

祁红爸：第一可够呛，我看也就世界第三。

祁红妈：世界第三，季军也不错！

祁红开心得眼泪都笑出来了，赶忙用抽纸擦拭。

祁红：妈，什么世界第三，你们这就是互相吹捧。

祁红爸：当年我确实显老，不过现在还和几十年前差不多。我属于年轻时显老，上了年纪反而不显老的类型。这多亏了你妈，她漂亮，也把我带年轻了。

祁红：爸妈说得对，生活中夫妻就是会越来越像。农行有个同事，几十年前就显老，现在还是那样。年轻时和老婆散步，别人问他老婆"这是你爹吗"？现在和老婆散步，别人又说"你真孝顺，天天陪母亲散步"。

祁红爸：哈哈，生活就像个万花筒，酸甜苦辣啥都有；又像一团麻，理不顺就心烦。

祁红妈看向祁红，语重心长。

祁红妈：红儿，保森替玉桂担保贷款的事，你可别埋怨他。又不是他瞒着你担保的，当时你也知道并且同意了。再说，玉桂也是咱家亲戚。

祁红：妈，哪分什么咱家亲戚、他家亲戚？我怎么会怨保森呢？当时玉桂姐拉着怀财哥要给我们下跪，说不同意担保就不起来。换谁能受得了？别说咱们是表亲，就算长辈也不忍心啊。不同意担保又能怎么办？关键是玉桂姐太无赖了！她家装修得像皇宫一样豪华，家里要啥有啥，这像是做生意亏本的样子吗？我闺密老公的朋友认识怀财哥，他说怀财哥精明得很，生意做得风生水起，赚了不少钱。可他怕玉桂姐，玉桂姐是个守财奴，抠得很。她的钱，用大炮轰、导弹打都轰不出来。她不仅抠，还无赖。保森给她担保，她有钱不还，保森就得还。保森图什么？不仅没得到好处，送礼、请客的钱还得自己出。她还有良心吗？还算人吗？

祁红妈：好啦，别气坏了身子。就算你气炸了，他们也不会改变。实在不行，我帮你们把钱还上，破财免灾。以后别和他们往来了，惹不起还躲不起吗？

祁红：凭什么？凭什么她不还，咱们就得还？我要去告她！

祁红爸：打官司可没那么容易，没个两三年根本解决不了。就算赢了官司，执行也难。到时候，你姨和姨夫说不定会来咱家闹得鸡犬不宁，在外面还会把咱们说得一无是处。他们会说咱们和他们合伙做生意赔了，却不愿分担，都让他们承担。咱们一个个去解释，又有谁会相信呢？

祁红：难道就这么吃哑巴亏？我咽不下这口气！

祁红爸轻轻拍了拍祁红的头。

祁红爸：红儿，俗话说，吃亏是福，好人终究会有好报的。

祁红握住爸妈的手，满脸困惑。

祁红：爸、妈，好人真会有好报吗？我看现在很多恶人、无赖都不知道感恩，好人不一定有好报。

祁红妈轻轻拍了拍祁红的手。

祁红妈：古人也说，好人不长寿，坏人活千年。善良的人总是为别人着想，关心父母、子女、兄弟姐妹和亲戚朋友，心累、身体也累。升米恩，斗米仇。当别人身处危难时，你给予一点帮助，别人会感激你；可要是给得太多，别人就会产生依赖，一旦你停止帮助，别人反而会记恨你。从前，有两户邻居，关系不错，其中一家条件好，另一家条件差。有一年遭遇灾祸，穷的那家颗粒无收，眼看就要饿死。富的那家买了很多粮食，给穷的那家送去一升米，解了燃眉之急。穷的那家十分感激，觉得富的那家是救命恩人。熬过难关后，穷的那家去感谢，还提到明年种子没着落。富的那家慷慨地说"我家还有不少粮食，你再拿一斗去吧"，穷的那家千恩万谢地拿了一斗米回家。回家后，他们家人却说"这一斗米能做什么？除了吃，根本不够当种子。这家人太不像话了，既然这么富，就应该多送点粮食和钱，才送这么点，太坏了"。从此，他们不再理富的那家，富的那家有困难，他们也不帮忙。俗话说，好事不出门，坏事传千里。穷的那家的话很快传到富的那家耳朵里。富的那家很生气，心想"我白送了这么多粮食，你不感谢我，还把我当仇人，太没良心了"。就这样，原本关系不错的两家人，成了仇人，老死不相往来。

祁红爸：这就告诉我们，帮助别人要适度，不能让对方养成依赖的恶习。

祁红：爸、妈，我们也就这一次替他们担保。

祁红妈：有些事一直没告诉你们，怕影响你们小辈表亲的关系。罢了，今天就说了吧。老祁，能说吗？

祁红爸：说吧，保森也在，说出来你憋了十几年的话，心里能好受些。虽说说了可能也没啥用。

祁红：什么事？妈居然憋了十几年，这么严重？

祁红妈转向祁红爸。

祁红妈：老祁，去给我倒杯热茶。

祁红爸立正敬礼，笑着回应。

祁红爸：是，属下愿为您效劳！

说完，祁红爸转身去倒茶。祁红妈握住祁红的手，缓缓说道。

祁红妈：你姨夫以前在龙脊山市轴承厂搞采购，当时国营单位效益好，工资高。你姨在葡萄酒厂上班，日子过得也不错，那时他们家条件比咱们家好。后来，你奶奶、爷爷身体不好，需要去北京治疗。你爸姐妹三个，你叔和你姑把积蓄都给了你爸，加上咱家的积蓄，还是差几万元。没办法，我先去找你姨。因为你三个舅舅在家做不了主，就没去找他们。结果，你姨和姨夫拒绝了，还对我说"是你婆婆又不是咱娘，你费这么大劲干吗？省省吧"。被拒绝后，我只好去找你三个舅舅，没想到三个舅妈二话没说就把钱借给了我们。我们带着你爷爷、奶奶去北京，治好了病。

祁红爸端着一杯红茶过来，放在祁红妈面前。

祁红爸：你对我爸妈照顾得无微不至，比亲娘还尽心。我姐妹三个都特别感谢你。

祁红帮妈妈整理额前的头发，一脸疑惑。

祁红：这不是挺好的事吗？怎么会郁闷呢？是姨不愿意借钱吗？

祁红妈也整理了一下散乱的头发，摇了摇头。

祁红妈：不是。你姨和姨夫不愿意借钱，我一点都不怪他们，每家都有难处。愿意借钱是情分，不愿意借是本分。

祁红：妈，那到底是什么事，让你郁闷了十几年？

祁红爸接过话，讲了起来。

祁红爸：后来你姨夫染上了赌博的恶习。一开始输几十、几百块，后来越输越多，几千几千输，没钱了就找借口骗你姨，说电动车丢了，或者骑车撞了老头，又或者谁谁家里有事，找你姨要钱去赌。你姨都信以为真。有一次，你姨夫说有人去世了，结果你姨后来见到了那个人，才知道你姨夫在骗她，原来是去赌博了。你姨闹了一阵。有时候你姨夫赢了钱，就给你姨，你姨见钱眼开，幻想能赢大钱，自己也参与进去，结果把钱都输光了。有一次，你姨夫偷偷带人来看房子，想卖掉，你姨死活不同意，才没卖成。一天晚上，你姨夫被派出所抓了。第二天，玉桂姐打电话给我，求我找人把她爸弄出来。你姨也跑到咱家，又哭又闹，求我把你姨夫救出来。

祁红：这些事我怎么不知道？后来呢？

祁红爸：那时你和保森在银行学校上学，不在家。没办法，我去找派出所的华所长。华所长问我，你连襟叫什么名字，我说叫刘魁胜。华所长说这名字挺熟悉，又说"祁哥，你连襟穿得比要饭的还破，哪来的钱去那种场合？这次抓的是个大赌博团伙，我们盯了三个月，昨天才收网"。华所长翻了翻资料说"奇怪，你连襟这次没参赌，只是在旁边观看"。我不理解，就问华所长"像这种赌博场所，他是怎么找到的？要是让我找，想破脑袋也找不到"。华所长说"道上有各自的门道。现在留置室就他一个人了，你帮他交2000元罚金，就能让他回家"。没办法，我帮他交了罚金。

祁红妈：这2000元钱算是打水漂了。

祁红爸：祁红、保森，你们猜你姨夫出来后第一句话说了什么？

杨保森：肯定是感谢的话吧。

祁红爸：错啦，扣10分。他说的是埋怨的话。

祁红瞪大了眼睛，满脸惊讶。

祁红：啥？不是感谢，而是埋怨？怎么回事？

祁红爸：没错。你姨夫出来见到我就说"都怪你的熟人，要不是碰到你的熟人，派出所的人根本逮不到我。我要让他赔偿我的损失，他要是不赔，你就得赔"！

祁红：凭什么呀？这也太不讲理了！

祁红爸：我也纳闷，到现在都不明白。不知道他说的我的熟人是谁，也不明白为什么没碰到熟人，派出所就逮不到他。

祁红妈放下茶杯，无奈地摇头。

祁红妈：你姨夫这是死要面子。他这种人从不反思自己的错误，什么事都怪别人。

祁红爸：这种人多着呢。我们单位有个同事，他小孩的姨离婚了，男方喜欢赌博，没地方住，就还住在原来的家里。他小孩的姨为了分婆家的遗产，虽然离婚了，还是去照顾90多岁的离休老公公。后来老公公去世了，不知道什么原因，同事没接到通知。等知道的时候，丧事都办完了，也没法补礼。他离了婚的连襟就埋怨他"我们两口子虽然离婚了，但作为朋友，你也该来送份礼"。同事说"我真不知道"，连襟说"你不知道老爷子年纪大了，快不行了吗"？同事说"我知道，但总不能天天问你，你家老爷子死了吗？什么时候死"吧，连襟说"怎么不能问？人早晚都得死。再说，90多岁去世，也算喜丧"。同事听了，无话可说，从此和连襟不再往来。

祁红妈：大千世界，无奇不有。林子大了，什么鸟都有。

祁红：农行有个行长，家里一有事，比如岳母去世，就派几个人通知大家。不少人碍于情面，都去悼念上礼。可别人家里有事，打他们两口子电话，他们明明在家，却谎称在外地回不去，连句歉意的话都没有。

　　杨保森：按道理，讲究的人应该安排人代送礼，回来后再把份子钱补上。

　　祁红：普通人才会这么做，这位行长可不是普通人。有一次，他的两位同事成了亲家，孩子结婚，他不仅没送礼，还撒谎。碰到一个同事就说"我们俩不在家，让孩子去送礼，结果孩子把该给你的礼送到你亲家那里去了"。碰到另一位同事，也是这套说辞。行长怎么不想想，两个亲家能不见面、不聊天吗？这谎言不就穿帮了吗？以后还怎么面对这两位同事？

　　祁红妈：这行长不是傻，而是无赖。仗着自己是行长，谁都不怕。

　　祁红：没错！他老婆极其自私，就因为老公是行长，傲慢得目中无人。走路时头昂得像企鹅，踮着脚尖，屁股一扭一扭。喊自己老公从不叫名字，只喊职务，整天把"俺家行长"挂在嘴边。不管给谁打电话，都是"快喊俺家行长，俺有急事"，那盛气凌人的模样，真是让人受不了。还总把"俺家钱花不完，啥都缺就不缺钱，穷得只剩钱了"这句话挂在嘴边。

　　祁红妈听闻，拍了下手，兴致勃勃。

　　祁红妈：祁红，听你描述行长妻子走路的姿势，我想起六七十年代很流行的一首儿歌"我家来了一个胖嫂嫂，烫发头，戴手表，走路怕鞋沾泥，干活怕拧着腰。穿着高跟鞋，生怕别人看不见，走路盯着自己的影子，一摇一摆，跟企鹅似的"。

　　祁红爸：祁红，你说的该不会是大市农行行长吧？

　　祁红看向父亲，点头回应。

　　祁红：是呀，爸，你认识他？

　　祁红爸：认识，在省委党校学习时结识的。前几天，他被双规了。

　　祁红：我知道，毕竟我在农行工作。听说被双规没几天，就交代出受贿款 5000 多万元。怪不得他老婆总说家里钱花不完。就连去纪委，她还嚷着要见"俺家行长"。有关人员依法搜查行长家时，她竟对检查人员说"俺家行长要是在战争年代，肯定是个叛徒，这么快就招了"。搜查人员听了，哭笑不得，只能对她说"好好配合搜查"。

　　杨保森接过话茬，分享见闻。

　　杨保森：社会上还有些人，特别喜欢吹牛，逮着机会就吹。听说有个人在刑拘期间，碰到个同样因受贿被刑拘的熟人。他对熟人说"你看你，这事咋不早告诉我？早说的话，我早帮你摆平了，你也不至于进来"，熟人反问他"你能帮我摆平，那自己咋进来了"？他沉默许久才说"大意了。去年就有人告发我，有关部门来查，被我摆平了。自认为啥都能搞定，就肆无忌惮起来。今年收了一笔200万的贿赂，没想到形势变了，出事了。现在我肠子都悔青了"。

祁红爸：后悔也没用，触犯了法律，就得接受惩罚。

祁红突然一拍手，想起一事。

祁红：对了，爸，你之前说妈郁闷了十几年，到底啥事？你们还没讲呢，快说吧。

祁红妈犹豫片刻，欲言又止。

祁红妈：都是些陈年旧事，要不还是不说了吧。

祁红爸：你别磨磨蹭蹭，说就说吧。祁红和保森想知道，你要是不说，我来说。

祁红妈理了理头发，开始讲述。

祁红妈：好吧，说就说。不过，祁红、保森，这都是过去的事了，你们知道就行，别放在心上。

祁红：妈，我和保森不会计较的。

祁红妈：你还记得你姨去北京看病的事吗？

祁红：记得。当时姨病得很重，是尿毒症，去北京换肾后，病情好转，现在身体挺好。

祁红妈：当时，你姨和姨夫跑到咱家，又哭又闹，非要我和你爸出钱让她去北京看病。那时，你爷爷、奶奶看病不仅花光了咱家积蓄，还借了十几万元，实在拿不出钱。可你姨在咱家地上打滚，说你爸人脉广能借到钱，还说姨夫赌博，借不到钱，玉桂和玉山也没钱。还承诺，让我们帮忙借，以后卖房子还钱。毕竟是救命要紧，你爸就给你姨借了60万元换肾。手术很成功，效果好到在全国来说都算特殊案例。可病好回来后，你姨再也没提卖房子还钱的事。她住一套房改房，姨夫还有一套祖上传下来的老宅子。卖掉老宅子，不仅能还清债务，剩下的钱也够他们养老。我去了好几次，劝他们卖老宅子还钱，他们都不愿意。没过多久，老宅子拆迁，赔了100多万，可他

101

们还是不提还钱的事。我去她家催了几次，她不仅不还，还说"催什么催，跟催命似的，不就借点钱吗"。后来干脆耍赖，说没借过钱。再后来，就不理我们了，还四处说我们的坏话，把我们当仇人。当时借钱给的是现金，既没写借条，也没证人。我和你爸把信用看得比生命还重，就算吃亏，也不能失信于人。借别人的钱必须还，大家都是普通家庭，挣钱都不容易。巧的是，你爸老家祁门，你爷爷留下的一处老宅也拆迁了，赔偿了100多万元。你爷爷有你姑、你叔和你爸三个孩子，把补偿款分成了三份。我们用你爷爷辛苦积攒下来的钱，替你姨还了债。你爷爷省吃俭用一辈子留下的钱，就这样没了，还得罪了人，落得个仇人下场。我郁闷的不是钱，而是在别人危难时，我们冒着倾家荡产的风险帮忙，对方不仅不报恩，还把我们当仇人。要是用的是我们自己的钱，不还也就算了。可这是替她借的钱，她不还，我们就得还。况且，她又不是没钱。这不是无赖是什么？不说了，一说我就来气。十几年没告诉你们，就怕影响你们小辈之间的关系。现在看来，不说不行了。

突然，杨保森口袋里的手机响起，他掏出手机接听。

杨保森：喂。

（手机里传来叶玉桂大声指责的声音）

叶玉桂：杨保森，你算什么东西！竟敢到俺爹妈那儿告我的状，让他们还钱，他们现在气得都生病了，你得负责！

杨保森：玉桂姐，你误会了，不是……

叶玉桂：不是什么！你想抵赖？俺爹妈要是有个三长两短，我就告你！

杨保森：玉桂姐，我和祁红找不到你，只是想让姨和姨夫帮忙催一下……

叶玉桂：催什么催！不就替我担保10万元吗？有什么大不了的。你也不想想，在俺爹妈面前告状，你们能赢吗？天下哪个父母不疼自己孩子？只有千年的本家，没有千年的亲戚。你们算老几？我是爹妈亲生女儿，你们不过是外甥女、外甥女婿。也不照照镜子，就敢告我的状。就你事儿多，别人担保的贷款都没人催收，就你逞能，就你先进。这贷款我不还了，以后咱们也别来往了，各走各的路！

（随后，手机里传来"啪"的一声，叶玉桂挂断电话）

杨保森握着手机，一脸茫然，不知所措地站着。

祁红（猛地站起身，愤怒地说道）：岂有此理！太不像话了，这不是倒打一耙吗？不行，我得去找她理论！

祁红妈（赶忙拉住祁红）：红儿，别激动，别生气。快坐下，保森你也坐。别和她一般见识。

祁红爸：祁红、保森，何必跟这种没底线的人计较呢？不来往就不来往。他们以为占了便宜，其实失去了亲情、友情，丧失了做人的资格和道德，最终失去了一切。不是不报，时候未到，时候一到，必定遭报应。

（回忆完）

场景五十七：农信社办公室

时间：日
地点：农信社办公室

杨保森坐在椅子上，对着镜头，似乎在向相关负责人讲述情况。

杨保森：后来，我跟当时的信用社范主任提了，让社里帮忙起诉叶玉桂，范主任却说"算了吧。贷款不还的又不止她一个，咱们信用社也不在乎这10万元贷款。只要有存款，咱们就有办法，可以以贷收贷、收贷收息，让账目滚动起来"。听他这么说，我当时犹豫了。心想，别人担保的贷款也没还，我担保的这笔也没人催，就打算等等再说。而且当时家里确实拿不出钱来还，这一晃，十几年就过去了。前几天，清收小组去了叶玉桂家。

场景五十八：叶玉桂家（回忆）

时间：日
地点：叶玉桂家门口、屋内

叶玉桂躺在沙发上，脸上贴着面膜，一边嗑着瓜子，一边看电视。门外传来敲门声。

叶玉桂（扯着嗓子喊）：是送外卖的吗？怎么才送来，我都快饿死了，回头给你差评。

叶玉桂起身，打开房门，看到警察、信用社信贷员、社区人员和纪委人员站在门口，下意识地往后退了一步。

叶玉桂：不是送外卖的？你们是什么人？

警察掏出证件，递到叶玉桂面前。

警察：我们是市清收不良贷款工作组的。（依次指着身旁三人介绍）这是信用社信贷员，这是社区工作人员，这是纪委的同志，我是市公安局的。你有一笔10万元的贷款逾期未还，都逾期10年了。我们来给你送催收通知书。

叶玉桂双手乱摆，一脸抗拒。

叶玉桂：我不看你们的证件，你们走吧，别进来。

叶玉桂说着就要关门，警察伸手挡住了门。

警察：我们不进屋可以，但你得在催收通知书上签字。

叶玉桂（提高音量，大喊）：我不签，我没钱还。我发誓，要是有钱不还，叶家人全死光！

警察环顾了一下屋内的装修和摆设。

警察：就你家这装修和摆设，会还不起10万元贷款？

叶玉桂眼珠子一转，计上心来。

叶玉桂：对了，不是有担保人吗？担保人要负连带责任，你们找他要去。他在信用社上班，工资高；他老婆在农行上班，工资也不低。

警察（耐心解释）：担保人那边，我们也会送达通知。但正常程序是，借款人还不起贷款，又没有资产可供拍卖时，才会追究担保人的连带责任。

叶玉桂突然双手伸向衣服第一个扣子，作势要解开。警察见状，下意识地缩回了推门的手。叶玉桂趁机迅速关上门，并上了锁。

清收工作组的四位成员面面相觑，纷纷摇头。

警察：咱们清收贷款十几天了，还没见过这样的人。先走吧，去送其他的催收通知，晚上碰头会再向领导汇报。

这时，电梯门开了，送外卖的小伙子走了出来。清收工作组的四位成员走进电梯。

送外卖小伙子（敲门）：请开门，您点的外卖到了。

叶玉桂（在屋内尖叫）：滚，我外卖不要了！

送外卖小伙子愣在原地，挠了挠头。

送外卖小伙子：钱您都付了，怎么又不要了？那我给您放在门口了。

送外卖小伙子把外卖袋子放在门口，转身从楼梯走了下去。

叶玉桂打开门，从屋里伸出手，迅速把外卖袋子拿进屋内。

（回忆完）

场景五十九：农信社办公室

时间：日
地点：农信社办公室

杨保森站在农信仁办公桌前，表情诚恳，语气坚定。

杨保森：农理事长，这几天，我脑海里总有个声音在不停地回响，说杨保森，你也是个无赖，是个不讲信用的人。你替别人担保贷款都十几年了，为什么不还？你有什么资格当信贷管理部总经理？这太丢人了。这件事给单位和我个人都造成了不良影响。为了挽回影响，给自己一个惩罚，同时也起到教育他人的作用，我和祁红商量过了，双方父母也都支持，决定归还贷款本息。而且，我们不享受规定时间内归还贷款的优惠利率政策，按原定利率，一分不差地归还。（从口袋里掏出贷款本金及利息收回凭证，双手递给农信仁）农理事长，这是贷款本金和利息收回凭证，请您查阅。另外，我还决定辞去信贷部总经理职务，接受组织的任何处理。

杨保森又从上衣右口袋里掏出几页纸，递给农信仁。

杨保森：农理事长，这是我的辞职申请书，请您批准。我服从组织分配，无论安排什么工作都行。

农信仁接过贷款收回凭证和辞职申请书，认真看了看，思考片刻后开口。

农信仁：这样做也好，就按你的意思办理，我同意。不过，还得经过党委会研究通过。一旦通过，压在你心里的石头就能落地，心情也会舒畅起来。

听了农信仁的话，杨保森脸上露出了笑容。

杨保森：我现在心里轻松多了。

农信仁（语重心长地说）：我们要有总结教训的意识，不断修正自己，才能在人生道路上走得更稳。像祁红表姐这样的人，现实生活中不在少数，以后就别和他们来往了。

杨保森：确实没必要来往了。祁红的姨换肾后，又活了 20 年，这在同类病例中也算高寿了。前年，她姨去世了。一年后，她姨夫也因病去世。俗话说，姨娘亲，姨娘亲，死了姨娘断了亲。更何况祁红的姨与我们本来就不怎么亲近，她表姐又是个无赖。再来往，说不定会带坏孩子。

农信仁（把贷款本息收回凭证递给杨保森）：贷款本金收回凭证你收好，去不良贷款清收核算组登记一下。辞职申请我收下，会递交党委会研究。到时，我建议你到营业部当客户经理。我还有个建议，对于祁红表姐这类人，不能姑息迁就，要严厉打击。你去检察、法院、公安、司法部门咨询一下，看看从经济、道德、法律，甚至刑事责任方面，有没有办法对他们进行惩罚。如果需要信用联社支持，我们一定全力支持。就是要打击那些不诚信、不守信、耍无赖的人，对老赖，就得让他们得到应有的惩处。

杨保森（接过贷款本金收回凭证，心情舒畅，语气坚定）：谢谢农理事长。我现在就去有关部门咨询，也会把情况跟祁红讲清楚。我现在轻松多了，向您表个态，无论安排什么工作，我都会全力以赴。

场景六十：会议室

时间：日
地点：信用社会议室

冯雪松（站在会议室前方，主持会议）：同志们，今天把大家召集过来开个会。在座的都是龙脊山市信用社联社的员工，同时也是背负着龙脊山市信用社不良贷款未还的员工。有些员工所欠贷款长达 20 年之久。按照省信用联社和市委、市政府的工作部署，以及咱们社的清收不良贷款措施，大家分析一下所欠贷款形成的原因，谈谈还款计划。咱们是联社总部的职工，更应该带头清收自身的不良贷款。杨保森已经做出了表率，还清了担保的贷款本息，还交了罚息。下面，谁先来发言？

会议室里一片寂静，无人发言。

冯雪松：大家都不愿意先说，那好，我就点名了。今天，每个人都必须表态。宋健，你先说，因为你和你爱人借信用社贷款的笔数最多、金额最大、逾期时间最长。

宋健站起身，挠了挠头。

冯雪松：你不用站起来，坐着说就行。

宋健（重新坐下，神情略显尴尬）：好。冯书记既然点名让我第一个发言，那我就先说。家丑不可外扬，但今天我还是要说出来。我和我爱人欠信用社的贷款，无论是金额还是笔数，在咱们联社总部都是最多的，逾期时间也是最长的。主要原因是我爱人虚荣心强，而我又一味迁就。从内心深处和思想根源来讲，就是觉得信用社的贷款不借白不借，借了也不用还。

场景六十一：宋健家（回忆）

时间：日

地点：宋健家中客厅

宋健（满脸怒容，对着老婆质问道）：你怎么又到城关信用社借了 3000 元贷款？

宋健老婆：封臣的老婆约了我们十几个好姐妹去海南旅游，这机会我可不能错过。

宋健：你呀，就是个败家娘们！你那几个姐妹，家庭条件都比咱家好。就说封臣家，人家开金店，赚得盆满钵满。再者，封臣是联社副主任，光八月十五别人送他家的小鸡，吃不完拿去卖，换来的钱都比咱俩一年工资还多，更别说其他礼品了。

宋健老婆：咱家过得不好，能怪我吗？你一个大男人，没本事让老婆孩子过上好日子，还好意思冲我发火。她们能去海南旅游，我也得去。不仅这次海南我要去，下次她们去东南亚、马尔代夫，乃至欧洲、非洲、拉丁美洲、大洋洲，我都要去。

宋健：照你这么说，去南极、去月亮、去火星，你都要去？甚至去阴曹地府，你也不放过？这几年，你为了和她们攀比，买衣服、疯狂购物，借了多少贷款？你就知道借，可曾想过怎么还？咱家还有两个男孩，以后一家人不吃不喝了？孩子不用娶媳妇了？

宋健老婆：怎么还？怎么还？要不我给你挣顶绿帽子，你拿去卖钱还！你看看现在，借信用社贷款的人，有几个打算还的？借几百万、几千万的大有人在，我就借这么点，瞧把你吓成这样。

宋健（狠狠扇了自己一巴掌）：唉，我真是窝囊，还不如死了算了。

宋健老婆：你要死就早点死，别耽误我再找男人。

（回忆完）

场景六十二：会议室

时间：日

地点：信用社会议室

宋健（神情凝重，语气坚定）：就这样，我家借信用社的贷款越来越多。昨天听说杨保森把担保的贷款连本带息，还加上罚息，都还清了，甚至主动辞职。杨保森能做到的，我也能做到。我虽然没职务可辞，但绝不是孬种。哪怕砸锅卖铁，我也要把贷款和利息还上。

场景六十三：农信仁办公室

时间：日
地点：农信仁办公室

农信仁坐在办公桌前，专注地在电脑上批阅文件，这时传来敲门声。

农信仁：请进。

张岩阳（推门而入）：向您汇报一件事。

农信仁（指着办公桌对面的椅子）：坐下说吧。

张岩阳：不用坐了，事情简单却很重要。

农信仁（微笑着）：安农金理事长讲过，站着的客人难打发。

张岩阳：好吧，那我坐下说。（在农信仁对面坐下）事情是这样的，有个90多岁老红军的家人打来电话，说老人家要来咱们联社，咨询他孙子是否欠信用社贷款。要是欠的话，他打算用一辈子的积蓄还清。

农信仁：老红军为什么非要亲自来呢？查明情况后，直接告诉他不就行了？

张岩阳：他孙子欠贷款50万元，利息还没算。老红军的家人说，他坚持要亲自来询问，亲自还款，以此表达诚意和歉意。

农信仁：真是一位令人尊敬的老红军！你有什么想法？

张岩阳：我想对老红军进行隆重欢迎，并大力宣传此事。

农信仁：英雄所见略同。咱们让党委委员和总部全体人员列队欢迎，铺上红地毯，安排乐队锣鼓喧天地迎接。一来向老红军致敬，二来向诚信的人致敬。再请电视台和报社的记者过来，拍摄视频。不过，邀请记者前，一定要征求老红军的意见。毕竟他孙子欠贷款多年未还，这不是什么光彩的事。

张岩阳：好。我亲自去老红军家，征求他的意见，并邀请老红军到咱们联社做客。

农信仁：你提到请老红军来联社做客，我突然有个想法。咱们邀请老英雄为咱们作一次报告，讲讲革命历史，让大家也接受一次教育。

张岩阳：这主意不错，我现在就去老红军家。

农信仁：今天上午，皮市长要协调有关部门，商讨咱们信用社土地确权问题，时间太紧了。不然，我也和你一起去请老红军。

场景六十四：老红军家

时间：日
地点：老红军家客厅

张岩阳、杨保森和钱微微走进老红军家。杨保森手提一篮水果，钱微微手捧一束鲜花。

张岩阳（看到老红军欲从沙发上起身，快步上前搀扶）：老英雄，您快坐着别动。

钱微微将鲜花献给老红军。

钱微微：老爷爷，祝您身体健康！

老红军接过鲜花，脸上洋溢着笑容。

老红军：谢谢！

杨保森将水果篮放在老红军身旁。

杨保森：爷爷，这是我们的一点心意。

老红军：我们打电话咨询贷款的事情，你们还专门上门，又是送花又是送水果，让我们这些不诚信的人实在惭愧。

张岩阳：老英雄，您可千万别这么说。您要替孙子还贷款的事迹，深深感动了我们，这种精神值得我们每个人学习。今天来，有件事想征求您的意见。

老红军：别用"征求"这么客气的词，我都离休多年，早就没官衔啦。

张岩阳：是这样的，您决定替孙子还贷款的举动，让我们深受触动。我们想在您去单位的时候，邀请电视台和报社的记者进行报道，拍成视频广泛宣传，以此推动社会的诚信建设。您看这样行不行？

老红军（不假思索，坚定地回答）：行，我同意宣传。这不是为了我个人，而是为打造诚信社会出份力。我不怕家丑外扬。我年轻时保家卫国，没想到到了这把年纪，还能发挥带头作用，为国家做点事，我不算白活。

张岩阳：您是国家的宝贵财富！我们还想请您到单位作一场报告，讲讲您的英雄事迹，您看可以吗？

老红军：当然可以！作报告我乐意。

张岩阳：谢谢！太感谢您了，老英雄！

场景六十五：龙脊山市信用联社门口

时间：日
地点：龙脊山市信用联社门口

龙脊山市信用联社门口悬挂着两条横幅，一条写着"热烈欢迎老红军、老英雄"，另一条写着"向诚信之人致敬"。

农信仁、张岩阳带领联社班子成员和全体员工，整齐列队等待着。

一辆轿车缓缓驶来，在信用联社门口停下，迎宾曲随即响起。

农信仁、张岩阳走上前，打开车门，搀扶老红军下车，然后引领老红军走上红地毯。

老红军：这阵势可不小啊！

农信仁：像您这样的英雄，又如此诚信，就应该受到隆重的欢迎。

何丽丽走上前，面带微笑。

何丽丽：老爷爷，我是《龙脊山市日报》的记者，能采访您一下吗？

老红军（笑着回应）：你采吧，可别"采"太狠，我这把老骨头可受不了。

何丽丽：老爷爷，您可真幽默。我想问一下，您为什么要替孙子还贷款呢？

老红军：杀人偿命，欠债还钱，这是自古以来的道理。孙子欠贷款不还，成了不诚信的人，这是我们管教不严。要是早知道，我早就替他还了。我一辈子都不喜欢欠别人东西，欠了心里就不踏实。替孙子还了贷款，也了却了我的心事。虽说花光了一辈子的积蓄，可能会影响生活，但我心里舒坦。

在场的人被老红军的话深深打动，掌声如雷响起。

场景六十六：龙脊山市信用联社六楼会议室

时间：日
地点：龙脊山市信用联社六楼会议室

龙脊山市六楼大会议室里座无虚席，老红军正在为龙脊山市信用联社员工作报告。

老红军：今天，我给大家讲讲龙脊山市龙河阻击战吧……

老红军的讲述结束，会场响起热烈的掌声。

场景六十七：龙脊山市一中

时间：日
地点：龙脊山市一中门口及校内

龙脊山市一中大门挂着横幅，上书"龙脊山市信用社员工竞聘上岗考点"。考生们陆续进入校门。张丽娟正要走进校门，听到有人喊她。

江晓红：丽娟姐，丽娟姐！

张丽娟停下脚步，江晓红快步跑过来。

张丽娟：晓红，咱们先进去，到学校里再聊。

江晓红：好，进去咱们边走边说。

张丽娟、江晓红分别将身份证、准考证递给负责查验的工作人员，收好证件后，一起走进学校。

张丽娟：晓红，你这丫头，调到清收大队三个多月了，也不给姐打个电话。在清收大队，工作是轻松还是累？

江晓红：清收大队的工作，每天都要和各种耍赖的人打交道。经常吃饼干、喝凉水对付，任务重，情况又复杂。要说风光，也挺"风光"的，天天在荒郊野地、走村串户，能看到不少风景。放贷的人就像雪中送炭的财神爷，人人欢迎；我们清收不良贷款的，就像雪上加霜的讨债鬼，人人讨厌。虽说这是玩笑话，却也是实情。做清收工作，我们从不指望别人笑脸相迎，吃闭门羹、挨骂都是常事。软磨硬泡是我们清收队员必备的本领。自大队成立以来，大家就做好了和老赖斗智斗勇的准备。为了堵住老赖，加班加点是家常便饭。只要有清收任务，没人会落下，大家都克服了各种困难。看到那么多贷款收不回来，我们心里很不是滋味，那可都是老百姓的血汗钱啊。有些老赖白天不在家，我们就早晚去堵。清收的路上，什么样的老赖都有，充满了艰辛和危险。老赖还叫我们"讨债队"，骂我们队员是"讨债鬼"，还恐吓我们不会有好下场。但这些话不但没打击我们，反而让我们更有决心战胜老赖。为了信用社的明天，我们甘愿当这个"讨债鬼"。

张丽娟：单位的事、家里的事、孩子的事，这么多事缠在一起，做女人可真不容易。

江晓红：丽娟姐，你以前不是说不参加任职竞争吗？

张丽娟：以前信用社正不压邪，没有竞争机会，领导任人唯亲、任人唯钱。想干工作，也没人给机会，根本干不了。现在不一样了，联社领导搭建了这么好的平台，怎么能不努力，不争取竞争呢？况且现在是全员、全岗位竞争上岗，每人能报三个岗位。要是不参加竞争，就没岗位，没班可上了。我又不想跳槽，因为看到了信用社发展的希望。

江晓红：确实。现在信用社虽然问题不少，效益也不太好，但风气在好转，被动局面正在扭转，大家有了奋斗的目标，工作也有了劲头。信用社脱胎换骨、破茧成蝶的日子不远了，改制农商银行也指日可待。

张丽娟：好日子还在后头呢。领导不是说过，信用社不仅要破茧成蝶，还要悠然飞翔吗？不过，这条路还很长，也很艰难。

江晓红：丽娟姐，我调走几个月了，信用社的卫生情况怎么样？你还在门口嗑瓜子，当"迎宾"吗？

张丽娟：死丫头，没你在，我一个人想当也当不成。现在信用社窗明几净，一尘不染。晓红，你报了哪些岗位？不会对我保密吧？

江晓红：保什么密。我第一个报的是营业部主任岗，第二个是主管会计，第三个是信贷岗。丽娟姐，你报了哪些岗位？报服从分配了吗？我报了。

张丽娟：我第一个报的是咱们信用社主任岗，第二、第三个和你一样。服从安排肯定得报，咱们向来都是听话的员工。

江晓红：丽娟姐，我要去 8 考场了，祝你马到成功！

张丽娟：也祝你好运！

场景六十八：杨家庄

时间：日

地点：杨家庄村内、池塘边树林

清收不良贷款队员身着统一黄马甲，穿梭在村里。三喜（男，35 岁）背着话筒，话筒持续传出欠贷款人的名字和金额。

三喜（话筒播报）：王晓民欠贷款 5000 元，吴信朝欠贷款 6000 元，蒋桂花欠贷款 3500 元，孔祥福欠贷款 5500 元，陈光欠贷款 4800 元……

清收队员来到池塘边的树林中。

老黄：都中午了，大家休息会儿，吃点东西吧。

队员们：OK！走得可累死了。

三喜关掉话筒声音。清收队员纷纷拿出饼干、面包、茶叶蛋、火腿肠，就着水吃起来。

三喜：咱们这段时间天天在村里清收不良贷款，走的路可不少。再这么下去，用不了多久，咱们都能走完二万五千里，都快赶上长征了。

老黄：这哪能跟长征比？长征多艰苦，天上有飞机轰炸，地上有敌人围追堵截，随时都有流血牺牲的可能，还缺吃少喝。你看看咱们现在，有饼干、面包、茶叶蛋、火腿肠吃，还有矿泉水喝，多幸福。

三喜：天天吃茶叶蛋、火腿肠，我现在都不敢大喘气，更不敢打饱嗝，肚子胀得连屁都放不出来。

老黄：那是你吃太多，消化不了。

此时，村里传来喜庆的唢呐声。

三喜：村里有人结婚办喜事呢。

老黄：村里有个欠贷款的老杨，正在办喜事娶儿媳妇。

四欢：队长，你怎么知道的，会算呀？

老黄（略带得意）：我事先了解过，不然怎么我是分队长，你是队员呢？

四欢：老黄，你别得意。原先的清收分队长江晓红，竞聘到营业部当主任去了，你才从副转正，而且只是个分队队长。

老黄（笑着回应）：不管怎么说，我现在是队长，你是队员。

三喜：你是"讨债鬼队长"，我们是"讨债鬼"。

老黄：三喜、四欢，你们俩别吃了，跟我去喝喜酒。其他人在原地休息，吃完后，先去另一个村清收不良贷款。

四欢（兴奋）：喝喜酒去？

老黄：对，我带你们俩去。

吴用：凭什么带他们俩去，我们在这儿吃饼干、喝凉水，不公平！

老黄：就凭他俩名字起得好，三喜、四欢多喜庆，哪像你的名字？吴用，多难听。

吴用：我爹喜欢看《水浒传》，就给我起了这个名字，吴用可是大军师呢！

老黄：你们中午先吃饼干，晚上我请你们吃大餐。

吴用：算了吧，你别哄我们了。咱们都在信用社打地铺睡觉，又不回城里，乡里就一个饭店，又脏又乱，能吃什么大餐？

老黄：那就先记着账，回城里我请。

吴用：不行，我跟你去喝喜酒，农村大席可好吃了，我好久没吃过了。

三喜（高兴地）：行，求之不得呢，你跟老黄去喝喜酒。

吴用：三喜，你答应得这么爽快，是不是有什么猫腻？

三喜：算你聪明。你以为是好事，天上能掉馅饼？去喝喜酒得随礼，这钱又不能报销，得自己掏腰包。

吴用：我刚到清收队，不知道情况，得掏多少钱？

三喜：农村喝喜酒，亲戚最多随 100 元。可咱们老黄队长说，咱们是信用联社清收队的，每人掏 200 元。

吴用：掏 200 元？那我不去了。我还是在这儿吃饼干、喝凉水吧。200元够我和老婆孩子吃一顿海鲜自助餐了。

三喜：谁说不是呢。要是今天再去喝喜酒，我都随三次礼了。十几天前，老黄带我到明月村收贷款，正好碰到一个欠贷户的母亲去世。老黄带我去了，又是磕头，又是作揖，老黄哭得那叫一个伤心，鼻子一把泪一把的，比人家几个孝子哭得还厉害。结果欠贷户把老人安葬回家后，就用收到的礼金把拖欠的贷款连本带息都还了。

老黄：看到他母亲去世，我就想起了我母亲。我母亲 33 岁就因病去世了。他家母亲活了 99 岁，相当于比我母亲多活了两辈子。想着想着，我就忍不住哭了起来。不过，咱们碰到丧事少，喝喜酒的事多。三喜、四欢，咱们走吧，晚了就喝不上了。

三喜（叹气）：我怎么这么倒霉。队长，这次该你掏钱了，不然我真应了我这名字"三喜"，喝三次喜酒了。

老黄：就你这家伙会拿我打趣。你知道你嫂子，我家那口子从来不让我带钱。你先垫着，等发奖金的时候扣。

三喜：什么时候能发奖金？我都垫了多少回了。再这样，我老婆也该不高兴了。

场景六十九：老杨家

时间：日
地点：老杨家院子

老杨家院子里，人们热热闹闹地办着喜事。一个年轻人急匆匆跑进来，找到老杨。

年轻人：杨叔，杨叔，信用社收贷款的来啦！

老杨将右手中指放在嘴边，示意年轻人小声点，然后悄悄指着一桌人。

老杨：新娘娘家人在那边呢，小声点，别让他们知道。我去看看这帮讨债鬼。

老杨急忙走到门口，正好碰上老黄、三喜和四欢。

老黄（抱拳）：恭喜，恭喜！老杨，你娶儿媳这么大的事，也不跟我们说一声，有点不够意思啊，咱们可都是老朋友了。

老杨：哎呀，是黄主任，欢迎，欢迎！

老杨伸头向门外看了一眼。

老黄（小声对老杨说）：你别看了，就我们三个人，我让清收队去别的村了。我们是专门来喝喜酒的。

老杨：谢谢你们给我面子。

老黄：老杨，给你介绍一下，这位是三喜，这位是四欢。

老杨：欢迎，欢迎！他俩名字可真喜庆。来，快请进。

老杨带着老黄、三喜和四欢往院子里走。三喜悄悄拉了四欢一把，小声说话。

三喜：咱俩名字喜庆。要是再有老人去世，咱们可不能去了。就凭咱俩这名字，人家不得把咱们揍死，起码也得揍得生活不能自理。

四欢（小声回应）：咱们清收队长姓黄，欠贷户姓杨，咱们又是来收贷款的，我怎么想起电影《白毛女》了。

老杨（大声喊道）：各位亲朋好友，今天有贵客到来！

老杨（指着老黄介绍）：这位原先是咱们镇信用社主任，现在升任县信用联社清收队分队长，股级干部。大家欢迎！

院子里等待喝喜酒的人一起鼓掌。

老杨（又指着三喜、四欢）：这位是三喜，这位是四欢，他俩名字喜庆。他们的到来，肯定能给咱们带来喜庆和欢乐。大家欢迎！

院子里再次响起热烈的掌声。老黄、三喜、四欢三人鞠躬致谢。

老黄、三喜、四欢：谢谢！

新娘娘家那一桌有人议论。

娘家人：真有面子，能请动信用社的人就很有面子了，更别说市信用联社的人了。

老杨（对老黄说）：这一桌安排的是咱们村两委班子的人，他们马上就到。黄主任，你们先坐。

117

老黄：慢着，我们现在还不能坐，我们得先……

老杨（吃惊地打断老黄的话）：怎么，你们现在就收……

老黄（哈哈大笑）：我们还没上礼金呢。三喜，快去把贺礼上了。

老杨（松了口气）：你们能来，就已经给我面子了，贺礼就别拿了。

老黄：那哪行。我们也不多上，每人 200 元。老杨，你可别嫌少。

老杨：你们上 200 元，太多了，太多了！我连襟才上 100 元呢。

老黄（开玩笑地）：你连襟是你连襟，他就算不上礼也没事，毕竟你们是亲戚，打断骨头连着筋。

场景七十：芦花村

时间：日

地点：芦花村

身穿黄马甲的清收队队员走在芦花村里，吴用背着话筒，话筒传出声音。

吴用（话筒播报）：史前进欠贷款 5000 元，毛传喜欠贷款 6000 元，华授朝欠贷款 4500 元……

场景七十一：老杨家

时间：日

地点：老杨家屋内

老杨热情招呼老黄、三喜、四欢他们坐下。

老杨：黄主任，你们今天给足了我面子，还上了礼，我很感动，也很感激，真心感谢你们。但这礼，我得退给你们。

老黄（连忙制止）：别，可千万别退。老杨，你见过上了礼还退回去的吗？咱们又不是小孩子，给出去的东西，哪能不高兴了就往回要。再说，把上了的礼退给别人，不吉利。就像白事不能事后补礼一样。老杨，你别想太多，只要把贷款还上，就是对我们最大的支持。

老杨连忙表态：我还，我现在就用收的礼还。你们给我这么大面子，让我在儿媳娘家人面前长了脸，我再不还贷款，还算什么人！

老黄：老杨，这就对了嘛！把贷款还了，没有逾期贷款，那才是真正有面子。只要讲诚信，走遍天下都不怕。

老杨：之前不愿意还贷款，是我的错，我不该拖着。我拖着不还，有两个原因。一是看到别人都不还，觉得自己要是还了就吃亏，像个傻蛋；二是当初借贷款时，信用社的人太傲慢，故意刁难我，还暗示我请客送钱送东西。而且从那之后，信用社也没人来催过款。

老黄：那都是以前个别信用社工作人员的行为，现在绝不会再发生这种事了。

老杨：不管什么原因，不还贷款肯定不对。我现在就把贷款还上。

老杨说着，起身把门关上。

老杨：你们办手续吧。

三喜：好的，我这就给你办手续。

老黄：老杨，贷款还上后，今后要是再需要贷款，直接到信用社办理。信用社的工作人员都会热情接待你，绝对不会再有吃拿卡要的情况。要是再有人像以前那样，门难进、脸难看，故意刁难你，你可以直接到市信用联社举报。一旦查实，那些人肯定会受到处分，说不定还会被开除，甚至要坐牢。

老杨：听说了，信用社现在的工作作风和服务态度，和从前大不一样，夸你们的人越来越多。黄主任，我在村里还算有点威信。你们带上欠贷人的名单，我带你们一家一户去催收。我估计，就今天和明天，能清收 80%。

老黄：那太好了，谢谢你，老杨！

老黄转头看向三喜、四欢。

老黄：咋样？这场喜酒喝得值吧？

场景七十二：会议室外

时间：日
地点：会议室外大厅

电子屏幕上展示着：龙脊山市信用社转变工作作风会议。

农信仁（正在台上讲话）：我们客户经理要尽快转变工作作风和工作方法，发扬 20 世纪五六十年代老农金的背包银行精神。一个挎包、一把算盘、一支笔、一把雨伞，走乡访村、走村串户。对农户的情况要了如指掌，谁家几口人、几亩地、收入多少、支出多少，甚至床铺在什么位置、锅台在什么位置、朝向如何，都得清楚，真正做到人熟地熟。以前，信贷员一进村，不仅村民热情相迎，连农户喂养的狗都会摇着尾巴上前带路。可现在呢？贷户得车接车送，我们才去调查。脸难看、门难进，吃拿卡要的现象屡禁不止。我们制定了处罚办法，制度是块铁，谁碰谁流血。谁要是再明知故犯，肯定会受到处分，甚至丢掉饭碗，更严重的，可能要去坐牢。在制度和纪律面前，人人平等。在强调制度纪律的同时，我们还要增强脚力、眼力、脑力、笔力和控制力，努力打造一支政治过硬、本领高强、求实创新、能打胜仗，真心支持经济发展的客户经理队伍。增强脚力，要扎根基层、深入实际，走向田间地头，走访基层民生，走进社区、走进企业，尤其是小微企业。到生产现场去，到民生一线去，开展扫街、扫村、扫户、扫社区、扫企业活动，做到不漏一村一户、一街一企业。全面调查，真正了解居民、农村、农户、农村经济、企业的资金需求。要做到脚下有泥土、鞋子有灰尘。练好脚力，才能行得远、走得快、走得实、走得好。

场景七十三：村村通公路

时间：日

地点：乡村公路、村口池塘边

农信仁、柏松、姚文勇三人骑自行车行驶在乡村公路上。

姚文勇（哼唱）：我们的家乡，在希望的田野上……

三人骑车来到村口，农信仁率先下车，推着自行车走，柏松、姚文勇也跟着下车。

姚文勇：理事长，您咋下来推着自行车走，车子没气了？

农信仁：不是，气足着呢。从火龙岗镇信用社出来时，我亲自打的气，骑几天都没问题。现在是中午吃饭时间，农村人习惯聚在路边吃饭，骑车路过不礼貌，再说咱们也该吃饭、了解情况了。

几人来到池塘边，十几个人正在此处吃饭，池塘荒芜未养殖。

村民：吃没？没吃来吃点。

农信仁：各位正吃饭呢，好热闹。正好我们还没吃，凑个热闹，欢迎不？

关镇（男，46 岁）：欢迎欢迎。不过，我们没啥好吃的，不知道你们能吃惯不？

农信仁、柏松、姚文勇放好自行车，取下背包。

农信仁：咋吃不惯，我们都是农村出身。

柏松：就是，我虽说上班了，但一直没离开农村。

众人听后大笑。

关镇：豪爽，你性子直吧。

姚文勇：他直得很，张嘴就没个把门的。

关镇：好家伙，直肠子啊。

农信仁：你们俩别乱讲，没看大家在吃饭嘛。

关镇：没事，农村人没那么多讲究，吃饭时也常聊庄稼事儿。

柏松掏出香烟递给众人，姚文勇拿出食物放在塑料纸上，并分发火腿肠。

众人：谢谢。

殷实（男，58岁）左手端着红薯饭，拿着窝头，地上放着腌制辣椒，右手拿着火腿肠，耳朵上夹着香烟，在一旁默默站着。

柏松：老少爷们，我在我们庄出了名的爱夹百家菜，现在能夹你们的菜不？

众人：拿人家的手软，吃人家的嘴软。你们都给了东西，夹点菜算啥，随便夹。

农信仁走到殷实面前。

农信仁：老哥，吃饭呢。以前是红薯饭、红薯馍，离了红薯没法活；窝头就辣椒，越吃越胖。现在专家说红薯营养价值高，老哥挺会养生啊。

殷实：养生个啥，我家穷，吃不起好的。这火腿肠我得拿回家给孙子吃。

农信仁：对不起，老哥，我不了解情况。你家里是不是有啥难处，方便讲讲吗？

殷实：你们是干啥的？推销东西的，还是搞传销的？讲了你们能解决？

柏松：大叔，我们不是那些人。（指着农信仁）他是龙脊山市信用联社党委书记、理事长农信仁同志，（指着姚文勇）他是龙脊山市信用联社信贷部总经理姚文勇同志，（拍着自己胸脯）我是火龙岗镇信用社新上任的主任。

众人听闻，纷纷站起来。

关镇：市信用联社理事长，起码也是股级，能骑自行车来？火龙岗信用社主任丁大海都有专车，我们不信。

柏松：大哥，农理事长以前是省信用联社的处长，现在还保留处级待遇，和县长级别一样。

农信仁：柏松，别老提级别，做好工作、服务好大家才重要。我们都是从农村走出来的，小时候上学想骑车都没机会。

殷实：火龙岗镇信用社主任不是丁大海那龟孙吗？怎么是你，你们不会是骗子吧？

柏松：大叔，丁大海涉嫌犯罪，已被刑事拘留，案件正在审理，估计得判不少年。

殷实（抓住柏松的胳膊）：小伙子，你说的是真的？

柏松：是真的。大叔，你突然抓我，吓我一跳。

殷实（兴奋地跳起来）：太好了，丁大海这孬种，早该逮了！

柏松：大叔，你认识丁大海？咋这么恨他？

殷实：我早就认识他，和他还有亲戚关系呢。

柏松：您老和丁大海有亲戚关系，咋还恨他？

殷实（摆摆手）：现在先不说这个龟孙，等会儿再讲。（看向农信仁）领导，你真是龙脊山市信用联社的理事长，和县长一个级别？

农信仁：各位父老乡亲，我以前在省信用联社当处长，现在是龙脊山市信用联社党委书记、理事长，刚上任一个多月。今天头一回来到咱们庄，大家不认识很正常，往后就是熟人了。下次再来庄里讨口水喝，可别放狗咬我们。

众人哄堂大笑。

殷实（激动地）：你是我见过第一个来咱村的大官，我从来没跟县长级别的人面对面说过话。

关镇：殷老头，你还真是没见过世面，连县长级别的人都没见过。（稍作停顿）其实我也没见过。领导，您这么大的官，还这么平易近人，我们咋会放狗咬您呢？要是以后你们再来，哪个狗见了不摇尾巴，我就割了它的尾巴。

众人又一次大笑。

农信仁：刚才有人问我们今天来干啥，为了更好地服务大家，支持农村发展，我们转变工作作风，特地开展一次大扫街、大扫村、大扫户、大扫社区活动。

殷实（没听清楚）：啥活动，大扫荡？

柏松（笑着解释）：大叔，不是大扫荡，您是不是抗日神剧看多啦？

殷实：我哪有闲工夫看抗日神剧，我家电视早坏了，没钱修，也没钱买新的。看电视浪费电，我舍不得。

农信仁：老哥，你家里到底发生啥事儿了？讲讲吧，说不定我们能帮上忙。

殷实：讲了也没用，还是不说了。领导，你还是讲讲你们这活动到底咋回事。

农信仁：老哥，不是扫荡，是扫街、扫村、扫户。

殷实：你们帮着打扫村里和街道的卫生，每家都扫？

农信仁：老哥，不是打扫卫生。扫街、扫村、扫户、扫社区，是我们这次活动的名称，就是组织人员到每个街道、社区、行政村、自然村，挨家挨户了解情况，建立档案，动员存款、发放贷款。比如，你家要是有钱，可以存到信用社，既安全又能得利息。

殷实（自嘲地）：我哪有钱，我家穷得叮当响。我姓殷，爷爷希望我过得富裕，给我起了殷实这个名字，可我辜负了爷爷的期望。我一辈子老实巴交，娶的老婆是个病秧子，为了给她治病，花光积蓄，还借遍亲戚的钱，后来亲戚见了我都躲着走。因为没钱，老婆没能治好，去世了。儿媳嫌家里穷，跟人跑了，留下个五六岁的孙子，儿子只好外出打工。我和儿子都有养鸡的技术，我找丁大海那孬种借贷款买鸡苗，他硬是不借。

关镇：丁大海不愿借你贷款，他愿借给谁？他是不是只借给那帮能让他再放贷的人？

殷实：不瞒你说，我和丁大海的父亲是姨老表。困难时期，丁大海的爷爷向我父亲要了半口袋红薯干子。当时我家也没多少吃的，还是舍命给了他们，丁大海的父亲才活了下来。要是没有我父亲给的半袋子红薯干子，丁大海的父亲就得饿死，也就没有丁大海这个孬种了。他们一家人都忘恩负义。丁大海的父亲后来在单位当了个破股长，就作威作福，上梁不正下梁歪，生出丁大海这么个孬种。

农信仁：丁大海的恶行，法律会制裁。他给信用社造成的负面影响，我们会努力消除。过去的事就不说了，往前看。我们今天来，不仅是了解情况、动员存款，还会给有需要且符合条件的农户发放贷款。你刚才说，你和儿子有养鸡技术，是真的吗？

关镇：领导，殷实说的是真的。他爷俩养鸡技术在这方圆几十里都有名。为了给老婆看病，他卖光了鸡，又借不到贷款，不过他家鸡舍还在，修理一下就能用。

农信仁：好，我相信你。走，去看看你家鸡舍。要是真像你说的那样，就给你贷款。

殷实：领导，您说话当真，可别骗我。

农信仁：不骗你，我说的是真话。

殷实（一手拿着碗和筷子，一手拿着火腿肠，耳朵上夹着香烟，兴高采烈地往前走）：走，带你们去。

农信仁、柏松、姚文勇跟在殷实后面，关镇等吃饭的人也跟在后面看热闹。众人来到离村庄两里地远的鸡舍前，鸡舍因长时间无人打理，长满荒草。

农信仁：你的鸡舍虽然破旧，部分围墙倒塌，但毁坏程度不大，修修就能用。

殷实：是的。这几年一来没心思，二来没钱修理。

农信仁：这鸡舍一次能养多少鸡？需要多少钱？修理鸡舍又需要多少钱？

殷实：修理鸡舍花不了多少钱，我家还有些材料，出点力就行。鸡舍能养 2000 只鸡，买鸡苗需要 1 万元钱。

农信仁：行。我现在就答应给你贷 1 万元。下午，你去火龙岗信用社找柏主任办理手续，别忘了带上身份证。我们会对这笔贷款跟踪管理。

殷实（有些不敢相信）：我的天，这是真的吗？就这么简单、这么快？我找丁大海借贷款，跑了十几趟都没借到。你们却主动到村里送贷上门。真不用我请客、送礼？

农信仁：除了正常的贷款利息，不会收你其他费用。

柏松：大叔，你下午去信用社办贷款，不仅不收钱，我还会给你泡茶。

殷实：信用社真是大变样了。

柏松：大叔，不是大变样，是我们改变了工作作风和方法，提高了工作效率。

关镇（问农信仁）：我能申请贷款吗？你刚才看到的池塘是我家的，我养鱼技术不错，可以前借贷款得通过中介，费用高，还找不到靠谱的中介。

农信仁：只要你们是为了发展经济、发家致富，符合国家政策和我们的贷款条件，信用良好，没有拖欠信用社贷款，无论是农业生产、种植、养殖，还是生活、学习等方面的贷款，都可以申请。我们信用社现在实行阳光办贷，今后大家办贷款，不需要通过任何中介，直接到信用社申请。信用社收到申请后，会一次性告知所需资料和手续。资料和手续办齐后送到信用社，1 万元以下的贷款当场办理；1 万元至 5 万元的贷款，信用社 3 天内完成调查并答复能否办理，能办的 3 天内办理；5 万元以上的贷款，信用社调查后 7 个工作日内答复。刚才我答应给殷实老哥办理的 1 万元贷款，是我们新推出的小额信用贷款，凭信用就能随到随办。我们还有小额信用循环贷款、助学贷款、抵押借款、青年创业贷款、巾帼致富贷款等 10 多种贷款品种。大家把在家的乡亲们招呼过来，让柏松和姚文勇给大家介绍一下。

众人：好，太好啦！（热烈鼓掌）

关镇：领导，我想让儿子、儿媳回来创业，他们在外地学到了技术，一直想回来，就是缺启动资金。这下好了，有你们支持，发家致富有希望了。

农信仁：我们有青年回乡创业贷款，你儿子、儿媳可以回来创业，既能赚钱，又能照顾孩子和老人，一举三得。

殷实：关镇，把你的手机借给我，我现在就给儿子打电话，让他赶紧回来养鸡。在外打工挣不了多少钱，来回折腾还耽误照顾家里。

姚文勇：各位乡亲，刚才农理事长说了，让我和柏松给大家介绍贷款品种和申请贷款的程序、条件。我还想给大家讲讲金融知识，像存款、利息这些。我看池塘边就挺好，我们带了投影机，找两棵树挂上屏幕就行，我给大家上第一课。

关镇：好。我现在就去喊人到池塘边。

众人一起来到池塘边，姚文勇挂屏幕，柏松架好投影机。这时，农信仁的手机响起。

农信仁（接电话）：好、好，我马上赶回去。（对众人说）丁大海案有新进展，我得回去一趟，先走一步。

殷实：领导，丁大海案要是需要我揭发、作证，随叫随到。

农信仁（推起自行车，向众人招手）：好！大家再见！

众人：理事长，再见！

场景七十四：会议室

时间：日
地点：信用社会议室

农信仁主持社务会，参会人员目光聚焦在他身上。

农信仁：今天开会前，先给大家通报一个情况。现已查实，丁大海进入信用社时弄虚作假，并且涉嫌强奸罪、伤害罪。

姚文勇（满脸惊讶）：啊！这么严重。要是这些罪名成立，再加上其他罪行，丁大海恐怕要把牢底坐穿了。

农信仁：最终判罚，法院会以事实为依据、以法律为准绳作出判决。现在，我们首要任务是消除丁大海给信用社造成的重大负面影响。下面，我给大家介绍一下丁大海的情况。丁大海初中没毕业，就混迹社会，整天惹是生非。他父亲原是农行的股长，和行长关系密切。20 世纪 90 年代初，信用社隶属农行管辖，当时信用社大量设立村级代办站。丁大海的父亲通过请客送礼，把丁大海安排当上了村级代办员。别小看这个村级代办员，在当时可是很吃香的，因为能办理存款和发放贷款业务。虽说只是村级代办站，但发放的贷款数量惊人。经常有人请丁大海到家里喝酒。有一次，一个农户想借贷款，托人请丁大海到家中喝酒。丁大海见农户的妻子长得漂亮，趁着农户喝多、去厨房的间隙，上前调戏并实施犯罪。农户听到妻子的呼救声，赶紧跑过来阻拦，丁大海竟蛮横地将农户打倒。农户不顾一切冲上去，拉开了丁大海。丁大海恼羞成怒，掏出随身携带的匕首，刺中农户的左胳膊。农户在挣扎反抗过程中意外伤到了丁大海，丁大海倒在地上，众人闻讯赶来，将他送往医院。后来，丁大海的父亲托人歪曲事实，声称丁大海是去农户家收贷款，农户不愿还款，双方发生争执，进而扭打，丁大海被捅成重伤。结果，农户被逮捕入狱，在一次工作中触电身亡，而丁大海却作为英雄受到了表扬。此后不久，丁大海转为信用社正式员工，后来被提拔为信用社主任。

农信仁顿了顿，继续揭露丁大海的丑行，参会人员或神情肃穆，或唏嘘不已，或低头沉思。

场景七十五：农信仁宿舍

时间： 夜

地点： 农信仁宿舍门口

几个黑影鬼鬼祟祟地摸到农信仁宿舍门口，往门上甩东西。随后，一个黑影对着农信仁的宿舍门连踹几脚，踹出洞，接着迅速逃窜。响声震亮了声控灯，也惊动了农信仁和邻居。农信仁开门时，右手碰到了黑影甩在门上的东西。

农信仁（用左手从裤子口袋里掏出卫生纸擦手）：什么东西……

邻居们纷纷起床，围在门口议论纷纷。

邻居 A：咋回事？

邻居 B：什么东西这么臭？

邻居 C：你们看，门被开了几个洞。

邻居 D：哎呀，好吓人！

农信仁端来清水，开始清理门上的粪便。

农信仁：不好意思，惊扰大家了。

房主：你肯定得罪人了，他们这是来寻仇的。

农信仁：我来龙脊山市才一个多月，不可能得罪人。应该是我在工作中触犯了某些人的利益，他们来恐吓我，和大家无关。他们就是想吓唬我，如果想害我性命，就不会干这种卑鄙的事了。

楼上女子：你得罪人了，他们还会来报复的。太可怕了，这什么时候是个头啊！

房主：他们要是再来怎么办？我们也跟着担惊受怕。我看你还是搬走吧，押金我退给你，这个月房租也不要了。

农信仁：真是不好意思，让大家担心了。我已经报警，派出所的警察马上就到。愿意留下作证的，就留下来；不愿意的，请回去休息，谢谢大家！

年轻女子：我不走，我等着警察，去派出所也没关系。

众人：我们都等着。

房主：我肯定等着，警察来了，我让他们赶紧抓住作案人。

邻居E：这些人也太恶劣、太卑鄙了，有本事就光明正大地较量。

年轻女子：这些人肯定是小喽啰，背后一定有人指挥。

这时，四名警察从电梯里走出来。

警察甲：请问谁报的警？

农信仁：我报的警。

警察甲：发生了什么情况？为什么报警？

年轻女子：为什么报警，你们自己不会调查吗？你们警察破案，怎么像医生看病，不自己诊断，却让病人自己说？

警察甲：这位大姐，火气不小啊。

警察甲示意警察乙拍照，警察乙开始对现场进行拍照。

年轻女子：能不大吗？往人门上甩大粪，臭死人；往人门上开洞，吓死人。你们赶紧破案，明天早上能破案吗？

警察甲（笑着回应）：大姐，你不仅火气大，还是个急性子。就算是市局郑局长，也不能要求我们明天早上就破案。

年轻女子：那是你们没本事。你看电视剧里的警察，说什么时候破案就什么时候破案。

警察甲：大姐，你是不是神剧看多了？你要是当编剧、导演，估计想让什么时候破案就能什么时候破，想让谁死谁就死，想让谁发财谁就发财。

警察丙用镊子在门上取了样，放进塑料袋里。

警察甲：门已经清理过了？

农信仁：是我清理的。

警察甲：你不应该清理，应该等我们勘查完再清理。

年轻女子：你们动作太慢，来这么晚。要是等你们来清理，整栋楼的人都得被臭死。

警察甲：你这也太夸张了吧。我请大家到派出所配合调查，行不行？

众人：行，我们都去。

年轻女子：去可以，但我有个习惯，晚上要是耽误睡觉，夜里必须吃夜宵，夜宵谁请？

农信仁：我请！等警察同志调查完，我请大家喝啤酒、吃烧烤。

年轻女子：这还差不多。走啊，警察同志，你们带路。

场景七十六：牛书记办公室

时间：日
地点：牛书记办公室

牛书记坐在办公桌前，农信仁坐在对面。

牛书记：信仁，工作上得罪人了？昨晚有人报复你？

农信仁：是的。不过这都是小人行径，没什么大不了的。

牛书记：你们的工作方法可能触犯了一些人的利益。这样吧，你搬到市人武部去住，和我们住一起，也方便交流工作。

农信仁：谢谢牛书记！我还是在原地住吧。如果搬到人武部，他们会觉得我怕了，这不利于今后开展工作。我觉得，往门上开洞、甩大便的人，主要是想恐吓我，并非真想伤害我。再说，交流干部这么多，总不能都搬到人武部去吧。

牛书记：那好吧，你自己注意安全。你的房东和邻居有什么反应？

农信仁：刚开始他们非常害怕，房东还说不要房租了，把押金退给我，让我搬走。后来到派出所了解情况后，他们反而不害怕了，还坚决支持我，甚至要组织人员轮流值班。

牛书记：老百姓绝大多数是正直、有正义感的。这是我们做好工作的基础，一定要依靠群众、发动群众。

农信仁：我也是这么想的。昨晚我花了 1000 多块钱，等公安局破案，抓住这些人，得让他们把钱赔出来。

牛书记：为什么花了 1000 多块钱？

农信仁：为了给房东和邻居压惊，也为了感谢他们配合派出所调查，我请他们吃夜宵。没想到他们特别能喝啤酒。

牛书记：他们知道你是财神爷，你这 1000 多块钱花得值。当时你应该喊我过去，我要是去了，你可能得花 2000 元。

农信仁：您这么大的官，谁敢喊您去吃大排档。

牛书记：别客气，咱们级别一样，都是七品芝麻官，你能去我为什么不能去？

农信仁：我和您不一样，您是一市之主。

牛书记：我还真想像从前一样，去大排档痛痛快快喝一顿。哪天咱们俩悄悄去一趟，顺便了解了解情况。

农信仁：好啊，我请书记去吃大排档。

牛书记：别，咱们学年轻人，AA 制。警方那边有消息了吗？

农信仁：现在还没有消息。

牛书记：我马上给郑正打电话，要求他尽快破案，严厉打击这种行为，保障敢于工作、敢于改革、不怕得罪人的同志的安全。

场景七十七：市委书记办公室

时间：日

地点：市委书记办公室

郑正坐在牛书记对面，表情严肃又带着一丝轻松。

郑正：牛书记，农信仁宿舍门上被抹秽物、开孔洞的案子侦破了。

牛书记（放下手中文件，目光投向郑正）：噢？具体是什么情况？

郑正：幕后主使是原龙脊山市信用联社副主任封臣。

牛书记：封臣？原联社副主任，居然是信用联社内部人员。我原本还以为是外部人员作案。封臣和农信仁此前应该没有交集，也不该有恩怨才对。

郑正：牛书记，事情是这样的。封臣原本是龙脊山市建筑公司的工人，干的是提泥兜子的活儿，后来学会了开车。一次偶然的机会，他结识了一个人，这个人后来升任农行副行长，封臣认其为干爹，便被调到农行开车，之后又升为人事股长。农村信用社与农业银行脱钩后，封臣到信用联社担任副主任。此人对业务一窍不通，就会投机钻营。省信用联社免去了他的职务，他心怀不满，扬言要状告省信用联社，声称对方剥夺了他的工作权利。他纠集了一帮人，提出"打倒农信仁、赶走张岩阳"的口号，还写了小字报，一夜之间，全市信用社所有网点都被贴上了这些小字报。破坏大门、涂抹秽物，再加上张贴小字报，这些行为极其恶劣，造成了极大的负面影响。

牛书记：公安局要依法处理，严厉打击这种违法行为，绝对不能让类似事件在龙脊山市再次发生。

郑正：好的，在打击黑恶势力方面，公安局绝不会手软。

场景七十八：信合小区门口

时间： 日

地点： 信合小区门口

几辆警车停在信合小区门口，警灯闪烁。警察押着封臣，将他带上警车。周围聚集了不少围观群众，大家纷纷拍手称快。

围观群众 A：这下好了，这种坏蛋就该被抓！

围观群众 B：早就该收拾他了，太不像话了！

场景七十九：信贷部

时间： 日

地点： 信用联社信贷部

钱有理（男，38 岁）气势汹汹地指着姚文勇大骂。

钱有理：你这个龟孙，为什么不同意给我放贷？别人都同意了，就你不同意！

姚文勇（神色镇定，毫不退缩）：别人同意是别人的事，你不符合贷款条件，我绝对不会同意，这是我的原则。

钱有理：你的原则？别太把自己当回事，你算老几？贷审会上你说的话，我都清楚。今天，我就好好教训你，让你知道马王爷有几只眼！

钱有理说着，抱起桌子上的电脑，狠狠摔在地板上。紧接着，他又拿起桌上的物品，朝着姚文勇狠狠砸去。听到动静赶来的员工迅速上前，将钱有理抱住。

员工 A：别冲动，快住手！

员工 B：赶紧报警！

场景八十：信用联社

时间：日

地点：信用联社院子

一辆警车鸣着警笛驶入龙脊山市信用联社院子。警察将钱有理带上警车，随后警车驶离信用联社院子。

场景八十一：会议室

时间：日

地点：信用联社会议室

农信仁主持会议，他打开笔记本，拧开笔帽，做好记录准备。

农信仁：冯雪松，你把情况介绍一下吧。

冯雪松：好，我向党委会汇报一下调查情况。今天下午，钱有理到姚文勇的办公室寻衅滋事，殴打姚文勇。经调查，钱有理是龙山镇造纸厂法人代表，该企业属于严重污染企业，是国家明令禁止和要求关停的对象，但至今仍未关停。此次该企业申请贷款，贷审委员会共有十一位成员，这次贷审会随机抽调了龙山镇信用社信贷员单凯。在会上，只有单凯一人同意贷款申请，其他成员均持反对意见。并非像钱有理所说，大家都同意了，实际上姚文勇是第一个提出反对意见的。钱有理认为，其他人不同意放贷是姚文勇带头导致的。会后，单凯向钱有理透露了贷审会的内容。目前，钱有理因涉嫌寻衅滋事罪和故意伤害罪，已被刑事拘留。情况就是这样。

农信仁：钱有理的行为极其恶劣，影响极坏，绝不能姑息，必须坚决打击，绝不能让类似事件再次发生。

张岩阳：这次事件的主要责任人是单凯，是他泄密才引发了后续问题。单凯的行为违反了信用联社员工处罚办法，触碰了道德底线，违背了职业道德，必须严惩。我建议予以开除处理。

冯雪松：同意，还应追究单凯的法律责任。

凌辰、曹正文：同意。

农信仁：我也同意给予单凯开除处理，并提交职工代表大会表决。同时，组织人员对单凯经手的贷款及其工作情况进行稽核审计，一旦发现有违法违规犯罪行为，立即移送司法机关。

场景八十二：桃溪行政村村部

时间：日
地点：桃溪行政村村部

一辆两轮摩托车风驰电掣般驶来，在村部门口停下。年轻人方金泉（29岁）从车上下来，径直走进村部。村支书谢克良戴着老花镜，正在办公室看报纸，桌上放着一杯泡着茶叶的茶杯。

方金泉：谢书记，您好！单镇长让我来找您盖个章，特别着急，您能不能现在就盖一下？

谢克良抬起头，放下报纸。

谢克良：是小方啊，快坐！我给你倒杯茶。盖什么章？

方金泉：单镇长说，咱们镇16个行政村，每个村都要盖个公章，由镇里集中向银行申请贷款规模。现在就剩你们村和双河村还没盖章了。等我去双河村盖完章，就完成单镇长交代的任务了。

谢克良：是单副镇长，亏你还当过兵，在部队喊首长，"副"字可不能少。

方金泉：老班长，我转业好几年了，习惯地方的叫法了。再说，地方上不像部队那么讲究，大家不都这么喊嘛。别人都不带"副"字，我要是带了，反而显得不合群。

谢克良接过方金泉递来的已经盖了十几个村公章的纸，一脸疑惑。

谢克良：怎么都在空白纸上盖章，前面的文字内容呢？

方金泉：单镇长说，有文字的申请材料在他那儿，这盖好公章的纸只是作为附件，到时候合在一起交给银行。

谢克良拿出公章使用登记簿放在桌上。

谢克良：来，登记一下。

方金泉（边在登记簿上签字边说）：谢书记，您可真认真。我跑了 15 个行政村，就您这儿有公章使用登记簿，太规范了。

谢克良：小心驶得万年船嘛。小方，今年怎么变成镇里集中申请贷款规模了？

谢克良在纸上盖上公章，递给方金泉。

方金泉（接过纸说）：我也不清楚，而且这事特别急。谢谢谢书记，我先走了。要是您有什么需要帮忙的，尽管开口。

谢克良：好的。你刻章技术不错，下次去镇里，帮我刻个印章。小方，快中午了，在村里吃了饭再走，咱们好久没喝两杯了。前几天我去镇里请几位领导吃饭，你不在。

方金泉：镇里安排我去云南旅游了。谢谢谢书记，今天中午不行，我还得去双河村，单镇长催得紧，下午就得交给他。下次来，我一定敬您两杯，再送您一枚我刻的印章。

方金泉骑上摩托车，扬尘而去。

场景八十三：双河村部

时间：日

地点：双河村部

方金泉从双河村部屋里出来，一位女同志陪着他。

女同志：方干事，真不巧，我们村的行政公章被金村主任带到省里修改先进材料去了，后天才能回来。

方金泉：来不及了，单镇长下午就要用。

女同志：下午就用？就算现在刻也来不及，这可怎么办？

方金泉：现刻？（稍作思索，骑上摩托车）我先走了，再见。

场景八十四：方金泉家

时间：日

地点：方金泉家

方金泉找出带有双河村公章的文件，放在书桌上。

随后，他从厨房找来一个大白萝卜，用刀切成两截。

接着，他拿起刻刀，对照着文件上的双河村公章，在白萝卜上刻了起来。

刻刀在萝卜上飞速舞动，画面一转，刻刀幻化成飞转的摩托车轮，飞转的车轮上叠放着信封。车轮与众多信封交织飞舞，信封上"人民银行总行""银监会"等字样清晰可见。

紧接着，画面切换到一支支笔在纸上签字："组成调查组严查""认真调查处理""查处""调查后将处理情况上报"。

场景八十五：调查走访

时间：日

地点：各村农户家、企业内部、调查询问室

调查组兵分多路开展调查工作。

在村里农户家中，关镇、殷实配合调查组，认真回答提问。

在企业内，郑天录、李银峰接受调查组的询问，介绍相关情况。

调查组询问方金泉时，方金泉拿出刻字工具及盖有双河村公章的文件，并向调查组解释相关事情经过。

同时，调查组分别前往桃溪村和双河村，询问谢克良和双河村女领导，收集信息。

场景八十六：市信用联社会议室

时间：日

地点：市信用联社会议室

会议室主席台上方的跑马屏上显示：省委联合调查组人民来信实际情况反馈会议。

调查组成员神情严肃，端坐在主席台上。会议室里座无虚席，参会人员专注地等待会议开始。

佘辉（省金融办副主任，联合调查组组长）：同志们，最近，省委、省政府、省纪委、省信访局都收到大量人民来信。同时，人民银行总行、银行业监督委员会也分别向省人民银行、省银监局转来多封人民来信。这些信件内容一致，均盖有 16 个行政村公章，信中反映龙脊山市信用联社不支持当地经济发展，致使农户、中小企业和微小企业难以获得贷款，造成重大损失。省委、省政府领导对此高度重视，主要负责人作出签批，由省金融办牵头，联合省纪委、省信访局、省人民银行、省银监局、省信用联社等单位，组成

联合调查组进驻龙脊山市展开调查。联合调查组深入龙脊山市龙山镇及其他各乡镇，走访了十几万户农户、1万余户中小企业和微小企业，还调查了市直各单位及全市各乡镇的有关单位。调查结果表明，农户、中小企业、微小企业及各单位，对龙脊山市信用联社的工作总体较为满意。符合贷款条件的农户、中小企业、微小企业，均得到了信用联社的贷款支持。在资金紧张的情况下，龙脊山市信用联社还向人民银行申请再贷款，用于支持农户、涉农中小企业和微小企业。这与盖有16个行政村公章的人民来信所反映的情况不符，来信内容均为虚假信息。经调查，这些人民来信是龙山镇副镇长单新华炮制的。单新华的儿子单凯原是龙山镇信用社信贷员，因违反纪律、泄露机密被龙脊山市信用联社开除。单新华对此心怀不满，指示镇财政所工作人员方金泉，以向银行申请贷款规模为由，要求各村加盖公章，随后将事先写好的人民来信与盖有公章的纸张装订在一起，制造出16个行政村集体反映信用联社不支持农户和中小企业、微小企业发展的假象。其中，双河行政村加盖的公章系方金泉用萝卜私刻，方金泉已如实交代。省委、省政府联合调查组已向龙脊山市市委、市政府汇报了具体情况，市委、市政府领导表示将严肃处理此事。目前，龙脊山市公安局已立案调查，相关责任人必将受到法律制裁。

余辉讲话结束，会场上响起热烈的掌声。

场景八十七：龙脊山市监狱大门外

时间：日
地点：龙脊山市监狱大门外广场

龙脊山市监狱大门外的广场上，上百名龙脊山市农村信用社员工身着统一服装，整齐列队。

农信仁站在队伍前方，旁边有一名警察。

农信仁：同志们，我们将分期分批组织信用社员工到监狱接受警示教育。今天是第一批，共138位员工。在接受警示教育期间，大家务必听从监狱工作人员的指挥和安排，不要随意乱跑、乱看、乱问。要认真观察、聆听和记录，警示教育结束后，每人撰写一份心得体会，交到监察室。现在，听监狱陆队长指挥。

农信仁说完，走到员工队伍中。陆队长走到队伍前面，敬了一个标准的军礼。

陆队长：从左至右报数！

农信仁：1。

张岩阳：2。

队伍依次报数：3、4、5……138。

报数完毕，陆队长再次下达指令。

陆队长：全体都有，立正，向右转，齐步走！

队伍在陆队长的指挥下，有序走进监狱大门。信用社员工依次参观服刑人员的工作场所、宿舍、学习室等。

场景八十八：监狱报告厅

时间：日
地点：监狱报告厅

龙脊山市信用联社员工身着统一服装，安静地坐在报告厅观众席上，等待着。主席台上摆放着一张桌子，桌上有一个麦克风。秦发科（男，55岁）身穿囚服，从主席台右侧的小门走出，向观众席上的信用社员工深深鞠了一躬，随后走到麦克风前。

秦发科：尊敬的各位领导，各位来宾，我叫秦发科，今年55岁，原是龙脊山市信用联社党委书记、理事长。父亲希望我做一个对国家和人民有用的人，然而，我不仅没有做到，还犯下了不可饶恕的罪行，被判处无期徒刑。我对不起人民，对不起国家，对不起党，对不起单位和同事，更对不起父母和妻儿。今天，我的心情格外沉重，深感惭愧，因为台下坐着的，有曾经的老领导、同事和部下。回顾过往，我满心内疚。1983年，我高考落榜后回家务农，恰逢信用社招聘"三不"合同工。为了摆脱一辈子务农的命运，身为大队书记的父亲通过请客送礼，帮我获得了这份工作。尽管只是"三不"合同工，但在当时，这是许多高考落榜生梦寐以求的机会。随着时间推移，"三不"合同工身份与正式员工待遇逐渐趋同。此后，我靠投机钻营、溜须拍马、行贿送礼，先后当上信用社主任、联社副主任，最终成为单位一把手。职务提升后，我头脑发热，变得狂妄自大，自认为天下第一，行事无法无天，成了龙脊山市四大恶霸之一。

场景八十九：秦发科办公室（回忆）

时间：日
地点：秦发科办公室

秦发科坐在办公桌前，拨通电话。

秦发科：丁大海，我有个兄弟急需 80 万元贷款，他正往你那儿赶。对，先放款给他，手续后补。你不认识他也没关系，他带着我写的纸条，你认条不认人。好，过几天我去火龙岗镇，上次你安排的酒菜合我口味，陪我的几个美女也不错。好，还是你想得周到，过几天我去时，再换几个美女陪我。好。

秦发科放下电话，楼下院子里传来争吵声。他皱了皱眉，又拨了一个电话。

秦发科：楼下院子里谁在吵？吵什么？什么？咱们盖培训中心没有批准手续，城建局不让盖，还派人来阻止，要收工具？真是不知好歹。我马上给城建局局长打电话。

秦发科再次放下电话，又拨通了另一个号码。

秦发科：是郝局长吗？我是秦发科，好什么好！我这儿盖培训中心，也就是招待中心，你怎么派人来阻止？你还想不想干了？别忘了，我可是市人大常委，我和市酒厂张厂长、市医院姜院长、教育局宁局长是铁哥们，他们三人也是市人大常委，书记、市长都给我们面子。行，你马上把人撤回去，只要你睁一只眼闭一只眼，今天这事就当没发生。（挂断电话，低声骂）不知天高地厚的东西，不知道老子是龙脊山市四大恶霸之一吗？我坐的车车牌号是 04，副市长都坐不上，满大街交警见了都得给我敬礼。一个小小的城建局局长，我还治不了他？

（转场）

场景九十：高级房车内（回忆）

时间：日
地点：高级房车内

一辆高级房车在宽阔的高速公路上疾驰。车内，秦发科和几个娇艳女子打情骂俏，房车主人成克玉（男，45 岁）坐在一旁。

秦发科（搂着一个女子，手随意抚摸着，转头对成克玉说）：成克玉，你用我给你的贷款，不扩大再生产，却买了这么好的车，真会享受！我才坐广本呢。

成克玉（赶紧赔着笑脸）：秦哥，我的就是你的，公司的房子、车子，包括车里的美女，都归你享用！

秦发科（哈哈大笑）：就你会说话。我天天给弟兄们发放贷款，自己却不敢坐豪车、住好房，不敢吃好的，也不敢找女人。只能通过你这样的好兄弟偷偷享受，这上哪儿说理去。我真想自己开个公司。

成克玉：可别自己开公司，你当好信用联社理事长就行。只要你能给我们贷款，就能尽情享受。偷偷享受不也挺刺激的嘛。

秦发科（放声大笑）：说得好，那我就偷偷享受。

房车内，笑声一阵高过一阵。

（转场）

场景九十一：龙脊山市大酒店（回忆）

时间：夜
地点：龙脊山市大酒店外

秦发科醉醺醺的，被人搀扶着从龙脊山市大酒店出来，坐进小车里。

驾驶员：老板，去哪儿？回家吗？

秦发科（吐字不清）：回什么家？不回家！我那黄脸婆唠叨得烦死了。都怪结婚太早，没工作时找的老婆，现在离又离不掉。走，去咱们培训中心。让小马今晚留下来，给我揉揉头、捶捶背、捏捏脚。

（转场）

场景九十二：培训中心（回忆）

时间：夜
地点：信用联社培训中心

秦发科搂着美女小马，摇摇晃晃地来到培训中心。

秦发科：走，回房间去。今晚你可得好好给我按按。

（转场）

场景九十三：秦发科办公室（回忆）

时间：日
地点：秦发科办公室

秦发科满脸怒容，右手狠狠扇向驾驶员的耳光。

秦发科：你这个混账东西！胆子越来越大了！你吃的、喝的、用的、住的，就连你儿子的前程，哪一样不是我给的？你居然拆我的台，是不是找死！

驾驶员（满脸惊恐，带着哭腔解释）：老板，我真的是偶然碰到金融主任，顺便捎他一段路。

秦发科：顺捎也不行！在整个龙脊山市信用联社，就他不太听我的，还时不时提我的意见。要是他在我车上装了窃听器怎么办？你是不是想和他合伙害我？说！

驾驶员"扑通"一声跪在秦发科面前。

驾驶员：老板，是我错了，我下次绝对不敢让金融上车了。

秦发科：其他人也不行，我的车只能我一个人坐！

驾驶员：是，是！我保证，以后除了您，谁都不让坐您的车。我对您绝对死心塌地，否则天打五雷轰！

秦发科踹了驾驶员一脚。

秦发科：滚！

场景九十四：秦发科办公室（回忆）

时间： 日

地点： 秦发科办公室

一个中年男子走进办公室，将一个信封递给秦发科。

中年男子：表叔，这是我的一点心意，请您收下。

秦发科接过信封，用手摸了摸厚度。

秦发科：你这信封里装的什么？

中年男子：5000 块钱。

秦发科：你给我 5000 块钱干什么？

中年男子：我现在上有老下有小，生活困难，想开个商店维持生计。

秦发科：开商店是好事，可你找我干什么？我这儿又不是工商局。

中年男子：开商店需要资金，我没有。我去找火龙岗信用社的丁大海主任，他不理我。表叔，我想着咱们是亲戚，才来找您，想请您给丁大海打个电话，贷给我 2 万块钱。

秦发科：电话我不能打。要是都来找我打电话，我还忙得过来吗？

中年男子：我就因为喊您表叔，觉得是亲戚，才来找您的。

秦发科：咱们是亲戚没错，可亲戚又怎样？能因为是亲戚就违反信用社规定吗？丁大海不借给你贷款，肯定有他的理由。再说，咱们平常都不来往，你一有事情就来找我。自从我当上龙脊山市信用联社理事长，表侄子、表孙子、表哥、表姐、表嫂子、表叔、表大爷都冒出来了。现在的人，真是势利眼！

中年男子：我爹和您是亲姑舅老表，关系亲着呢。

秦发科：姑舅老表又如何？就算是亲兄弟，也不能坏了规矩！

中年男子：表叔，我家日子实在过不下去了，平时不好意思找您，现在实在没别的办法，才来麻烦您。他们都说，您一个电话，别说 2 万元贷款，就是 100 万元，也不是难事。

秦发科猛地一拍桌子，大声吼。

秦发科：胡说八道！是谁在败坏我的名誉？我办事一向按规矩来，从不徇私情！

秦发科拿起桌上的信封，双手用力一撕，信封被撕成两半，随后扔到中年男子身上，两半信封从男子身上掉到地上。

秦发科：你快走吧，该找谁就找谁去。记住，别拿这些钱来贿赂我，5000块钱，还打动不了我！

中年男子弯腰捡起地上的两半信封。

中年男子：表叔，您别生气。要是嫌少，等我挣了钱，再孝敬您。

秦发科：你挣再多钱，那是你的事，和我无关。以后别再来找我了。对了，咱们是亲戚，照顾你一下。钱都烂两半了，你到楼下营业厅换新的去吧，就说是我让你去的。

中年男子无奈地拿着两半信封，走出秦发科的办公室。秦发科看着中年男子离去的背影，自言自语。

秦发科：什么阿猫阿狗都来找我。5000 元，哼！真小瞧我了。

（转场）

场景九十五：秦发科家（回忆）

时间：日

地点：秦发科家

一个老板满脸堆笑，将一个盒子递给秦发科。

老板：理事长，我给您买了十根金条，纯度特别高，您收着，以后肯定能升值。

秦发科：又是这老一套。咱们自己人，不收吧，怕驳了你的面子；收了吧，我其实不太喜欢黄金。黄金哪有现金看着舒服？现金多好数，一看就知道有多少。每天晚上数着现金，心里别提多舒坦了。黄金就不行，摸着冰凉，价格还被大妈们搞得忽高忽低，像坐过山车似的。你把黄金卖了，换成现金送来吧。

老板（点头哈腰）：好的，我明天就去换，换好后马上给您送来，绝对不耽误您晚上数钱。

秦发科：不急，家里也不缺这点钱数。

（转场）

场景九十六：某某宾馆（回忆）

时间：日

地点：某某宾馆

秦发科满脸谄媚，对着一个西装革履的男人点头哈腰。

秦发科：您可是大领导的秘书，我想求您办件事，不知道该不该讲。

秘书（剔着牙，一副傲慢的样子）：你通过关系认识我，又请我吃喝玩乐，送钱送东西。俗话说，吃人家的嘴软，拿人家的手短。你说吧，什么事？一般的事我都能办好。就算以后你进了监狱，我也能把你捞出来，不过，得花不少钱。我这话虽然糙，但理不糙，现实就是这样。

秦发科愣了一下，随即又满脸堆笑，继续点头哈腰。

秦发科：您说得太对了！您的办事能力，没几个人能比得上。以后，您就是我的大树、我的靠山。背靠大树好乘凉，背靠大山心里安稳。认识您之后，我的前途一片光明啊！

秘书：别光说这些没用的，到底什么事？

秦发科：好，听您的，恭维话我就不多说了，您的恩情我日后必定报答。

秘书（不耐烦地）：你求我办什么事都还不知道，也还没帮你办，现在谈恩情、回报，太早了。

秦发科（不好意思地笑了笑）：见到您这样的大人物，我都不知道该怎么说话了。我求您的事，其实也是公事。为了提高我们龙脊山市信用联社的知名度，想请您帮忙，让领导给我们信用联社题几个字。

秘书：提高你们信用联社的知名度？我看是为了提高你自己的知名度吧！大领导给你们信用联社题牌匾名，你回去好显摆自己，还打着工作的名义。

秦发科（尴尬地嘿嘿笑着）：您高学历、学霸出身，又是大领导的秘书，智慧过人，什么都能看透，什么都瞒不住您。

秘书：你这人挺会巴结人，怪不得能从一个"三不"合同工爬到信用联社理事长的位置，还挺适应这社会的。

秦发科（兴奋地）：谢谢您夸奖！

秘书：我都没觉得自己在夸奖你，你倒听出来了？

秦发科：听出来了。我以后就把您的话当作座右铭。您看请领导题字，给领导30万润笔费怎么样？

秘书：什么？30万润笔费？你怎么想的！现在星光大道上唱几首歌的草根歌手，出场费都几十万，何况是大领导，还是全国著名的书法家。就给30万润笔费，你好意思吗？最少100万，这100万还不包括其他费用。别以为请我吃了几顿饭、送了点东西，就能少给，不可能！这是原则问题。

秦发科（赶紧赔不是）：是，是！当然少不了您的辛苦费。100万润笔费就100万，只要能求来大领导的字就行。

（回忆完）

146

场景九十七：监狱报告厅

时间：日
地点：监狱报告厅

秦发科神色凝重，语气沉重地诉说着过往。

秦发科：后来，字确实求来了。可没挂多久，那位大人物和他的秘书相继被查处，牌匾也被摘了下来。真是应了那句'天狂必有雨，人狂必有祸；天作孽犹可恕，人作孽不可活'。我这牢狱之灾，都是自己作出来的。如今，我和独生子都在服刑，老婆自杀了，儿媳也改嫁了，嫁给了一个我曾帮助过、向我行贿的企业老板。在座的各位，一定要以我为戒，珍惜自由、友情、亲情、名誉，更要珍惜自己的政治生命。

场景九十八：保龙镇金楼村村部

时间：日
地点：保龙镇金楼村村部

七叔（保龙镇金楼村书记）在村部院子里打理着种的青菜。农信仁、姚文勇、张丽娟三人骑着自行车来到金楼村村部院门前，停好车后走进村部大院。

张丽娟（笑着招呼七叔）：七叔，又在摆弄你的宝贝啦？

七叔抬起头，脸上露出笑容。

七叔：噢，丽娟来啦。

姚文勇突然从农信仁身后冒出来。

姚文勇：七叔，可想死您了！

七叔：我的孩子，是文勇啊，好久没见你了。

张丽娟：姚文勇去深造两年后，通过竞聘，现在是信贷部经理了。

七叔：我的孩子，真有出息！我早就说过，文勇有出息，当个市信用联

147

社理事长都绰绰有余。

姚文勇（连忙摆手）：七叔，您可别瞎说。

张丽娟（调侃地）：七叔，姚文勇就算有这个想法，现在也没这个胆量。

七叔（一脸不解）：咋啦？不想当将军的士兵，可不是好士兵。

张丽娟（指着农信仁向七叔介绍）：七叔，给您介绍一下，这是咱们市信用联社新来的党委书记、理事长农信仁同志。

农信仁（伸出右手）：书记，您好！

七叔（连忙伸出手，又迅速缩回去，在衣服上擦了擦）：不好意思，一手泥。

农信仁（伸手握住七叔的手）：不碍事，我也种过菜。

七叔（激动地握着农信仁的手）：欢迎农理事长，您可是第一个来我们村的市信用联社领导。

农信仁：今后，我们会常联系，也会常来的。

七叔：好，好！快到屋里坐。咦，花正香怎么没陪着来？

姚文勇：花主任现在不是主任了，被开除了。

七叔：咋回事？犯啥错误了？

张丽娟：整天打麻将，不务正业，还输了不少钱。

七叔：就因为打麻将就被开除了？

姚文勇：省信用联社员工纪律处罚条例明确规定，参与赌博，不管是用公款还是私款，不论金额大小，一律开除。另外，花正香还涉嫌收贷后不报账，用贷款偿还赌债，目前正在调查。如果情况属实，他还得坐牢。

七叔：活该！我提醒过老花，让他别和镇上那些人来往，那些人都是混混，老花哪玩得过他们？开除了他以后可怎么过？要是坐牢，那就更毁了。他有个失明的老娘、多病的老婆，还有三个儿子，没一个孝顺的。真是自作自受，还连累家人。

张丽娟：没办法，纪律就是纪律，法律就是法律，它们不会讲情面。

七叔：咱们镇信用社主任现在谁当？

张丽娟：七叔，您猜猜？

姚文勇：张丽娟，你就别卖关子了。七叔，通过竞聘，张丽娟现在是保龙镇信用社主任，虽然是副主任，但主持工作。

张丽娟：文勇，你就讨厌。我介绍你时，都把'副经理主持工作'省掉了。

七叔：好，好！丽娟当主任，我看行。对了，江晓红也不错，现在在做什么？

姚文勇：江晓红调到市信用联社当主任了，准确地说是副主任，主持工作。

七叔：好，好！晓红也有出息了。哎呀，光顾着聊天了，理事长，快进屋喝点水。

农信仁：不用了，谢谢。今天来就一个目的，我们和有关部门联合举办新型职业农民培训班，培训科学种植、养殖知识。第一期，每个镇推荐两个村参加。姚文勇、张丽娟，还有江晓红，都推荐了你们金楼村。所以我来看看，请您推荐合适的人选去学习，回来带动全村甚至全镇致富。

七叔：感谢你们，干了件大好事！我们村很穷，都怪我这个书记没本事。虽说我们村穷，但名字挺响亮，叫金楼。20 世纪 70 年代初，上海来的人一听咱们村叫金楼，都争着留下，可把负责分配的人乐坏了。

姚文勇：为什么呀？

七叔：为什么？因为当时咱们村是龙脊山市最穷的村庄，镇里负责分配的人怕他们不愿意来。但是他们都争着来，他就不用去动员了。结果，争着来的都后悔得差点上吊。

姚文勇：有意思，干什么都不能只看表面。

张丽娟：七叔，您推荐个人吧。

七叔：咱们去三孩家吧。

姚文勇：三孩家？三孩是谁？

七叔：就是赵永景，小名叫三孩，是我的本家侄子。

场景九十九：赵永景家客厅

时间：日

地点：赵永景家客厅

李毓红（赵永景的妻子）剥了个橘子放进嘴里，边吃边对着斜躺在沙发上玩手机的赵永景说话。

李毓红：咱们明天去买几注彩票吧，说不定能中 500 万大奖呢。

赵永景（头也不抬，手里玩着手机）：行，就买双色球。万一中了 500 万大奖，咱们就啥都不用干，等着享清福，到时候就能过上好日子了。

李毓红（兴奋地推了赵永景一下）：哎，老公，要是中了 500 万，你打算怎么花？500 万对咱们来说可是天文数字，得好好计划一下。

赵永景（依旧玩着手机，没抬头）：中了 500 万，交完税还剩 400 万。彩票中心肯定会让捐款，捐几十万后，就剩 300 多万了，得省着花。我先买辆好车，你又不会开，就不给你买了。我再换个好手机，买台电脑，买几身名牌衣服，再买块劳力士手表……

赵永景一边玩着手机，一边不停地说着自己要买的东西。李毓红的脸色越来越难看，终于忍不住爆发了。她拿起沙发上的靠枕砸向赵永景。

李毓红：你怎么这么小气！我为这个家操碎了心，做了这么多事。中了 500 万大奖，你居然一点都不分给我，全是你买这买那。你真是个没良心的孬种！

赵永景（从沙发上坐起来，把手机摔在沙发上）：就不给你，你越骂，越不给你花！

李毓红尖叫着扑向赵永景，又抓又挠。两人从沙发上扭打到地上。李毓红拿起茶几上的电视遥控器砸向赵永景。

李毓红：我打 110 报警！

赵永景家院门前，七叔、农信仁、张丽娟、姚文勇四人远远走来。

七叔（对农信仁等三人说）：前面就是赵永景家。小夫妻俩都有文化，就是太懒，吃不了苦，整天幻想一夜暴富。去年，他们种了一亩蒜，几个月都没发芽，两人来找我请教。我去蒜地扒开一看，你们猜怎么着？

姚文勇：怎么着？七叔，您别卖关子了。

七叔：我到他们种蒜的地里扒开土一看，惊呆了。我种了几十年地，都没见过这样种的，蒜全都种倒了，芽朝着地下长。

众人听后，哈哈大笑。

姚文勇：以前只听说过倒栽葱，没想到还有倒栽蒜的。

七叔、农信仁、张丽娟、姚文勇来到赵永景家院门前。七叔推了下院门，门没关。四人走进院子。这时，李毓红的声音从屋里传出来。

李毓红：警察马上就到，让他们评评理。中了 500 万大奖，凭什么不让我花，你这个孬种！

七叔（摇了摇头）：不知道又因为什么吵起来了。

七叔拍打赵永景的屋门。

七叔：三孩，三孩，又怎么啦？快开门，有贵人来了，有好事找你们。

屋里的吵闹声瞬间停止，安静得连针掉在地上的声音都能听见。门被打开，赵永景探出头来。

赵永景：七叔，您怎么这时候来了？

七叔（推开赵永景，走进屋子，看到屋里一片狼藉）：你们又怎么啦？大白天的，人家都在忙，你们却在屋里吵架。为什么吵架？吃饱了撑的，还是福太多了？看看你们，和你们同龄的年轻人，哪个不在努力？

警笛声响起，一辆警车疾驰而来，停在赵永景家院门前的空地上。两名年轻警察从警车里下来，走进院子。

警察甲：是谁报的警？

赵永景（连忙从屋里出来，躬身对警察说）：是家庭纠纷，就是家庭纠纷。

警察甲：家暴也是违法犯罪行为。

赵永景（不好意思地解释）：不是家暴，是我们讨论中了 500 万大奖怎么花，发生了争执。我老婆一气之下就打 110 报警了，真是不好意思。

七叔（走出屋子，吃惊地问赵永景）：你们中了 500 万大奖？

赵永景：还没买彩票呢，正准备去买几注双色球。

警察乙（不解地追问）：还没买彩票，怎么就中 500 万大奖了？还为此打起来，还报警？

李毓红（从屋里出来，走到警察面前，拉着警察甲的胳膊哭诉）：警察同志，你们给我评评理。我们准备买彩票，讨论万一中了 500 万大奖怎么花。我老公这个孬种，全是给自己打算，买这买那，一分钱都不给我花。你们常说有困难找警察，一定要给我做主啊！不然，我没法跟他过了，离婚！离婚！

警察甲（挣脱李毓红的手，哭笑不得）：我们处理过很多夫妻纠纷，但像你们这样荒唐的还是第一次。还没买彩票，就盼着中大奖，然后为怎么花钱打起来，还报了警。要是真中了大奖，还不得出人命？人人都有梦想，都应该努力追梦，但也要脚踏实地。为了这种幻想报警，简直是浪费警力。既然报了警，你们两口子跟我们到派出所去一趟。调查调解结束后，再回来。希望你们以后别再这样了。

赵永景（连连点头）：好，好！下不为例，下不为例。

七叔（拦住警察）：警察同志，稍等一下。我有事要交代这两个孩子，然后让他们跟你们去派出所。

七叔转身，指着赵永景的鼻子。

七叔：三孩！

赵永景（小声地）：七叔，当着这么多人的面，别喊我小名。

七叔：怎么？当着大家的面喊你小名，你觉得丢人了？你和憨妮打架报警就不丢人？

李毓红：七叔……您也别当着这么多人的面喊我小名。

七叔（指着李毓红）：你也不想让我喊你小名？我告诉你们俩，以后别总抱着幻想过日子，别老想着一夜暴富，要脚踏实地。正好市信用社和有关部门联合举办种植、养殖技术培训和新型职业农民培训班，明天开班。村里大多数年轻人都去打工了，便宜你们俩了，你们去参加。等从派出所回来，就去报到。一定要好好学习，学不好，我饶不了你们！（七叔朝赵永景的屁股踢了一脚）滚！

场景一百：会议厅

时间： 日

地点： 会议厅

会议厅的电子屏上显示：龙脊山市信用联社新员工入行岗前培训班。农信仁站在讲台上，准备为新员工授课。

农信仁：同学们，大家上午好！

培训班里顿时响起热烈的掌声。农信仁双手示意大家停止鼓掌，掌声渐渐平息。

农信仁：大家可能会觉得奇怪，今天我为什么还称呼你们为"同学们"，而不是"员工"呢？因为大家还要参加为期3个月的业务知识和法律知识培训。培训结束后，经过考试和考核合格，才能签订劳动合同，那时，你们才真正成为龙脊山市信用联社的员工。你们这批参加培训班的同学，是信用社与农业银行脱离行政隶属关系后，招收的第一批大学生，这也是龙脊山市信用联社注入新鲜血液的第一步。今天培训班开班，由我给大家上第一节课，这也是一堂廉政课。

农信仁稍作停顿，目光扫视全场。

农信仁：在日常生活中，我们会看到发票上的金额有大小写之分。今天，我就从大小写的由来讲起。明朝初年，有四大案件轰动全国，其中郭桓案是重大贪污案。郭桓曾任户部侍郎，任职期间，他利用职权勾结地方官吏，大肆侵吞政府钱粮，累计贪污达2400万石精粮。这个数字几乎与当时全国秋粮的实征数相当。此案牵连6个部门的大小官员及全国许多地方官吏。朱元璋得知后极为恼火和震惊，下令将郭桓等同案犯斩首示众，并在全国财务管理上实施了一些有效措施。其中重要的一条，就是将记载钱粮数字的汉字（此时，投影屏幕上出现"一、二、三、四……十"和"壹、贰、叁、肆……拾"等汉字）进行改写，将"一、二、三、四……九、十"改写为"壹、贰、叁、肆……玖、拾"。这一举措堵住了一些财务管理的漏洞。此后，人们在使用大写记账的过程中，逐渐用"佰、仟"二字取代了"百、千"二字。随着阿

153

拉伯数字引入我国，并与汉字大写数字相互配合，形成了完整的记账数字体系。一直沿用至今的规则是，大小写金额必须一致。虽然从技术措施上堵住了漏洞，但真正要杜绝腐败，还需从思想层面解决问题。人们在生活、学习、工作、培养下一代、赡养老人及为自己养老等方面，都需要钱。但君子爱财，取之有道，我们不能通过违纪违法、不择手段地敛财。像郭桓，命都没了，要那么多钱粮又有何用？我们要在工作、学习和创新方面争先创优，比赶超，争上游。在生活中，不要盲目攀比，要保持低调。在这里，我送大家四句话：人生本来就不齐，人家骑马咱骑驴。回头看看拉车的，上不足来下有余。

岗前培训班的学员们纷纷鼓起热烈的掌声。农信仁喝了口水，继续授课。

农信仁：你们是龙脊山市信用联社招收的第一批大学生，前途无量。古人云，"纸上得来终觉浅，绝知此事要躬行"。学习班结束后，你们将奔赴基层第一线，在那里扎根、开花、结果。没有在基层待过，许多宝贵的经验是无论如何都学不到的。在基层工作，是人生的升值期。基层锻炼人，绝不是一句空话。从基层一步一步走上来，就能积累丰富的工作经验。当你们日后成为领导，需要作出决策时，就能全面把握情况，权衡各方面的利弊得失，从而作出正确的决策，而不是心血来潮、头脑发热，草率地作出决定。"大木百寻，根积深也；沧海万仞，众流成也；渊智达洞，累学之功也。"希望寄托在你们身上。谢谢大家。

学习班的学员们掌声雷动。

场景一百零一：龙脊山市龙抬头小区

时间：日
地点：龙脊山市龙抬头小区某住户门前

信贷客户经理杨保森按响一户门铃。门开了，郑天录的妻子探出头来，看到杨保森，无奈地叹了口气。

郑天录妻子：杨保森，我服了你了，真佩服你的耐力。连续 3 天，你都按时来我家。

杨保森（耸了耸肩）：嫂子，不好意思。我实在联系不上郑总，怎么都找不到他。要是他再不还贷款，单位领导就不发我工资了。快过年了，估计今年我得带着老婆孩子来你家过年了。

郑天录妻子：保森老弟，我家天录不是不想还贷款，实在是没办法。经济下行，和天录公司有业务往来的上游企业和下游企业都欠着公司的钱，一直无法结账。天录整天愁得唉声叹气，嘴上都起了好几个泡，天天出去要钱，我也确实不知道他在哪里。

杨保森：嫂子，我理解。我也吃过借钱不还的亏，不诚信害死人，说谎话更坑人。我恨透了这种人。10 年前，我给妻子的表姐担保借了 10 万元，他们明明有钱却不愿意还。我们只能自认倒霉，连本带利还了十几万元。我总觉得愧对单位，10 多年来，作为担保人，都没有主动承担责任。因此，我主动辞去了信贷部总经理的职务，担任专职信贷客户经理。

郑天录妻子：天录天天说丢人丢到家了，他向来都讲信用，没想到最后被不诚信的人坑了。他还说，是信用社的支持才让公司发展起来的，现在这样，怎么对得起信用社？虽然我不知道他在哪里，但我有个消息要告诉你，不然我良心过不去。我家婆婆住院了，天录每天都会去看望老人家。

杨保森：嫂子，老人家住哪家医院，哪个科室，多少床号？

郑天录妻子：市立医院神经内科三病区 58 床。

杨保森（对着郑天录的妻子鞠了一躬）：谢谢嫂子。

杨保森转身，一溜烟地从楼梯跑下楼。郑天录的妻子望着跑下楼的杨保森，轻声叹了口气。

郑天录妻子：都不容易啊。

场景一百零二：市立医院神经内科三病区

时间：日
地点：市立医院神经内科三病区

张岩阳、杨保森（手提一篮水果）和年轻女员工钱微微（手捧一束鲜花）

沿着医院走廊，朝着三病区走去。三人来到标有 58 病床的病房门前。

杨保森敲响房门，屋内传来男性老人的声音。

郑天录父亲：请进。

张岩阳、杨保森、钱微微推门走进病房。

病房内仅有一张病床，郑天录的母亲半躺在病床上，郑天录的父亲坐在床边的椅子上，正给老伴喂水。

张岩阳：大爷，这是郑总母亲的病房吧？

郑天录父亲：是的，是的。你们是？

张岩阳：我们是龙脊山市信用联社的，听说大娘身体不适住院了，特地过来探望。大娘现在情况怎么样？

郑天录父亲：原来是信用联社的同志，快坐。

郑天录父亲将水杯和勺子放在病床旁的床头柜上，起身把墙边的几把椅子搬到房间中央。

郑天录父亲：你们坐，都坐。

杨保森（向郑天录父亲介绍张岩阳）：这是我们信用联社的张主任。杨保森把水果篮递给郑天录父亲。

杨保森：一点心意。

郑天录父亲（推辞着）：这、这，你们来看望就够了，还破费。

钱微微走到病床前，将鲜花送到郑天录母亲手中。

钱微微：祝奶奶早日康复，身体健康，万事如意。

郑天录母亲（高兴地抚摸着鲜花）：谢谢，这丫头长得真俊，嘴巴也甜。

张岩阳从口袋里掏出一个红包，递给郑天录父亲。

张岩阳：大爷，我们和郑总是朋友，得知大娘生病住院，过来探望，知道得有些晚了。也不知道大娘喜欢吃什么，这红包您收下，给大娘买点营养品。

郑天录父亲（再次推辞）：这使不得，使不得。

张岩阳：大爷，别推辞了。我们和郑总是好朋友，朋友的父母就是我们的父母，父母生病，我们理应尽份孝心。而且这是我们自己的钱，和公家没有关系。

郑天录父亲：谢谢，那我收下了。这份情，以后一定还。什么郑总郑总的，他小名叫尿罐。

钱微微忍不住，"扑哧"一声笑了出来。

钱微微：爷爷，怎么给郑总起这么个名字？

郑天录父亲没有回应钱微微，而是掏出老年手机，眯着眼，缓慢地按下键盘拨号，随后将手机放到耳边。手机里传来音乐声，音乐结束后，郑天录的声音传来。

郑天录：喂，爹。

郑天录父亲：是尿罐吗？

钱微微连忙用手捂住嘴，强忍着笑意。

郑天录：爹，有事吗？

郑天录父亲：尿罐，你朋友来看你娘了，不仅买了东西，还送了红包和鲜花。

郑天录：朋友？什么朋友？

郑天录父亲：你娘住院半个多月了，你那些狐朋狗友一个都没来，反倒是信用联社的张主任先来探望了。

郑天录：信用联社主任？是张主任吗？

郑天录父亲：对，就是张主任。信用社对你不薄，你可不能做对不起他们的事。

郑天录：哎呀，爹，你怎么能当着张主任的面喊我尿罐呢？跟您说过多少次了，别当着外人面叫我这小名。

郑天录父亲：咋啦？我喊不得？

郑天录：能，能。爹，我这就去医院，很快就到。您一定留住张主任他们。

郑天录父亲（挂断手机，自言自语）：这兔崽子，还嫌我喊他尿罐。尿罐有啥不好？以前屋里没冲水马桶，要是没尿罐，大冷天、大热天的，都得往院子里厕所跑。尿罐可让他少遭不少罪，叫"尿罐"应该感到光荣才对。
众人听后，一齐大笑起来。

郑天录父亲（看向钱微微）：闺女，你不是问为啥起这名字吗？跟你说，以前农村穷，孩子多，不好养活。老辈人传下来的说法，孩子生下来起个贱名，就能好养活。他娘生他时难产，接生婆把尿罐踢碎了，我在外面听见了，就给他起了"尿罐"这个小名，图个好养活。都 40 多年了，现在他倒嫌弃上了。

病房里再次响起笑声。

郑天录父亲：以前农村穷，老百姓连温饱都成问题。多亏国家改革开放政策好，又有信用社大力支持，尿罐的企业才能发展到今天。我从小就教育他，做人最重要的是讲信用、懂诚信，要孝顺，懂得感恩。再苦再难，都不能失信，哪怕砸锅卖铁，也要还钱。他对信用社没失信吧？要是有，你们跟我说，我饶不了他。

郑天录匆匆赶到病房门前，正要推门进去，听到父亲的话，停下了动作，站在门口。

张岩阳：没有，郑总很讲信用，贷款从不逾期。

郑天录父亲：那就好，要是他不讲信用，我就跟他断绝关系。

郑天录推开门走进病房。

郑天录（走向张岩阳）：对不起，没想到你们来了，让你们久等了，非常感谢。

张岩阳：郑总客气了。今天早上才知道大娘生病住院，不然早就来了。看大娘恢复得挺好。

郑天录：张主任，请您出来一下，我想单独向您汇报点事，行吗？张岩阳跟着郑天录走出病房，来到走廊。

郑天录（抱拳向张岩阳致歉）：谢谢张主任没在我父母面前揭穿我。父亲对我要求特别严格，绝不允许我不讲信用。今年实在太困难，资金紧张得厉害，仿佛一夜之间钱都消失了，各个行业都出现了资金链断裂的情况。但再难，我也不该躲着你们。现在世态炎凉，这几年我帮过不少人，可一旦落难，没一个朋友愿意帮忙。老母亲生病，大家都知道，却没人来看望，这让我很伤心。反而是信用联社的领导来看望老母亲，还顾全了我的面子。不接电话是我的不对，贷款一直要不回来，还请你们谅解。这几天，有一笔货款就能到账。另外，我打算卖一套房子，已经联系好买主，下周二之前一定把贷款还上。张主任，我有个顾虑，不只是我，龙脊山市的小企业可能都有这个担心，不知道该不该说。

张岩阳：郑总，别顾虑，我就是想听企业老板的真心话。

郑天录：社会上有传言，说龙脊山市农村信用社全面清收不良贷款后，就不再放贷了。好多企业为了生存，即便有钱也不愿还贷款，就怕还了之后贷不出来。

张岩阳：郑总，我们也听说了这个传言。这是别有用心的人散布的，目的就是阻碍我们清收不良贷款。俗话说，好借好还，再借不难。民间如此，信用社更是这样。信用社不放贷，还能叫信用社吗？信用社也要生存，员工也要吃饭。要是只收不贷，光支付存款利息，就得亏损，员工都得喝西北风。对于信用良好的企业、农户和个体工商户，贷款到期还了再借，我们是支持的。但对于严重不讲信用、恶意逃废债务、高耗能低产能、污染环境、破坏矿山资源，以及不符合国家环保、土地、矿山等政策的企业，我们坚决不再放贷，比如小煤矿、小水泥、小化肥、小造纸，还有那些偷采盗采、不环保的矿山采石厂、石料厂，就像火龙岗镇的几十家水泥厂、石灰厂、采石厂、小煤矿等。

郑天录：还有个担心，以前贷款不规范，请客送礼就能贷到款。现在规范了，请客没人去，送礼没人要，抵押物不足，贷款就很难获批。

张岩阳：规范贷款流程，是为了保护大多数企业的利益。现在不是贷款难，而是更好贷了。不用请客送礼，也不用找中介，只要符合贷款条件，产品符合国家政策，我们就会支持。现在是阳光办贷，我们放贷不仅看重抵押物，更看重企业主的人品和信用度，其次是产品，最后才是抵押物。我们还设计了多种贷款品种，总有一款适合企业。像你们企业，可以采用仓储抵押、机械抵押、半成品抵押，也可以联合几家企业办理互联保贷款。

郑天录（兴高采烈）：真的吗？这太好了，这样我们就没顾虑了，企业也能更好地发展。

张岩阳（笑着调侃）：真（砧）的，砧的可没焊的结实。你躲着我们，差点丢了信用，错过了发展机会。

郑天录（搓着手，不好意思）：张主任，您说得对，我躲着你们，差点毁了自己。我得告诉认识的那些欠贷款的老板，别再躲了，再躲就把自己毁了。

场景一百零三：会议室

时间：日
地点：会议室

宽敞的椭圆形会议桌旁坐满了人。

凌辰：今天召开紧急会议。刚刚接到省信用联社通知，省信用联社确定
12月31日为全省信用社综合系统上线工作的最后合拢日。届时，信用社在
全市、全省乃至全国不能通存通兑、无法结算的问题将得到解决，困扰信用
社几十年的难题即将画上句号。在座的各部门、各单位，要集中人力、物力，
全力做好综合系统上线的最后冲刺工作。距离年终决算不到两个月，各项工
作任务繁重。从现在起到年终决算结束，全体员工若无特殊情况，不得请假、
缺席。晚上要像白天一样投入工作，办公室要做好后勤保障工作。

场景一百零四：保龙镇信用社

时间：日
地点：保龙镇信用社营业大厅

一个年轻人怀里抱着棕色皮包，气冲冲地走进营业大厅，大声嚷嚷。

年轻人：你们信用社结算也太落后、太慢了！都什么年代了，同城还不
能通存通兑。在南关信用社存的钱，到北关居然取不了。其他银行在北京、
上海都能取款。这太耽误事了，我不在你们这儿存了，全部取出来，我要存
到其他银行去！

张丽娟正在营业大厅擦拭柜台，闻声走过来。

张丽娟：同志，您说得对，目前我们信用社结算技术确实落后于其他银
行，这是事实。不过，省信用联社成立后，领导高度重视，已经投入大量人
力物力来解决这个问题。

年轻人：那什么时候能解决？

张丽娟（微笑着回应）：这个问题，要是上午问我，我还真答不上来。巧了，我刚接到通知，省信用联社拟定今年 12 月 31 日为全省信用社综合系统上线合拢日。也就是说，从明年 1 月 1 日起，我们信用社就能在全市、全省乃至全国通存通兑了。到时候，您在我们这儿存的钱，在全国各地都能取。

年轻人：你说的是真的？虽然信用社结算落后，但这一年来，你们工作作风转变很大，服务态度和质量都有明显提升，尤其是贷款服务，非常灵活。你们虽然不叫银行，但在我们看来，信用社就是家门口的银行，对我们个体户帮助很大，我们对信用社还是很有感情的。明年元旦离现在不到两个月，我再克服克服，钱还是存你们信用社吧。

张丽娟（鞠躬致谢）：谢谢，谢谢您的支持！

场景一百零五：山村

时间：日
地点：山村农信仁老家

一个依山傍水的美丽山村中，有一座普通院落，破旧的木制大门，碎石砌成的院墙。

堂屋内，农信仁的母亲躺在床上，不停地咳嗽。

农信仁哥哥（倒了一杯热水，递给正在给母亲捶背的妹妹）：这老二，太不像话了，简直卖给信用社了。娘病成这样，他都不回家一趟。

农信仁妹妹（一边给母亲喂水，一边帮母亲捶背）：我给二哥打电话了，他说现在信用社正在进行全省业务综合系统上线工作，要解决结算难问题，现在到了全省合拢的关键阶段，又临近年底，事情太多，实在脱不开身。他让咱们先送娘去医院，明天一早他就到医院。

农信仁父亲：别埋怨老二了，他挣那点工资，大多都花在你娘身上了。他是单位的负责人，要领导几百号人，也不容易。

农信仁哥哥（仍然埋怨）：人家当官的都顾家，七大姑八大姨都能进信用社，他倒好，咱们家一个人都没安排进去。他还以为别人会夸他好，其实

161

别人都在背后说他傻。

农信仁妹妹：二嫂跟着二哥真是受委屈了。人家原本是大城市的人，现在又要带孩子，又要贴钱照顾咱们家。真不明白，二哥放着省城的处长不当，跑到龙脊山市来当什么理事长。天天面对上访告状的，各种无赖的人和事一大堆，能累死人还不落好。

农信仁父亲：老二家的媳妇真是个好孩子。

农信仁妹妹：大嫂也不错，家里的脏活累活都是她一个人干。

农信仁父亲：你娘一辈子行善积德，娶了两房好儿媳。就看闺女你找的女婿怎么样了。

农信仁妹妹：爹，您就放心吧，我肯定给您找个好女婿。

场景一百零六：张岩阳办公室

时间：日

地点：张岩阳办公室

张岩阳正在办公桌前看报表，门外传来敲门声。

张岩阳：请进。

财务部经理张长飞手里拿着报表走进办公室。

张长飞：张主任，年终决算业务状况表汇总好了。

张岩阳（接过张长飞递来的报表）：核对过了吗？

张长飞（自信满满）：我打算盘向来一遍清，根本不用打第二遍核对，确保准确无误。

张岩阳接过报表查看起来，张长飞转身准备离开，被张岩阳喊住。

张岩阳：你等等，我怎么觉得数字不对。

张长飞（转身走回来，依旧自信）：不可能错，我打算盘就是一遍清。

张岩阳：肯定错了。各项存款、各项贷款怎么突然下降这么多？

张长飞（伸手索要报表）：您把报表给我，我看看。

张岩阳：你等一下，还是我来看吧。我倒要看看你打算盘是不是真的一遍清。

张长飞慌忙拿过报表查看附件，不禁惊叫起来。

张长飞：我的老天爷，少了一个信用社的报表！（快速翻看着报表）噢，是曙光信用社的业务状况表忘了汇总进去。

张岩阳：你也太粗心大意了，你不是吹嘘打算盘一遍清吗？

张长飞（不好意思地挠挠头）：我打算盘确实一遍清，数字没错，就是少汇总了一个信用社的业务状况表。

张岩阳：少汇总一个信用社的数字？咱们做金融工作的，一定要心细、认真，尤其是做财务工作的。

张长飞（嘿嘿笑着）：主任批评得对，下次我绝对不会再犯这样的错误了。

张岩阳：你不是吹嘘打算盘一遍清吗？我看以后你的名字就改成一遍清吧。

张长飞（连忙摆手）：别、别，主任，请您保密，千万别给说出去。说出去他们真会喊我一遍清的。

张岩阳：为了让你记住这次的教训，我就在年终工作总结大会上把这事说出来。

场景一百零七：人事股长办公室

时间：日
地点：人事股长办公室

几个内退职工围在人事股长孟祥田身边诉苦。

内退职工 A：现在物价飞涨，我们内退职工的工资太低了，连肉都吃不起了。

孟祥田（停下手中整理资料的动作，没好气地回应）：肉吃不起就不吃，要是实在馋，就买点鸡架、鸭架、羊架或者猪骨头烧汤喝，啃啃骨头。

内退职工 B：你这说的什么话！太伤人了。

孟祥田（把资料往桌子上一扔，大声说）：你们伤心？我们才伤心呢！你们内退不用上班，在家干自己的事，一个月还能拿四五百块钱。我们在职的呢？一年到头起早贪黑，加班加点，累死累活，一个月也就七八百块钱。还要天天考勤，任务完成不好，工资还七扣八扣的。

内退职工 C：真是秀才遇到兵，有理说不清。不和你说了。

内退职工 D：对，不和他说了，他一个人事股长也做不了主。

内退职工 A：人事股长不干人事，咱们找理事长去。

内退职工们齐声：对，找农信仁去，他官大。

场景一百零八：会议室

时间：日

地点：信用社会议室

农信仁目光坚定，看着一众内退职工。

农信仁：你们已经选出五位代表，其余人员请迅速解散离开。

内退职工代表甲：人多才能引起你的重视，他们解散走了，你说不定就不把我们当回事了。

农信仁：你们到底是来解决问题，还是来造势的？楼上楼下全是上访的内退职工，影响多不好。你们的目的是解决问题，不是来闹事的。就算只有一个人来，只要能真正代表全体内退职工，我一样会重视。况且，现在上访有明确规定，既然有规定，就得遵守，否则我有理由拒绝接待。除了选出的五位代表，其他内退职工必须在 5 分钟内全部离开。要是不离开，联社会立即向有关部门汇报，强制驱散。到时候，一切后果由你们五位代表负责。要是有人触犯法律，造成恶劣影响或损坏财物，必将依法追究刑事责任。

内退职工代表甲和其他四位代表低声交流了一番，然后看向农信仁。

内退职工代表甲：好吧，听你的，我让他们回去。

内退职工代表甲（掏出手机，拨打电话）：喂，斜眼子，我是一撮毛，你在哪呢？在楼下？你这滑头，关键时候就往后缩。你通知来的人，5 分钟之内离开联社，回家等我们五个的消息。

内退职工代表甲（挂断电话，对着站在会议室门口的内退职工说）：都别在这儿站着了，赶紧回去吧。

门口的内退职工陆续离开。农信仁看着代表甲，笑着问话。

农信仁：你刚才给斜眼子打电话，说自己是一撮毛？

内退职工代表甲（嘿嘿一笑）：斜眼子、一撮毛都是别人给我们起的外号。

农信仁：俗话说，没有外号不发财，有外号挺好。不过，你们这外号也太难听了。我听说，咱们原联社的秦发科被叫作猴哥，这是怎么喊起来的？

内退职工代表甲：秦主任，不，秦发科小名叫猴子。

农信仁：猴哥下面，还有风哥哥、雷哥哥、秃哥哥、雨姐姐、雪妹妹，还有海哥、勇哥、浪哥，什么四大恶人、八大金刚，外加一个女痞子。

内退职工代表甲：农理事长，您了解得还挺清楚。

农信仁（表情严肃）：这哪像个单位，哪像个金融部门？简直就是威虎山，一个土匪窝！

内退职工代表甲及其他四位代表一时语塞，沉默不语。

农信仁：当然，我的话可能说得有点过了。不说这些了，说说吧，你们组织这次大规模的内退职工上访，有什么合理诉求？

内退职工代表甲：我们要享受改革成果。

农信仁：咱们联社今年才刚有起色，你们就来要求分享改革成果。改革成果，你们可以分享，但得付出相应的劳动。你们大多数内退员工，当初是怕考核、怕吃苦，嫌工资低，很多人不符合省信用联社内退条件，却通过请客送礼、贿赂当时的联社领导，走后门才内退的。内退之后，联社对你们疏于管理，有的人去做生意，有的人当贷款中介，甚至还有人走上了犯罪道路。最近，联社党委研究决定，要加强对内退职工的管理，集中学习培训后，成立清收队和组织存款队，按绩效计发工资。

内退职工代表乙：我们都已经内退了，不想再接受你们管理。

农信仁：你这种观点是错误的。你们是内退，不是退休，工资福利依然由信用社联社发放，党群关系也还在信用联社。

内退职工代表乙：要是不同意我们的要求，我们就去省联社上访。

农信仁：去省联社上访多麻烦，还得花不少钱。你们想找省联社哪位领导，我把人请来就是。

内退职工代表乙：谁来都行，只要能答应我们的条件。不过，千万别让那个姓叶的来，他说话带着方言，我们一句都听不懂。

农信仁（看向代表乙）：对于不合理、不合法的要求，谁来都不会答应。就好比你欠的贷款，谁都不会同意你不还。

内退职工代表乙（低下头，小声说）：那是两码事，桥归桥、路归路。

内退职工代表甲：都是在党领导下，我们的待遇得和你们领导一样。

农信仁：俗话说，一母生九子，连母十个样。一个娘生的孩子都不一样，有的高，有的矮；有的俊，有的丑；有的聪明，有的愚笨；对家庭的贡献也有大有小。日子过得有好有差，娶的媳妇、嫁的丈夫也有美有丑。现在，我国实行各尽所能、按劳分配。只要你贡献大，待遇自然就好。既然开了饭店，就不怕客人饭量大。要是你有本事把我们的不良贷款全部收回来，奖励你成为百万富翁、千万富翁都没问题，你能做到吗？

上访代表们听了，都沉默不语。

农信仁：我们也了解到，内退职工中确实有生活困难的，信用联社会采取相应措施给予帮助。

场景一百零九：市政府会议室

时间：日
地点：市政府会议室

郑正表情严肃，向在座领导通报案情。

郑正：龙脊山市南关信用社抢劫杀人案，在公安部的指导下已成功侦破。现在，我向各位领导通报一下案件情况。案犯单立富，男，42岁，江淮省钢城人。

农信仁：这个姓雷的败类，不仅是信用社的耻辱，更是中国人的败类，人类的败类。郑局，案件都过去1年了，是咱们市公安局侦破的吗？

郑正：不是。罪犯单立富在外省抢劫出租车并杀人后，案件才得以侦破。单立富去年3月份多次到南关信用社踩点。3月5日当晚9点，他翻墙进入南关信用社，用钢丝钳剪断信用社主任室的防盗窗，进入室内。随后，又撬开值班室的门，惊醒了守库员罗紫竹和马艾舒。单立富用携带的凶器残忍地将两人杀害，接着在信用社大保险柜的门上割开一个洞。切割过程中，保险柜里近4万元人民币被烧毁，他抢走现金19万元。单立富从20世纪90年代初开始，在全国十几个省份作案16起，抢劫杀人，共杀死28人，杀伤5人，抢劫各种财物总价值600余万元。单立富已在外省被执行枪决。

场景一百一十：农信仁办公室

时间： 晚上
地点： 农信仁办公室

农信仁坐在办公桌前，在电脑上审批文件，门外传来一阵敲门声。

农信仁（手握鼠标，抬头回应）：请进。

盛泉（48岁，龙脊山市医学院附属医院副院长、外科医生）满脸怒气，推门而入。

盛泉：农信仁，你架子可不小，找你可真不容易！

农信仁连忙起身，伸出右手准备与盛泉握手。

农信仁：盛泉，老同学！哪阵风把你给吹来了？

盛泉一把推开农信仁的手，满脸愠色。

盛泉：别来这套，谁要跟你握手！

农信仁（微微一愣，笑着打趣）：盛泉，你这是怎么了？没听到动静，你就气冲冲地闯进来了。今天是吃错药啦？堂堂龙脊山市医学院附属医院的副院长，外科一把刀，发这么大火，难不成要杀人呀？

盛泉（指着农信仁，责问道）：我都两个月没见到女儿和女婿了，打电话让他们回家吃顿饭，他们每次都以加班为由推脱。有几次下半夜打电话，他们还说在加班。你们信用联社是夜总会吗？怎么天天深更半夜还在加班？

农信仁微笑着，将盛泉拉到沙发上坐下，转身拿了个一次性纸杯，从饮水机接了一杯凉开水，递给盛泉。

农信仁：来，先喝杯正好能一气喝完的凉开水，消消气。

盛泉接过水杯，却没有喝，依然紧盯着农信仁。

盛泉：别打岔，你还没回答我的问题呢！

农信仁没有正面回应，而是笑着拍了拍盛泉的肩膀。

农信仁：先喝完这杯水，我带你去看看你的乘龙快婿和宝贝闺女。

盛泉一仰头，将杯中的水一饮而尽，把杯子重重地放在茶几上。

盛泉：去就去，谁怕谁！

农信仁依旧笑眯眯，带着盛泉走出办公室。两人肩并肩，沿着长长的走廊前行，一路上，遇见的联社员工都行色匆匆。

一名年轻女员工抱着一摞材料，迎面走来。

女员工：理事长，改制的材料基本完成了，请您指示。

农信仁边走边说。

农信仁：好，你通知改制领导小组全体成员，半小时后到第三会议室开会讨论。今晚无论如何，都要讨论出基本意见。

女员工（点头应道）：好的，我现在就通知。

说完，女员工匆匆离去。盛泉疑惑地看向农信仁。

盛泉：改制？你们信用联社改什么制？

农信仁（揶揄地笑了笑）：你这个医院的大专家，对我们金融行业还真是缺乏了解啊。你平时都不读书、不看报吗？

盛泉：确实不太了解。女儿、女婿忙得见不着人影，就算见着了，他们也从不提单位的事，跟在保密单位似的。我家财务大权都在我爱人手里，我的金融知识几乎为零。

农信仁（调侃道）：我得好好批评你女儿、女婿，我要求他们把金融知识普及到每个人，没想到连你都没普及到。是不是他们给你讲了，你却没听懂啊？

盛泉：农信仁，你摸着良心说，我笨吗？要是让我给你做肝、肺之类的手术，我保证能精准地把器官完整摘除，心脏手术也不在话下。

农信仁连忙挥手打断。

农信仁：打住！我可不想跟你们医院打交道，万一到时候肝、肺都没了，我成了没肝没肺的人，还能干什么事？你这想法太可怕了！

盛泉（反唇相讥）：哪有"没肝没肺"这个成语，只有"没心没肺"。你的语文成绩可真差，是怎么当上理事长的？

农信仁（笑着反驳）：咱俩到底谁语文差，你搞清楚了吗？别忘了高中语文蔡老师在你的作文簿上是怎么批的，在全班作文课上又是怎么说你的。蔡老师可是说过"请盛泉同学多读读农信仁写的作文"。

盛泉（忍不住笑了）：彼此彼此。你的语文是比我好点，但数学差得一塌糊涂，尤其是三角函数。你还请我帮你做了好多题，靠死记硬背才记住的。

两人一边说笑，一边走下楼梯，来到一个能俯瞰营业大厅全貌的走道上。营业大厅里，几十名员工正忙碌地工作着。

农信仁右手一指，指向一个年轻人。

农信仁：你睁大你的眼睛，好好看看你的乘龙快婿在干什么，看仔细喽！

盛泉俯身俯视营业大厅，观察了一会儿，不禁感慨。

盛泉：还真是忙啊！（转过头，看见农信仁似笑非笑地看着他）你别得意，现在全国都在改革，各行各业都忙，我们医院比你们更忙。刚才你说不想和我们医院打交道，那是不可能的。现在社会有"三院"，也就是法院、检察院和医院。法院、检察院你可以不去，但医院你迟早得去，谁都躲不掉。

农信仁突然向营业大厅挥手大喊。

农信仁：王之都！

营业大厅里忙碌的员工被这突如其来的喊声吓了一跳，纷纷抬头张望。

农信仁：王之都，王之都！你的泰山大人来看你了！

盛泉（捶了农信仁一拳）：你这家伙，干什么呢？一惊一乍的！（接着对营业大厅里的王之都喊道）刚来一会儿，晚上没事，过来随便看看。

农信仁（一边躲着盛泉的拳头，一边对营业大厅喊）：全体小伙子听令，暂停工作，抬头看我！

营业大厅里，不仅是小伙子，女员工也都停下了手中的工作。

农信仁（指着盛泉）：这位男士是王之都的泰山大人，也就是岳父大人。小伙子们，你们和王之都是好兄弟，根据等量代换原则，王之都的岳父就是你们的岳父。听我口令，一起喊"岳父好"。预备，齐！

众小伙（整齐而有节奏地喊）：岳父好，岳父好！

农信仁（一边对着营业大厅的员工打着拍子，一边喊）：喊，喊……

众员工（不论男女，齐声高喊）：岳父好，岳父好……

盛泉连忙抱住农信仁，试图离开。

盛泉：你这家伙，到底想干什么？

农信仁（一边向后挣，右手还不停地挥动）：喊，喊……

盛泉用力拉着农信仁，快速离开了营业大厅上方的过道。营业大厅里的员工们哈哈大笑起来。在离营业大厅较远的走道上，盛泉埋怨起农信仁。

盛泉：你这家伙太缺德了！我就一个女儿，哪来这么多女婿？

农信仁（笑着解释）：这叫团结、紧张、严肃、活泼，你懂不懂？要不是咱俩是老同学，我还不让他们喊你岳父呢。女婿多了，以后送酒的也多。

盛泉：农信仁，你就是个无赖！你怎么不让他们喊你岳父？

农信仁：我这辈子没这命了，谁叫咱生的是儿子呢。

盛泉：现在政策允许了，你可以再生一个女儿，不就有人喊你岳父了？

农信仁：我是想生，也有这个能力。你也生个儿子呗！

盛泉：你这家伙，要生你先换人，我更得换。

农信仁：盛泉，你女婿人不错，但不能一直在机关工作，得下基层锻炼锻炼。

盛泉：你这说的什么话？你说女婿不错，言外之意是我女儿不好？你好歹也是个理事长，说话怎么这么不讲究？你应该说，女婿不错，女儿更好，这才完美。

农信仁：你就爱抬杠。以前爱抬杠的人都没好下场，你怎么还在这儿抬杠？要么就是，你不是抬杠，是脑子真有问题。

盛泉：你脑子才有问题！女婿好，为什么还要下基层，是去镀金吗？

农信仁：镀金？还镀银呢！想得美。省信用联社要求清理"亲缘社""亲缘行"，像你女儿和女婿就不能在同一个单位工作。

盛泉（想了想，点头道）：行吧，男孩子去基层锻炼锻炼也好，能增加阅历。

两人说着，来到第一会议室门前。农信仁敲了敲门，里面传来一个女子的回应。

盛静雅：请进。

农信仁推开门，做了一个夸张的礼仪手势。

农信仁：老同学，请进，你的女儿就在里面。

盛泉在农信仁的邀请下，走进会议室。只见偌大的会议室里摆放着上百台电脑，每个电脑旁都坐着一个年轻人，正在专注地操作电脑。会议室里安静极了，只能听到键盘敲击的声音。

农信仁（向盛泉介绍）：这是改制有关数据录入现场。

一个年轻漂亮的女孩站起身来。

盛静雅：爸，您怎么来了？

没等盛泉回答，农信仁抢先说话。

农信仁：盛静雅，你爸都好几个月没见到你和王之都了。你们天天晚上加班，你爸还以为我们信用联社是开夜总会的呢。这不，今晚特意来突击检查。

会议室里的年轻人听了，都哈哈大笑起来。盛泉有些不好意思地摆摆手。

盛泉：对不起，打扰大家了，你们忙，为了改制，你们辛苦了。

农信仁（不屑地笑了笑）：刚才你来的时候，还气势汹汹，像要吃人似的，现在又假装客气。哎，盛泉，这里也有不少小伙子，要不咱们再喊一次？

盛泉（瞪了农信仁一眼）：滚一边去，老不正经的，闺女还在这儿呢！

盛静雅：理事长、爸，你们说喊什么？

农信仁（笑着对盛静雅说）：你爸是王之都的岳父，（指着会议室里的小伙子们）他们是王之都的好哥们，按照等量代换，他们也得喊你爸岳父。小伙子们，快喊岳父！

盛泉（赶紧捂住农信仁的嘴）：好了好了，我服了你了，别喊了！

众小伙（纷纷站起身来，有节奏地齐声高喊）：岳父好，岳父好，欢迎岳父检查工作！

盛泉（无奈地挥挥手回应）：好，好，你们好……

盛静雅（笑得弯下了腰）：真逗，岳父还能等量代换。

农信仁（故意提高音量）：盛静雅，我可是你的救命恩人！

盛静雅（惊讶地瞪大了眼睛）：救命恩人？我从没听爸妈说过您救过我的命啊！

盛泉：闺女，别听他瞎说，他嘴里就没句正经话。

农信仁（一本正经地解释）：我和你妈也是高中同学。当年，要是我追你妈，和她谈恋爱结婚，就没有你了。正因为我没追你妈，你爸才有机会和她结婚，才有了你。这不算救命恩人吗？

盛静雅（哭笑不得）：啊！这也算救命恩人？那您救的命可太多了，数都数不过来。

会议室内再次响起一阵大笑声。

场景一百一十一：农信仁办公室

时间：上午

地点：农信仁办公室

张岩阳站在农信仁办公室门前，敲响了门。屋内传来农信仁的回应。

农信仁：请进。

张岩阳推门而入，向农信仁打招呼。

张岩阳：我回来了。

农信仁（关切地询问）：坐了一夜火车，怎么不在家休息休息？

张岩阳：在卧铺车厢睡了一晚，没觉得累。

农信仁：说不累那是假话，火车上哪能比得上在自家床上睡得解乏。

张岩阳：车厢里有个人呼噜打得像火车鸣笛一样。上午您有时间吗？我想向您汇报这次去北京开会的情况。

农信仁：八点半我要去市政府参加皮市长主持的会议，十一点半左右能结束。你让办公室通知一下，下午两点半召开社务会议，到时候你在会上汇报。有什么事，咱们在社务会上一起研究。

张岩阳：这样也好，我这就去通知办公室。

这时，凌辰走进办公室。

凌辰：张主任回来了。正好两位领导都在，我想问一下，过几天龙脊山市农商行成立仪式该怎么安排？

农信仁：我正打算在这次社务会议上讲这个事。我已经向省联社和市委、市政府汇报过了，省联社不派人参加挂牌仪式，市政府会派一位分管文教卫的副市长出席。

凌辰：分管文教卫的副市长？

农信仁：成立大会和向希望小学捐款仪式将同时举行，捐款仪式放在前面，并且作为主要环节。龙脊山市农商银行成立仪式就两项，市银行业监管办负责人宣布批准文件，然后进行授牌。仪式结束回到单位后，组织员工在联社门口旧联社牌子下拍照留念，之后我和岩阳把蒙在农商银行牌子上的丝绸扯下，就算完成挂牌。

凌辰：农商银行成立可是大事，这样安排会不会太简单了？是不是应该加大宣传力度？

农信仁：在江淮省，已经有十几家农商银行成立了，咱们成立得算晚的。其实，捐款仪式的宣传效果比挂牌仪式更好。

张岩阳：行，具体细节在社务会上再研究吧。

农信仁：今天的社务会议，可能是龙脊山市信用联社最后一次社务会议了。随着龙脊山市农村商业银行的成立，有着半个世纪历史的农村信用社，即将光荣地完成它的历史使命。

凌辰：龙脊山市信用社在我们手里完成改制，心里还真有点感慨。

张岩阳：我们应该感到高兴，新事物取代旧事物是历史发展的必然，就像新年总要换上新桃符一样。

农信仁：岩阳说得对，这是历史发展规律，社会总是要进步的。

场景一百一十二：信用联社门口

时间：挂牌仪式日
地点：信用联社门口

信用社员工们在门口排队拍照留念，路过的行人纷纷驻足围观。农信仁、张岩阳站在新牌子前，一起扯下蒙在上面的红绸，"龙脊山市农村商业银行股份有限公司"的牌子展现在众人面前。围观人群中响起一阵掌声,一位男子发出调侃。

男子:体制改革换牌子,换来换去还是那几个"熊孩子"。

农信仁(笑着回应):这位同志说得挺形象。没错,信用社联社班子成员是我们几个,现在农商银行班子成员还是我们。虽然人没变,但我们的思想、工作作风、工作方法都要改变,服务质量和水平也要提高。不过有一点始终不会变,我们改名不改姓、改制不改向,坚持以"农"字当头,坚定不移地服务"三农",与农村、农业、农户的紧密联系一刻也不能断。

农信仁的话赢得了一片掌声。

场景一百一十三:特快列车上

时间:夜
地点:特快列车车厢

张岩阳穿过狭窄的过道,在人群中找到自己靠过道的座位坐下。他的邻座是一位女同志高晓芳(48 岁),靠窗坐着一位气质不凡的老人查名安(63 岁,某农业大学教授),此时正闭目养神。张岩阳对面一排靠过道的位置上,男子刘发波(39 岁)怀里抱着一个四五岁的熟睡男孩,靠窗的女大学生陈招娣(22 岁)正在看书。一个略显肥胖的中年男人李银峰(45 岁)挤了过来,把箱子放到行李架上,在张岩阳对面中间的位置坐下。

李银峰(用湿巾擦了擦脸上的汗,突然认出张岩阳,惊讶地喊):哎呀,我的天!这不是张行长吗?

张岩阳:噢,李总,是你啊。怎么搞得满头大汗?

李银峰:别提了,来火车站的路上堵车了。要不是特快列车晚点,我都赶不上车了。

高晓芳:这趟从省城开往北京的特快列车,就没有不晚点的时候。(指着刘发波怀里的男孩)这孩子特别能睡,刚上火车就一直睡,都睡好几个小时了。

刘发波（连忙解释）：孩子感冒了，吃了感冒药后犯困。

高晓芳：吃感冒药确实容易犯困。我吃了感冒药后，眼皮都睁不开，睡得昏昏沉沉。

火车缓缓开动，窗外的灯光迅速向后退去。

李银峰：张行长，你这是去哪儿？

张岩阳：去北京开会。

李银峰：去北京开会怎么不买卧铺票？你们银行又不缺这点钱。

张岩阳：临时接到通知，没买到卧铺票。坐硬座也还行，就我这身板，坐十几个小时没问题。你怎么也没买卧铺？难不成你偌大的食品加工企业，还缺这百十块钱？

李银峰：和你一样，没买到卧铺票。这趟车的卧铺特别紧张，夕发朝至，在火车上睡一觉，第二天早上六点多就能到北京。到天安门广场看个升旗仪式，然后一天时间把事情办完，晚上八点多再坐返程的特快列车，又能睡一夜，早上四五点就能到龙脊山市。吃个早点就可以去上班，一点都不耽误事。

张岩阳（开玩笑地说）：企业老板就是精明。

李银峰（针锋相对）：张行长，你们农商银行也是企业，你也是老板，而且是金融企业的老板，身份更特殊。

张岩阳：我可不是老板，我是董事会聘任的高管，是给股东打工的。李总，最近你们公司发展得怎么样？省龙头企业的称号批下来了吗？

李银峰（感激地说）：很好，省龙头企业称号已经批下来了。多亏了张行长，多亏了龙脊山市农商银行。你们有创新精神，开办了仓储机械抵押贷款业务，帮我们渡过了难关，让企业迅速发展壮大，走上了良性发展的轨道。现在我们成了省龙头企业，真得好好感谢你们。

张岩阳：这是我们应该做的。也得感谢你们实体企业，你们发展好了，也给我们带来了丰厚的利润。

李银峰：我好几次想请你们吃饭，你们都不答应。

张岩阳：应该是我们银行请你们企业老板吃饭，你们企业是银行的衣食父母。没有你们的支持，银行也难以发展。

李银峰：今天这么巧碰上了，晚上一起吃夜宵吧。

张岩阳：别说，我晚上还真没吃饭。一起吃吧，我请客，菜你随便点，酒管够。反正到终点站才下车，不用担心起不来。

李银峰：不行，我请客，给我个面子。

张岩阳（拍了拍李银峰的手）：别争了，咱们 AA 制。

李银峰（双手一拍）：行！能和张行长一起吃顿饭，也是我的荣幸。

张岩阳：我又不是巴菲特，你可别把我捧得太高，小心摔着。

高晓芳：这才几点就吃夜宵，小心吃出病来。（转头问张岩阳）你是龙脊山市农商银行行长？

张岩阳：没错。去年龙脊山市农村商业银行成立后，我被聘任为行长，是龙脊山市农商银行的第一任行长。到今天，任职刚一年零八天，如假包换。

高晓芳：正好，我想打听一下，龙脊山市农商银行今年还招工吗？我在省城做生意，经常在省城和北京之间往返，但我家是龙脊山市保龙镇的。

张岩阳：招。参加全省农商银行系统统一招聘。历届、应届毕业生都可以报名，最低学历要求是全日制本科，专业不限，年龄限制在 25 周岁以下。研究生学历年龄可放宽至 28 岁，博士生及以上学历原则上不超过 35 岁。你可以留意龙脊山市农商银行官方网站发布的消息。

高晓芳：我女儿是全日制本科，今年正好毕业。听说前几年你们连大专生都招不满，怎么现在只招本科生了？

张岩阳：现在本科生报名的人很多。去年我们行招聘 40 人，报名人数达到了 1500 人，还有很多研究生报名。去年我们招了 5 个研究生和 1 个博士生。

一直没说话的陈招娣放下书，突然问张岩阳。

陈招娣：您真的是龙脊山市农商银行行长？请问，农信仁还是理事长吗？

张岩阳：我是龙脊山市农商行行长，如假包换。不过农信仁现在不是理事长了，是董事长。美女，你认识农信仁？

陈招娣没有回答张岩阳的问题。高晓芳接着问道。

高晓芳：理事长大，还是董事长大？

张岩阳：职务本质是一样的。以前是信用社联合社，现在改制为农村商业银行，职务名称也相应改变了。

陈招娣从座位上站起来，挤过过道，对着张岩阳鞠了一躬。

陈招娣：感谢农商银行的救命之恩。

张岩阳（慌忙站起来）：美女，怎么回事？到底发生了什么？

陈招娣没有回应，又鞠了一躬。

陈招娣：第一躬是感谢农商银行的，这第二躬是感谢农信仁董事长的救命之恩。我有两次暑假去信用联社想当面感谢他，都没见到人，不是下乡了，就是去开会了，他实在太忙了。请您代我向他表达感谢吧！

高晓芳：丫头，他们是怎么救你命的？快给我们讲讲。

陈招娣：是这样的，4 年前的 8 月份……

场景一百一十四：陈家沟村（回忆）

时间：4 年前日
地点：陈家沟村河边桥头

绿水青山环绕的陈家沟，一条水流湍急的河，河水翻涌。农信仁、姚文勇、柏松骑着自行车，沿着河岸向村边的桥头驶来。农信仁率先抵达桥头，只见几十人围在桥头，一片嘈杂。

桥中间的栏杆上，陈招娣（18 岁）一条腿翻越栏杆，坐在上面，泪流满面，放声哭泣。桥下，湍急的河水中，几块大石头若隐若现。

陈招娣母亲（在桥头哭喊）：招娣，快下来！

众人（纷纷劝说）：招娣，快下来，别干傻事！

农信仁停好自行车，向身边的男人询问。

农信仁：咋回事？

男人：这女孩子考上大学，没钱交学费，想不开要跳桥。桥下水深、流急，还有大石头，跳下去必死无疑。多好的孩子啊，她可是咱们村几代人里第一个考上大学的，还是重点大学。

农信仁转身，指着柏松质问。

农信仁：助学贷款政策，你们没宣传？

柏松：宣传了，挨家挨户宣传的。也到过这女孩家，可她父母觉得女孩子上高中就够了，大学不包分配，毕业后还是得打工。她家有 5 个闺女、1 个儿子，这孩子排行老五。前面 4 个姐姐初中毕业就嫁人了。家里孩子多，特别困难，家长思想又落后，觉得借钱上学丢人，不愿申请助学贷款。说到底，还是重男轻女，他们想等儿子上大学时再申请。

农信仁（打断柏松的话）：别说了，先救人！事后再总结。

农信仁拨开人群，走上桥。陈招娣见有人靠近，情绪激动，大喊起来。

陈招娣：别过来，谁过来我就跳下去！

农信仁：好，好，我不过去，你别激动！我是龙脊山市信用联社理事长，叫农信仁。你没钱上大学的事，好解决。信用社有个贷款品种叫助学贷款，就是专门帮助像你这样考上大学却没钱上学的贫困优秀学生的。

陈招娣（边哭边说）：我爹不愿意给我借，说女孩子上大学没用，能找个好婆家就行，要把机会留给弟弟上大学。我叫招娣，就是为了招来弟弟，可我却上不了大学，呜呜……

陈招娣的哭声在四周回荡。

农信仁：你爹糊涂！就算找婆家，自身条件好才更有优势。俗话说，打铁还需自身硬。大学生找的婆家能和高中生一样吗？再说，申请助学贷款跟你爹没关系，是你自己的事。4 年后大学毕业，挣钱了再还贷款，而且贷款还有财政贴息。你爹愿不愿意都不重要，只要你愿意申请就行。

陈招娣（停止哭泣，反问）：真的？你没骗我吧？

姚文勇（小声提醒）：理事长，助学贷款需要父母签字。

农信仁：我知道，先救下人再说。

姚文勇：对，先救人。

农信仁指着身边的柏松，向陈招娣喊话。

农信仁：这是你们镇信用社主任柏松。要是我骗你，借不来助学贷款，明天我陪你一起跳河！怎么样？快过来吧，你爸爸、妈妈、姐姐、弟弟都在等你。

柏松：陈招娣，我是柏松，火龙岗镇信用社主任，咱们见过面。农理事长说的是真的，你下午到信用社就能办手续，过两天助学贷款就能到学校，你就能上大学了。

农信仁（小声对柏松说）：我刚才说的当然是真的，我啥时候说过假话？

陈招娣把跨过桥栏杆的腿挪了回来。陈招娣母亲飞快地冲过去，陈招娣也朝着母亲跑去，母女俩紧紧相拥，泣不成声。

陈招娣：妈，对不起。我也不想死，不想离开你和爹。

陈招娣母亲：咱申请助学贷款，再难也要让你上大学。

围观的几十个村民齐声鼓掌，掌声在山谷上空久久回荡。

（回忆完）

场景一百一十五：特快列车上

时间：夜

地点：特快列车车厢

听完陈招娣的讲述，张岩阳恍然大悟。

张岩阳：你是陈招娣吧？

陈招娣（点头）：我是，我是陈招娣。

张岩阳：快回座位坐吧。

陈招娣回到座位上。

张岩阳：陈招娣，你的事情解决后，农信仁回到单位就召集我们开会，狠狠批评了经营层。为此，我们在全市展开大调查，动员了48名像你父母一样不愿申请助学贷款的女学生申请贷款，帮她们顺利上了大学。现在农村重男轻女思想依然严重，女生父母大多不愿申请助学贷款，而男生父母基本都愿意。不过，这40多个女生里，只有你采取了极端做法。今后，人生道路还长，难免会遇到不顺心的事，不管遇到什么，都要冷静，千万别走极端。

陈招娣：是的，事后我特别后悔。要是真跳下去了，怎么对得起爹娘的养育之恩。是农信仁董事长救了我，是农商银行救了我。大学四年，我一直很努力，成绩优异，还考上了农业大学的研究生。我爹我娘特别支持我，还把我当成他们的骄傲，逢人就说。在信用社的鼓励下，我爹申请了小额信用贷款养鸭子，效益很好，不仅替我还了助学贷款，还盖了三层小楼。我弟弟也考上了重点大学，没申请助学贷款，都是我爹娘养鸭子挣的钱供他上学。等我研究生毕业，我就报考龙脊山市农商银行，回家乡工作，为乡亲们服务，报答大家的恩情，为家乡经济发展作贡献。

张岩阳：欢迎你报考龙脊山市农商行，但得凭实力。我们帮你上大学、帮你家致富，这是我们的职责所在。咱们算熟人了，但我不会为你开后门。要是没有真才实学，我们不会录用。

陈招娣：张行长，你放心，我有信心。报考龙脊山市农商行是我的愿望，到这里上班是我的梦想。我一定会实现梦想，到龙脊山市农商行上班。

车厢里响起一阵笑声。一直没说话的查名安教授，从上衣口袋里掏出两张名片，递给张岩阳和陈招娣。

查名安：张行长，我最近想去你们行调研，欢迎吗？陈招娣同学，欢迎你来农大读研究生。

张岩阳（看了名片，连忙站起来）：您是查名安教授？失敬，失敬！您这么有名的经济学家，怎么坐硬座呢？

查名安：我一般不坐卧铺，喜欢在硬座车厢接触不同的人，听各种故事，这对做学问有帮助。而且我身体还行。

陈招娣（也站起来）：查教授，您好！能成为您的学生，在您指导下读研究生，是我三生有幸。太巧了，在火车上就遇到研究生指导老师，若有失敬之处，请您原谅。

查名安（对陈招娣说）：你不会怀疑我是冒充的吧？我可是如假包换的。

陈招娣（连忙解释）：不是，不是。我是觉得太巧了，今晚不仅碰到张行长，还遇见您。

高晓芳：无巧不成书。地球就这么大，抬头不见低头见。不过，招娣怀疑您真假也有道理。现在小偷少了，骗子多了。

查名安：陈招娣，你研究生面试有一题是不是论"吃亏是福报之源"？

陈招娣：是的，是的。当时我还纳闷，金融研究生面试怎么出这道题。当时您不在面试现场。

查名安：本来我要亲自面试你，可面试当天，国务院分管金融的领导安排我一项紧急任务，必须得去。

陈招娣：当时我还挺遗憾，没见到您。不过现在能在您指导下读研，我太幸运了。

查名安：我希望以后还能当你的博士生导师。到时候，我可能舍不得让你回龙脊山市农商行工作。

张岩阳：查教授说得对，哪里需要就去哪里。查教授，您是国家中青年经济学家五十强。我这次去北京，有个重要任务就是拜访您，想聘请您做龙脊山市农商银行的独立董事。本来农信仁董事长要亲自去，可省里开党代会，他走不开，就委托我去。没想到在火车上就遇见您，真是有缘。不知您意下如何？

查名安：你们的老乡，我的师弟徐敬业，也是中青年经济学家五十强，他跟我视频提过这事。正好我有个课题，研究农商银行怎样化茧成蝶及后续改革问题。安徽农商银行系统改革走在全国前列，我本来打算回安徽做课题，敬业打电话后，我改变主意，决定去你们那儿。就等着你们邀请呢，哈哈……

张岩阳：欢迎，欢迎！我这就把这好消息报告给农信仁董事长，还有书记、市长。

陈招娣（拍手）：太好了！我跟查老师一起去龙脊山市农商行做课题，就能当面感谢农信仁董事长了。到时候农董事长在吧？

张岩阳：再忙也得在。查教授去我们行，省信用联社安农金理事长、市委牛书记、市政府皮市长都会到场。

查名安：太客气了。我就是个教书搞研究的，不值得这么多领导陪同，他们都很忙。

李银峰：到时，请查教授也到我们公司指导指导。

查名安：好，好。研究金融离不开实体经济。

张岩阳、李银峰（鼓掌）：欢迎，欢迎！

这时，刘发波怀里的男孩动了一下。

高晓芳（惊叫道）：看，孩子动了，要醒了。这孩子睡了好几个小时，跑了好几百公里，也该醒了。

刘发波（愣了一下，不自然地说）：就是，真能睡。我抱他去厕所方便一下。

刘发波抱着孩子站起来，急匆匆向车厢一头走去。一样东西从他裤子口袋里掉落在火车地板上。

高晓芳（好心喊道）：喂，抱孩子的，你的东西掉了！

刘发波没听见高晓芳的呼喊，继续急匆匆往前走。张岩阳弯腰捡起地上的东西，看清上面的字，惊讶地张大了嘴巴，上面写着"阿普唑仑片"。

场景一百一十六：张岩阳家（回忆）

时间：本次火车出发前夜
地点：张岩阳家

张岩阳走进屋子，换上拖鞋。

张岩阳妻子（迎上来）：晚上 8 点 50 分的特快火车，你怎么才回来？只剩半个小时了，来得及吗？今晚去北京就这一趟车了。

张岩阳：不能晚，等会儿打车去。快下班时，行里有急事要处理，耽搁了。（从手提包里掏出一个药瓶递给妻子）这是二院邵主任给咱妈开的阿普唑仑片安眠药，妈睡觉前，让她吃下去。

张岩阳妻子（接过药瓶）：好的，你放心去北京吧。行李我都帮你收拾好了。我给你盛饭，吃了再走。

张岩阳：来不及了，我到火车上吃。为了照顾我和妈，你从省城大单位调到龙脊山市委，真是委屈你了。

张岩阳妻子：看你，又说这些。在哪上班不一样？我觉得龙脊山市挺好，风景宜人，城市不大，生活方便，很适合居住。就算以后你调走了，我也不走，就在龙脊山市定居养老。

场景一百一十七：特快列车上

时间：夜至清晨
地点：特快列车车厢

张岩阳对李银峰招了招手，李银峰探身过来。

张岩阳（附耳低语）：如此这般……

李银峰（点头回应）：放心吧，我这就去。

李银峰起身，朝着车厢另一头走去。此时，刘发波抱着男孩匆匆返回，低头在地板上焦急地寻找着什么。刘发波怀里的孩子已然睁开双眼，眼神却仍显迷糊。

张岩阳（将手中药瓶递到刘发波面前）：你是在找这个吧？

刘发波看到药瓶，一手抱着孩子，另一手伸过来试图抢夺。张岩阳迅速缩回手，让刘发波扑了个空。

张岩阳（厉声质问）：你抱的孩子是谁的？你和孩子究竟是什么关系？

刘发波（神色紧张，结结巴巴）：我……我是他爹。

张岩阳（举起药瓶，目光如炬）：你既然是孩子父亲，为什么给孩子吃安眠药？你之前不是说孩子感冒了，吃的是感冒药吗？

高晓芳（大惊失色，高声尖叫）：什么？安眠药？我说这孩子怎么一直在睡！你是人贩子吧，快把孩子给我！

高晓芳一把从刘发波怀里抢过孩子。男孩迷迷糊糊地看着高晓芳。张岩阳的厉声质问和高晓芳的尖叫，吸引了周围旅客的注意，大家纷纷围拢过来，议论纷纷。

旅客 A：人贩子？哪个是人贩子？

旅客 B：这男孩长得真漂亮。

旅客 C：人贩子太可恶了，孩子家人得心疼死，家里肯定乱成一团了。

刘发波（慌张解释）：不，不是的，我不是人贩子。这孩子一直哭闹，我给他吃安眠药，是怕他打扰到大家。

高晓芳（怒目而视）：你偷拐人家孩子，能不怕他闹吗？

刘发波（越发紧张，语无伦次）：我……我真不是人贩子。

这时，李银峰带着乘警和女列车长匆匆赶来。

李银峰（指着刘发波）：就是他！

乘警（面向刘发波）：请出示你的车票和身份证。

刘发波紧张地在身上摸索车票和身份证，递交给乘警时，手不停地颤抖。

乘警（接过车票和身份证，审视一番后，抬头问道）：你必须老实交代，你和孩子究竟是什么关系？为什么给孩子吃安眠药？这孩子是不是你偷来或拐来的？主动交代，争取宽大处理。即便你不交代，公安机关也能调查清楚。

女列车长从高晓芳怀里接过男孩，轻轻抱在怀中。男孩依旧迷迷糊糊地看着列车长。

刘发波（垂头丧气，如实交代）：我说实话，我确实不是人贩子。我和妻子结婚多年，她一直没怀上孩子。她听别人说，收养一个孩子，过几年自己就能怀孕，就非要我去买孩子。经人介绍，我花5万元买了这个男孩。人贩子让我到省城交钱领孩子，还给了我安眠药，说怕孩子路上哭闹，让我给孩子吃。我看孩子快醒了，就抱着他以上厕所为由，想避开大家视线再给孩子吃药，没想到药掉了，被你们发现了。

女列车长（眉头紧皱，严肃批评）：你太愚昧了！现在医学这么发达，去医院检查，对症下药就能解决生育问题。试管婴儿技术也很成熟，实在不行还可以通过合法程序到孤儿院收养。你看看，你这样做对孩子的精神和身体造成了多大伤害，搞不好会毁了孩子一生！

高晓芳（愤慨不已）：人贩子和买孩子的都该死！我们村有一家人，父母外出打工，爷爷奶奶在家看孩子，结果孩子被人贩子拐走了。爷爷奶奶懊悔到喝农药自杀，孩子妈妈也因为孩子丢了，伤心疯了。孩子爸爸觉得生活没了希望，抱着疯了的妻子跳了悬崖，至今尸体都没找到。孩子的外公外婆就这么一个女儿，看到外孙丢了，女儿女婿生死不明，绝望之下双双悬梁自尽。

陈招娣（义愤填膺）：太可恶了！没有买卖就没有伤害，买孩子的人也应该受到严惩，必须从源头上杜绝买卖孩子的行为。

刘发波（懊悔不迭）：我错了，我再也不敢了。

乘警（走上前，握住张岩阳的手）：感谢你，你的警惕性真高！你是做什么工作的？

陈招娣（看向张岩阳）：他是龙脊山市农商行的行长。

乘警（面向众人，高声说道）：旅客同志们，我代表本次列车的全体乘务人员感谢大家！特快列车马上就要停靠车站了，我们会立即联系车站派出所，让他们调查处理此事，尽快找到孩子的家人，将不法分子绳之以法。

车厢里响起一阵热烈的掌声。

乘警（继续说道）：请大家留下联系方式，以便公安机关后续调查时联系。麻烦哪位帮忙统计一下。

陈招娣（举手响应）：我来统计！今晚发生的事情太奇妙了。要是写成小说，说不定能获茅盾文学奖。我提议，本车厢愿意留下联系方式的旅客，咱们建一个微信群。

众人（纷纷响应）：好，好，我们愿意。

李银峰（感慨万千）：龙脊山市农商银行，不仅支持中小微企业发展，让许多企业起死回生，还是救人的银行。董事长救了一个大学生，行长救了一个孩子，不，是救了好几家人的命。

车厢里再次响起热烈的掌声。

张岩阳（向大家鞠躬致谢）：多谢大家对龙脊山市农商银行的厚爱，我们会把这份厚爱转化为动力，回报社会、回报人民。

掌声过后，陈招娣（兴奋提议）：今天的奇遇太奇妙了！距离到北京只剩两三个小时，反正也睡不着了。我提议，咱们今夜无眠，来一场文艺早会。我估计还没人组织过文艺早会，说不定能申请吉尼斯纪录呢！

众人（齐声赞同）：好，好，我们要唱歌！

陈招娣（起头）：好，第一个节目，全体大合唱《我和我的祖国》。我来起个头，我和我的祖国……预备，唱！

火车 8 号车厢里，响起了激昂动听的歌声："我和我的祖国，一刻也不能分割，无论我走到哪里，都流出一首赞歌……"

场景一百一十八：城中支行

时间：日
地点：城中支行营业大厅、行长办公室

单光（45 岁，夹着公文包）走进营业大厅，向大堂经理询问。

单光：请问美女，你们江行长在哪里办公？

大堂经理（手指二楼）：从楼梯上去，二楼第一个房间就是。

单光：谢谢。

单光来到二楼行长办公室门前，轻轻敲了三下门。

江晓红（屋内回应）：请进。

单光推开门，走进办公室。

单光：江行长，您好！

江晓红（起身回应）：你好，请坐。

单光走到江晓红办公桌前，双手递上名片。

单光：江行长，鄙人叫单光，这是我的名片。

江晓红（微微皱眉）：骗光？把什么东西骗光？

单光（笑着解释）：不是骗猪的骗，我姓单，单位的单。江行长，这是我的名片。

江晓红接过名片，看了一眼，笑着调侃。

江晓红：不看名片，光听名字，还真容易误会。你这名字挺特别，有什么典故吗？

单光（挠挠头，憨笑）：江行长果然聪慧！我这名字，是我爹起的。我出生时，上面已经有四个姐姐了，全家都很高兴。当时家里养了一窝小猪，我爹请师傅来骗猪。师傅问骗几个，巧的是，我娘也在这时问我爹给我起什么名字。我爹只听到师傅的问话，没听到我娘的，就回答"骗光"。后来我爹一想，单光这名字也不错，寓意光宗耀祖。你还别说，这名字好像真起了作用，到现在，我在村里生意做得最好，还当上了董事长，也算是光宗耀祖了。

江晓红：原来如此。你是发发发理财咨询公司的董事长兼总经理？

单光（笑容满面，点头称是）：没错，不过我们公司可比不上你们农商银行。

江晓红：请问单董事长，今天来找我，有什么事？

单光：今天冒昧来访，实在不好意思。我是来和您洽谈合作业务的。

江晓红：洽谈业务？我们农商银行和你们发发发理财咨询公司，能有什么业务合作？我们支行从没和理财咨询公司合作过。

单光：不是和农商银行合作，是和您个人合作。

江晓红：和我个人？我代表的就是单位，和我合作，不就等同于和单位合作吗？

单光：江行长，你们农商银行开展理财业务吗？

江晓红：目前我们农商银行还没开办理财业务。

单光：那中间业务呢？你们帮单位或个人介绍业务吗？

江晓红：没有，我们又不是掮客。你有什么事，就直说吧，我事情还挺多。

单光：江行长，您人脉广、客户多，我想和您个人合作。借助农商银行的平台，帮我们公司介绍业务，我给您提成。

单光说着，从公文包里掏出一个信封，递给江晓红。

单光：这里面有两万元现金，算是给您的先期费用。

江晓红（神色严肃）：请你立刻收起来，别来这一套。我明白你的意思了，你是想让我吃里爬外，给你当掮客拉业务，让我当农商银行的"内奸"，要是以前信用社时期，那就是"社奸"。

单光（将信封放在办公桌上）：江行长，没您说得那么严重。我就是想请您给我们公司介绍客户，咱们实现双赢。

江晓红：双赢？分明是你单方面获利！你今天这是来砸我饭碗，送我进监狱，让我失去自由、亲情，让我身败名裂！告诉你，我要赡养老人、培养孩子，需要钱，而且需要很多。但我明白，君子爱财，取之有道。美好生活是奋斗出来的，不是靠贪污受贿得来的。我热爱家人，珍惜自由和名誉，更珍视亲情、友情和爱情。我是农商银行的一员，是组织、单位、领导和同事的培养，让我有了今天的成绩。任何时候，面对任何诱惑，我都不会损害农商银行的形象和利益，不会做违背良心、违纪违法的事。请你马上出去，我不欢迎你这样的客人。

单光：江行长，别生气，咱们再商量商量，您再考虑考虑。

江晓红：没什么好商量的，我也不需要考虑。拿着你的钱，立刻离开！

单光：江行长，您要是嫌少，我可以多给，业务提成比例也能再提高。

江晓红拿起信封，扔到单光怀里，信封滑落至地面。

江晓红（大声训斥）：就算你给我金山银山，我也不稀罕！单光，我参加工作以来，尤其是这几年，发放了几十亿贷款，从未收过客户一根油条、一棵葱，没喝过客户一杯酒、一碗汤。

单光（慌忙捡起信封，仍不死心，再次递上）：江行长，现在就咱们两人，您收下不会有人知道的。我发誓不会对外说，要是说了，天打五雷轰……

江晓红（大声怒吼）：马上离开，否则我报警了！

单光（无奈地将信封放回公文包，低声嘟囔）：真是个傻瓜、憨子。

单光灰溜溜地离开了办公室。江晓红看着单光狼狈的背影，开怀大笑。

江晓红：我不收你的钱，不帮你介绍业务，你说我是傻瓜、憨子。你错了，要是我收了你的钱，帮你介绍业务，那才是真正的傻瓜、憨子！

江晓红拿起电话，拨通号码。

江晓红：喂，冯书记吗？我有重要事情向您汇报，您有时间吗？好，我马上到您办公室。

场景一百一十九：农信仁办公室

时间： 日
地点： 农信仁办公室

冯雪松走进农信仁办公室，两人开始交谈。

农信仁：江晓红反映的事情很典型，也很普遍，必须予以重视。你马上将这件事在系统内通报，组织全体员工开展大讨论，进行人生观、价值观教育，还要开展一次全面检查，杜绝员工当掮客的行为。

冯雪松：好，我立刻部署。

农信仁：现在行贿的手段五花八门，防不胜防。昨天，办公室送来一个快递，我拆开一看，是件漂亮的羽绒服，都不知道是谁寄来的。一旦收下，过几天说不定就有人举报。

场景一百二十：城中支行

时间：日
地点：城中支行营业大厅

宽敞明亮的营业大厅里，人们井然有序地办理着业务。叫号机的声音清晰响起。

叫号机：请 C078 号顾客到 5 号窗口办理业务。

夏民（男，35 岁）朝着 5 号窗口走去，身后跟着三个男子。5 号窗口内，一位漂亮的女柜员微笑着迎接。

女柜员：你好，请坐，请问办理什么业务？

夏民：我取 10 万块钱。（边说边看了看身后的三个男子）

女柜员：请后面的三位同志退到一米线外等待。

三个男子虽不情愿，但还是退到了一米线外。夏民趁他们后退的间隙，悄悄将一个纸条递给女柜员。女柜员打开纸条，上面写着："我被传销控制了，救我。"

女柜员不动声色地合上纸条，看了夏民一眼，夏民微微点头示意。

女柜员（不动声色，悄悄给夏民递了个眼色）：同志，你取 10 万块钱，属于大额取款，需要预约。你没有预约，今天取不了。你可以先预约，明天再来取。

夏民（假装着急）：我不知道要预约，我急等着用钱，你能不能通融一下，帮我取出来？

女柜员在电脑上打字：江行长，我这里有顾客被传销控制寻求救助，请您报警。

女柜员（打完字后，故意提高音量）：对不起，我没有权限处理，要不您稍等，我去二楼向行长汇报，尽量帮您解决。

夏民：好，好，太谢谢你了，美女。

女柜员将暂停服务的牌子放在柜台上，起身离开柜台，走到缓冲门前，打开缓冲门出去后，又关上了缓冲门。

场景一百二十一：城中支行行长室

时间：日
地点：城中支行行长室

江晓红放下电话，揉了揉眼睛，这时，敲门声响起。

江晓红：请进。

女柜员推门而入。

江晓红：你不在岗位上，怎么跑过来了？

女柜员：江行长，出紧急情况了。我给您发的消息，您看了吗？

江晓红：我刚才在向总行汇报工作，还没来得及看。到底发生什么紧急事情？

女柜员将纸条递给江晓红。

女柜员：我担心您没看到消息，就直接跑过来了。有个顾客递给我这张纸条，说自己被传销控制了，让我们救他。

江晓红（看完纸条，问道）：有人跟着他？

女柜员：有，三个身材高大的男子跟着他。

江晓红：我马上报警。你回去稳住他们，把他们引导到 VIP 室，别影响其他顾客办理业务。我报警后，就去 VIP 室。

女柜员：好的，我明白。

场景一百二十二：城中支行

时间：日
地点：城中支行营业大厅、VIP 室

女柜员从缓冲门出来，回到 5 号窗口。

女柜员：对不起，让您久等了。您的情况特殊，领导同意给您取钱。不过，您这属于大额取现，为了不影响其他顾客，麻烦您到右手边的 VIP 室等

候，一会儿我们会把钱送到那里。

夏民：好的，好的。你们服务真周到。

夏民起身走向 VIP 室，三个男子紧紧跟在他身后。众人走进 VIP 室，一位年轻女员工热情地上前招呼。

女员工：请坐，您取的钱马上就送来，我给你们倒茶。

江晓红随后走进 VIP 室。

女员工：江行长，您也过来了。

江晓红：有特殊客人，我能不来吗？好家伙，取 10 万元钱，还带三个保镖，真够气派的。

夏民：为了安全嘛，现在社会治安不太好，怕路上出事。

江晓红：小心点是对的，小心驶得万年船。不过，我得给您普及一下金融知识，取款 5 万元以上需要提前预约。

夏民：你们这么大的银行，难道不预约就拿不出 5 万元钱？

江晓红：钱是有，但既然有规定，咱们就得遵守，您说是不是？要是大家都不预约，一来就取大额现金，我们总得有个准备吧。

夏民：是的，是的，下次取钱我一定提前预约。

这时，VIP 室的门被推开，一个小伙子推门进来，从包里拿出一捆人民币。

小伙子：这是您要取的 10 万块钱，请过目。

跟在夏民后面的一名男子：别数了，银行成捆的钱不会错，咱们赶紧走吧，老大还等着呢。

小伙子：先别急着走。

男子（警惕地）：怎么？不让走？

小伙子：怎么会不让你们走呢，我又不管饭。我是说，取款手续还没办，办好手续再走。

男子：那就赶紧办吧，我们还有事。

这时，女员工推门进来。

女员工：江行长，您约的客人到了，他们在等您。

江晓红：好的，我马上过去。

江晓红走出 VIP 室，门外有五名警察在等候。

191

警察甲：江行长，情况怎么样？他们人呢？

江晓红：都在里面，你们可以进去了，我们有两名员工在里面配合。

警察们（迅速推门冲进 VIP 室，大声喊）：都别动，蹲下！

三名传销人员环顾四周，发现无处可逃，只好乖乖抱头蹲下。江晓红走进 VIP 室，小伙子和女员工收拾好钱，走出 VIP 室。

江晓红（指着夏民，对警察说）：就是这位先生，递给我们员工纸条，说被传销组织控制了，让我们救他。

警察甲（问夏民）：到底怎么回事？

夏民：我被亲戚骗了，误入传销组织，被他们控制了半年多。传销人员不停地给我洗脑，还 24 小时监控我和其他受骗人员，连上厕所都有人跟着，不许随便出门。就算出门，也有好几个人跟着。我只好假装就范，寻找逃跑的机会。前天，我以做生意为名，让父母东拼西凑给我汇了 10 万元钱，今天借到农商银行取钱的机会，向你们求助。

警察甲：你也得跟我们到公安局协助调查。

夏民：好，好，我跟你们去公安局，到了公安局我就更安全了。对了，警察同志，我安全了，但还有十几个人被他们控制，你们快去救他们。

警察甲：他们被控制在哪里？

夏民：我被骗去的时候是晚上，还被蒙上了眼睛。后来半年多都没出过那个院子，我也不知道具体位置。

警察甲（问三名传销人员）：你们说，他们被控制在哪里？

传销人员（齐声）：就在公安局后面，五里村的一个小院里。

警察甲：真是灯下黑，我马上向局长汇报。

场景一百二十三：村村通乡村公路

时间：清晨
地点：村村通乡村公路

两辆自行车的车轮飞速转动，农信仁和信贷管理部经理姚文勇迎着朝阳，骑行在村村通乡村公路上。

公路两旁的田地里，种植着各种植物，构成了一幅美丽的田园风光图：绿油油的麦苗在春风中翻涌着麦浪；金黄金黄的油菜花在阳光的照耀下，光彩熠熠；白里透红的芍药花与雍容华贵的牡丹花遥相争艳。

公路两侧，高大的梧桐树整齐耸立，树上挂满了串串雪青色的梧桐花，绚丽夺目。梧桐树下，蒲公英的朵朵黄花盛开得绚丽烂漫。

小鸟在枝头唧唧啾啾地唱着歌，池塘里的鱼儿不时跃出水面，又落下，溅起朵朵浪花。

姚文勇被眼前的美景深深吸引，双手松开自行车把，双手上扬呈 V 字形，边骑车边大声呼喊。

姚文勇：太美了，太养眼了！空气真好，我陶醉了，我诗兴大发，我要作诗！

农信仁（连忙提醒）：注意安全，别乱来！

场景一百二十四：景红农业合作社

时间：日
地点：景红农业合作社大门口

赵永景（景红农业合作社理事长）和妻子李毓红（景红农业合作社经理）站在合作社大门口等候。农信仁和姚文勇骑着自行车抵达，四人相互握手，致以问候。

赵永景（热情地对农信仁说）：农董，咱们先到会议室喝口水，休息一下。骑了十几里路，够辛苦的。

农信仁（指了指自行车车把前的车篮）：杯子里有水。我们从保龙镇骑过来的，又不是从市区。这点路不算啥。其实真想从市区骑过来，可现在工作节奏快，事情多，保不准什么时候就有急事。所以只能坐车到乡镇，把车停在保龙镇支行，再骑自行车下村组。这样一旦有突发情况，能及时赶回市里，不耽误工作。

李毓红：你们怎么不直接开车过来？开车多省事。

农信仁：到村组到户，还是骑自行车好，这样能接地气，方便和农民沟通交流。

李毓红：现在的小汽车，以前老百姓戏称"老鳖盖汽车"。

姚文勇：也有人叫"包包车"。

赵永景：咱们去会议室吧。

农信仁：不去会议室了，咱们先实地看看你们种植、养殖的情况。

赵永景：也好。只是辛苦你们了，刚放下自行车就投入工作。要不咱们先到观景台，俯瞰全貌，再分开细看。

农信仁：一路过来，风光无限。骑自行车过来，既能锻炼身体，又能欣赏美景。文勇诗兴大发，还说要作诗呢。

李毓红（揶揄地说）：姚文勇会作诗？他作诗张嘴就"啊、啊"的。知道的，明白他在作诗；不知道的，还以为他酒喝多了，在呕吐呢。诗人是那么好当的？黄鼠狼要是能产蜜，还要蜜蜂干吗？

赵永景（笑着附和）：说得好，形容得太贴切了。毓红，你太有才了。

姚文勇：你们夫妻俩一唱一和，合起伙来欺负我这个老实人。

李毓红：你姚文勇是老实人？别逗了。你要是老实人，这世界上就没有调皮捣蛋的人了。自己夸自己，没什么出息。

姚文勇：那是说小孩子的。我都40岁了，本来就没什么出息。

赵永景：他哪是自己夸自己？分明是自己贬自己。现在流行一种说法，老实人就是笨蛋、没本事、窝囊废的代名词。

农信仁：永景说的这种人，现实中还真有。省联社有个同事，别人说他面善，是个老实人，他竟恼羞成怒。要不是旁人拉开，他差点和那个同事打起来。都过去好几年了，他到现在还不理人家。

姚文勇：现在大家理解方式不同，真是百花齐放、百家争鸣。本来是想表扬他，他却往坏处想。去年高中同学聚会，有个男同学想讨好高中时暗恋的女同学，当众对她说"你看起来还像高中时候一样年轻"，没想到女同学听后愤怒地说"你什么意思？你是说我高中时就像30多岁，像现在这么老了"？结果，男同学尴尬极了。本想拍马屁，却拍到了马蹄上。

李毓红：姚文勇，老实交代，那个拍马屁的男同学就是你吧？

姚文勇：看破不说破，心里明白就行。

四人说说笑笑，走上观景台。姚文勇站在观景台上，望着眼前的美景，激动得跳了起来。

　　姚文勇：登高远眺，景色更迷人了。美极了，帅呆了，我陶醉了。

　　李毓红：醉了好，省得喝酒了。

　　姚文勇：你得说清楚，不管是公事还是私事，你们两口子都没请我喝过酒。

　　李毓红：我们倒是想请你喝酒，可自从农董来了后，你们就规定，不许喝服务对象的酒，不许吃服务对象的饭。

　　姚文勇（自豪地说）：你这话倒是实话。我们纪律严明，不拿群众一针一线。

　　李毓红：我这话当然是实话。我什么时候说过胡话、瞎话？农董没来之前，你们信用社的人，什么都敢要，甚至夸张点说，苍蝇、蚊子都不放过。

　　姚文勇（争辩道）：你可别以偏概全，一竿子打翻一船人。你说的只是一部分人，我可从没吃过贷户一根油条、一个包子，没拿过一棵葱。

　　李毓红（笑着说）：看把你紧张的，没说你。你们现在的工作作风有了很大转变，廉政建设也做得非常出色。

　　农信仁（指着不远处一大片连绵起伏、在日光下闪闪发光、蔚为壮观的塑料大棚，问赵永景）：你们塑料大棚里种的是什么？

　　赵永景：主要是时令蔬菜和反季节蔬菜，一年四季都能种植。

　　姚文勇：现在大棚把季节打乱了。不过，打乱得好，现在不管什么时候，都能吃到想吃的蔬菜。

　　农信仁：蔬菜大棚需要不少人力吧？

　　赵永景：大棚蔬菜的种植、收割、整理，都得人工完成。我雇了 48 位无法外出务工，但有劳动能力的人，让他们做些杂活、零活，比如除草、浇水、施肥、收种、扎捆、整理蔬菜，给大棚通风等。他们每天工资 50 到 80 元不等，当天结算，帮助他们在家门口实现增收。

　　李毓红：农董，我设计的这个观景台不错吧？

　　没等农信仁回答，姚文勇抢着说话。

　　姚文勇：不错！"会当凌绝顶，一览众山小。"登上观景台，美景尽收眼底。

李毓红：你不当诗人太可惜了，当信贷部经理，有点大材小用。领导还没表态，你就下结论了。

姚文勇（打趣地说）：领导还没讲，我先讲，试试话筒灵不灵。

农信仁等人听后，哈哈大笑。

农信仁：这个观景台设计得确实不错。赵总，你们预计能实现多少纯利润？

赵永景还没来得及回答，李毓红抢着说话。

李毓红：你们都看到了，各种作物长势良好，预计今年纯利润600万元。

姚文勇（揶揄道）：你也抢领导的话了。

李毓红：我也试试话筒灵不灵。

赵永景：明年，我们打算加大土地流转力度，动员土地承包户以土地入股。开发美丽乡村田园风光游，开展采摘项目。还准备把部分土地划分成1分地、2分地，提供种子、肥料和工具，租给城里居民，指导他们种地，让他们带着孩子体验种地的乐趣，亲近大自然，培养孩子们对农村、农业的兴趣。

姚文勇：你们俩也该给自己留一亩三分地。

李毓红：我们俩为什么还要一亩三分地？

农信仁（笑着解释）：他是说，皇帝都有一亩三分地。

李毓红：皇上至高无上，天下都是他的，还要一亩三分地干吗？

农信仁：住在深宫大院的封建皇帝，为了了解农时、熟悉节令，显示对农业生产的重视，会在宫中划出一亩三分地。后来，人们就用"一亩三分地"来指代个人利益或个人势力范围。

李毓红：噢，原来是这样。

赵永景：争取今年纯利润突破1000万元，再安排86名贫困人口就业。加上之前安排的，一共能安排176人。这样，我们行政村就能提前实现脱贫了。

姚文勇（一边用手机拍摄美景，一边突然问李毓红）：嫂子，最近还想不想买彩票中500万元？要是中了，打算怎么花，想过没有？

李毓红（挥舞着拳头，对姚文勇说）：走开，哪壶不开提哪壶。再提，看我不揍你，揍得你生活不能自理。

农信仁、赵永景、李毓红、姚文勇四人开心地大笑起来。笑声过后，农信仁向赵永景、李毓红夫妻俩询问。

农信仁：你们的新型职业农民证书，已经拿到什么级别了？

赵永景：县（市）级、地（市）级、省级的证书我们都拿到了，明年打算冲击全国级。我和毓红每天都在努力。

李毓红（动情地说）：我们能有今天，全靠原来的信用社，现在的农商银行支持，也多亏了七叔的关爱和教导。可惜七叔看不到这一切了。前年冬天，他为了救在冰面上玩耍落水的 3 个儿童，牺牲了。现在想起来，我心里就难受。

赵永景：七叔牺牲后，我和毓红化悲痛为力量，努力完成七叔未竟的事业。村里的老少爷们信任我，选举我为村书记兼村主任。担子重了，压力大了，但我的干劲也更足了。

农信仁（鼓励道）：永景，这几年你得到了很好的锻炼，变得成熟了。你既有技术，又有经营管理经验。毓红是你的得力助手，更是贤内助。你一定能胜任，把工作干好。

赵永景：谢谢农董的鼓励，我会尽最大努力。

李毓红：想想以前，整天抱着幻想，做不切实际的事，就觉得好笑。不能再像从前那样了。再想想现在大家对我的支持，我就有了一股力量，一定要把工作做好。不然，对不起七叔，对不起全村老少爷们，更对不起你们农商银行。

农信仁：你们两口子带领全村共同致富，《中国农村金融》杂志的记者准备来采访你们。

赵永景：是吗？那我得把头发染一染，注意一下形象。

李毓红：我也去做个头发，新型职业农民得有个好形象。

姚文勇：看你们两口子，得意得不行。记者什么时候来还不知道呢。永景哥，你这属于少白头。俗话说"少白头，不住瓦屋就住楼"。

赵永景：是的，我爹 30 多岁的时候，头发就白了三分之一。

姚文勇：要是毓红嫂子头发全白了就好了。

李毓红（不解地问姚文勇）：为什么？我怎么得罪你了，盼着我头发全白？

姚文勇（对李毓红说）：你要是满头白发，就成白毛女了，永景哥就成大春了，你们两口子就出名了。

李毓红（打了姚文勇一拳）：走开，没个正经！

几个人爽朗的笑声，再次在美丽的田园上空回荡。农信仁指着距离观景台七八里远的一座小山，问赵永景。

农信仁：永景，你看到那座山了吗？有什么想法？

赵永景：农董，你说的是那座孤山？

农信仁：对。你有什么打算？

姚文勇：奇怪，四周都是高山，中间是盆地，怎么中间孤零零地有座山？

农信仁：这里有个传说。

姚文勇：什么传说？我怎么不知道。

李毓红：你是两耳不闻窗外事，一心只读圣贤书。

赵永景：那座山叫孤山，海拔 380 米，原属银楼村，现在归双楼村。

姚文勇：双楼村？我怎么不知道保龙镇有个双楼村。

赵永景：前几天刚成立的。我们村叫金楼，靠山的村叫银楼，现在两村合并了，就叫双楼村，我被选为双楼村书记。原银楼村书记被选为村主任，上级已经批复了。前天，保龙镇齐书记宣布的。现在双楼村有近 7000 人。

农信仁：祝贺你。你的担子更重，压力更大，责任也更大了。

赵永景：是的，我现在深感责任重于泰山。昨天，我在网上了解到，安徽淮北市有个村也叫双楼村，是开放式村部发源地，还是全国先进党支部。我正在联系，准备去学习他们的经验。

农信仁：很好！他山之石，可以攻玉，借鉴别人的经验，能少走弯路。我们很多工作，都是向安徽省农商银行系统学习的。走，咱们去孤山。登上孤山，或许会有不一样的感受。孤山现在也归你管辖了。

赵永景：好，我陪你去。文勇，你累不累？

姚文勇：不累，今天才骑了多远。农董，孤山有什么传说，你还没告诉我呢。

农信仁：登上孤山山顶，再告诉你。

姚文勇：就会卖关子，到时候你要是不讲，我可不答应。

李毓红：农董，我就不去了。等会儿有个讲座，我是主讲，村里好几百人等着听呢。

姚文勇：离开谁，地球都照样转，别把自己太当回事。

李毓红：离开谁，不仅地球照样转，宇宙都照样转。人要讲诚信，定好的事，不能轻易改变。

农信仁：你忙你的事。我和永景、文勇去登山。有什么想法、规划，让永景跟你汇报。

场景一百二十五：孤山山顶

时间：日
地点：孤山山顶

农信仁、姚文勇、赵永景三人奋力登上孤山山顶，居高临下，一幅更为壮丽的景色尽收眼底。山的南面，有一个面积广阔的人工湖，湖水在阳光的照耀下波光粼粼。一条弯弯曲曲的河流与人工湖相连，河流两岸长满了茂密的芦苇。山上层层梯田，种植着各种农作物，但部分梯田已经倒塌，水土流失严重，山上树木稀少，略显贫瘠苍凉。

农信仁（面向赵永景、姚文勇，缓缓说道）：银楼村在 20 世纪 70 年代是学大寨的先进单位。当时，人们不遵循自然规律，形式主义盛行。孤山原本漫山遍野都是柿子树，有些柿子树树龄长达几百年。然而，当时的银楼大队书记机械地照搬大寨模式，下令砍掉所有柿子树，开山垒梯田。山上缺乏土壤，就从山下田地挑土上山，结果山下被挖成了人工湖，并与那条河连通起来。

赵永景：这事我听说过。当时，还有更激进、更机械的学大寨行为。村里把好好的房屋拆掉，开山挖石砌窑洞。但咱们这儿的地质条件与大寨不同，不知是技术不过关，还是质量有问题，窑洞砌好后，一下雨就坍塌了。1976年，窑洞坍塌砸死 4 人，砸伤 36 人。那时正好赶上大地震，全国展开大救援。我父亲当时就读的龙脊山市中学停课，被临时改建成战地医院，收治了500 名伤病员。银楼村受伤的村民也被送到了这家战地医院。

姚文勇：形式主义真是害死人。当时的大队书记被追究责任了吗？

赵永景：没有。不仅没被追究责任，大队书记还很快被提拔为革委会副主任，相当于现在的龙脊山市市委副书记。当时的说法是，学大寨就要有这种一不怕苦、二不怕死的精神。

农信仁：学大寨，本意是学习大寨人战天斗地、改造穷山恶水的精神，但很多地方都陷入了形式主义，机械地模仿。

赵永景：结果房子拆了，窑洞塌了，老百姓无家可归。县里向上级申请，动用了战备物资，搭帐篷安置村民。对了，说到帐篷，我又想起学校临时改成战地医院收治的 500 名伤病员，出院时变成 502 人了。

姚文勇：500 人住院，502 人出院，这是怎么回事？难道是银楼村的伤员和唐山的伤员擦出了爱情火花，有两人跟着去唐山了？

赵永景：就你爱往爱情方面想。当时唐山的伤员中有两名孕妇，在养伤期间生下了孩子，所以出院时就变成 502 人了。

农信仁弯腰从地上捡起一块小石头，扔了出去，随后对姚文勇说。

农信仁：从山上看，这些垒成的梯田质量不过关，遇到雨天就会被洪水冲垮，旱天又没有水源灌溉。山下土地减少，山上梯田无法耕种，又不允许发展多种经营，导致粮食减产，村民连自给自足都成问题，更别提交公粮了。政府不得不动用战备粮救济村民，真是劳民伤财。

赵永景：当时，咱们有一首县歌，我父亲经常唱"拼死拼活学大寨，加快步伐赶葛庄。全县人民齐奋战，誓把龙脊变昔阳"。

姚文勇：歌词听起来铿锵有力。葛庄是什么地方？

农信仁：葛庄是咱们省农业学大寨的先进村，在治理盐碱地方面取得了成功。当时，葛庄大队自然条件恶劣，近 2000 亩土地都遭受盐碱重度侵蚀，地势低洼，土质瘠薄。"秃子头，老碱飘，十种九不苗，种一葫芦收半瓢，一年糠菜半年粮，半年粮还靠国家救济"，这就是当时葛庄的真实写照，不少村民被迫流落他乡。葛庄村有一个在外工作的人，主动回村，带领近 2000 名男女老少，踏上了治理盐碱地的艰苦征程。他们挖地三尺，把下层土壤翻上来，深埋上层盐碱；打井水灌溉，冲洗盐碱，实施"万里千车一亩田"的浩大工程。村民们车拉肩扛，从几十里外的山地运来酸性土壤，中和盐碱地。经过数年不懈努力，葛庄的土质发生了根本变化，粮食产量大幅增长，超额完成任务。葛庄真正学习了大寨精神，因地制宜地科学治理盐碱地，成为学大寨时期与安徽郭庄、河南七里营、江苏华西村齐名的农业明星，声名远扬，吸引了全国各地各行各业的大批人员前去学习。

赵永景：农董，我明白您这番话的用意了。我会请专家对孤山及山下的湖泊、河流进行全面规划，好好开发。

农信仁：我们农商银行会派人全程提供服务。

姚文勇：农董，您还没讲传说呢。

农信仁：今天咱们看到的、听到的，不就是一段真实的"传说"吗？

场景一百二十六：龙脊山市农商银行

时间：日

地点：龙脊山市农商银行一楼电梯间、接待室

一楼电梯间里人来人往，美女引导员正在引导人们乘坐电梯。殷实挎着一篮子鸡蛋走进银行。

美女引导员（迎上前去，礼貌询问）：大爷，您要去哪个部门？找哪位？

殷实：闺女，我找农信仁领导。

美女引导员：大爷，您是农董事长的亲戚，还是来谈工作的？

殷实：我不是他亲戚，也不谈工作，我是来感谢他的。

美女引导员：大爷，您先到一楼接待室休息，我马上汇报。

美女引导员把殷实带到接待室，交给接待室的接待员。

接待员（微笑着对殷实说）：大爷，您坐在沙发上歇一歇。

接待员为殷实倒了一杯茶水。

接待员：大爷，您喝茶。

殷实（赶忙站起来，接过茶水）：哎，你们服务态度真好，还为我倒水。以前我去火龙岗信用社找丁大海，他连理都不理我，更别说倒水了。我还是丁大海的表叔呢。

接待员：大爷，现在我行转变了工作作风，无论您去哪个支行，不管是办理业务还是休息，都会有人热情接待您。

农信仁走进接待室。

农信仁：您好，您找我？

殷实：领导，我找您。您还记得我吗？

农信仁：记得，当然记得。您是我行开展扫街、扫村、扫户活动时，我批准贷款的第一人，我怎么会忘记呢？工作实在太忙，一直没抽出时间去看望您。但我经常向火龙岗支行的工作人员了解您的情况，他们说您干得不错，已经发家致富了。

殷实：是的，是的。领导就是领导，什么都知道。

农信仁（笑着解释）：我怎么可能什么都知道。信贷员会进行贷后跟踪调查，我是向他们了解的情况。

殷实：你们的工作人员经常到我们村，挨家挨户了解情况，连一口水都不喝我们的，真不知道该怎么感谢你们。我就是个老实巴交的农民，前几年想致富却没有办法，信用社不愿意借钱给我，亲戚朋友也不愿帮忙，只能眼巴巴地受穷。因为没钱，老伴生病没钱医治，离开了人世，儿媳也因为家里穷，跟别人跑了。多亏您到我们村，发放小额惠农贷款，帮助我通过养鸡脱贫致富。我儿子又娶了媳妇，还生了个胖小子。这在以前，我做梦都不敢想。您的大恩大德，我永世难忘。

农信仁：老哥，别这么说。这些都是我们应该做的，是党的政策好，国家的政策好。要感谢，就感谢党吧。

殷实（拿起放在地上的一篮子鸡蛋，递给农信仁）：领导，这是我精心挑选的鸡蛋。我知道您不缺这点东西，但这是我的一点心意。

农信仁（轻轻推回鸡蛋篮子）：老哥，我们有纪律，鸡蛋我不能收，但您的心意我收下了。

殷实（把鸡蛋篮子放在地上，突然跪在农信仁面前）：我知道你们有纪律，我实在不知道该怎么报答，就让我给党磕个头吧。

农信仁见状，急忙扶起殷实。

农信仁：老哥，使不得，使不得。您是我们的衣食父母，要跪也是我们向您跪。您是农民，我父亲也是农民，我是农民的儿子，为农民做事，是尽一份孝心。

农信仁（轻声对身边的接待人员吩咐）：他回去路远，鸡蛋带着不方便。

你把鸡蛋送到食堂，按市场价格收下。现在已经中午了，你带老人家去食堂吃饭，我请客。

接待员：好的，董事长，您放心。

殷实（连连摆手）：使不得，使不得。

接待人员挎着鸡蛋篮子，带着殷实走出接待室。

场景一百二十七：城中支行

时间： 日

地点： 城中支行营业大厅

江晓红正在打扫卫生，朱广庆（男，48岁）满头大汗，急匆匆地走进支行。

江晓红（迎上前去，关切地问道）：朱总，您怎么这么着急，满头大汗的，出什么急事了？

朱广庆：真是倒霉透顶了。在咱们这个小县级市，居然堵车堵了四五十分钟。有一笔项目保证金，今天必须打到对方账户，否则会受到严惩，损失惨重。麻烦你们晚下班一会儿，帮我把款汇了。

江晓红（看了一眼手表）：这不是加不加班的问题，关键是离全省大额系统关闭只剩5分钟了。幸亏现在没有其他顾客，我们自己人在处理内部事务。

江晓红（对柜台里的工作人员喊）：赶快停下内部工作，帮朱总把款汇了。

朱广庆把相关证件递给柜台里的工作人员。江晓红拿起一个一次性杯子，倒上热水，递给朱广庆。

江晓红：朱总，您坐在沙发上喝杯热水，很快就好。

朱广庆（接过热水，坐在沙发上喝了起来）：好，好。

柜台里传来工作人员的声音。

工作人员：好了，朱总，款项已经汇走了。

此时，离大额系统关闭仅剩15秒。

朱广庆（高兴地站起来，拍着脑袋）：太好了，太好了，谢谢你们，真的太感谢了。走，江行长，咱们去龙脊山市大酒店，我请客。

江晓红：请客就免了，我们有纪律，不能去。您以后多给我们农商银行做做宣传就行了。

朱广庆：好的，好的，一定，一定。你们服务质量这么好，我肯定会跟朋友们宣传的。

场景一百二十八：商铺

时间：日
地点：莫益平的商铺及小院

莫益平（男，46 岁，个体户）领着农信仁、姚文勇走进一个生机勃勃的小院。院子里，石榴树结满了沉甸甸的果实，枣树上挂满了青涩的枣子，粗壮茂盛的无花果树也硕果累累。

莫益平（热情地对农信仁说）：农董事长，您能亲自到我的小店考察，我真是三生有幸。再次向您表示热烈欢迎。

农信仁：您太客气了，言重了。我作为龙脊山市农商银行的董事长，到实体经济中了解情况，为的是更好地服务实体经济，这是我的本职工作。莫老板，您的小院子虽然不大，但充满生机，看得出您是个热爱生活、积极乐观的人。

莫益平：谢谢您的夸奖。我只是喜欢摆弄一些植物罢了。

农信仁：刚才在您的店面里，我看到货物摆放整齐，地面、货架和货物都一尘不染，就知道您是个严谨认真的人。

莫益平：生活所迫，我开了这家农机配货站维持生计。对了，农董事长，您认识江淮省原金融体改办的王凤阳吗？

农信仁：我认识，他是我十分崇拜和佩服的人。怎么，您认识他？

莫益平：岂止认识，我们是同学，高中和大学都是同学。他现在是省银监局长了。

农信仁：他已经离任省银监局局长，到银监会担任一个部门的负责人了。

莫益平：你看，同样是同学，我们之间的差距怎么这么大呢。

农信仁：这很正常，即便是同胞兄弟，发展也会有所不同。

莫益平：我和王凤阳都毕业于农校，学的是农机修理专业。毕业后，我们被分配到同一个农技站，为农民修理拖拉机等农机。在那个年代，这份工作很光荣，也很吃香，经常有人请吃饭，天天有饭局，顿顿喝酒。我从农村考上农校，毕业后能吃上商品粮，成为国家干部，有一份稳定的工作，感到非常满足，于是安于现状。工作之余，我整天泡在酒桌上。而王凤阳和我不一样，他不仅工作成绩优异，还深受农民赞扬。他从不接受吃请，一有时间就看书学习。一年后，他考上了中国人民大学的研究生，毕业后被分配到省金融部门工作。他工作努力，学习勤奋，才取得了现在的成就。而我呢，随着时代的进步和科技的发展，知识跟不上工作的需求，下岗了，被社会淘汰了。在我走投无路的时候，你们信用社伸出援手，给我贷款开了这家小店，让我得以维持生计。这辈子，我也就酒量比王凤阳大，其他方面都比不上他。去年，他打电话邀请我去叙旧，说实话，我心里很想去，但一直不好意思去。我总结了一下，就是"喝酒喝酒再喝酒，工作原地踏步走；学习学习再学习，工作业绩往上提"。

农信仁：好，您总结得太好了，非常精辟。我们要把您总结的这几句话，作为员工的座右铭，时刻提醒大家。

场景一百二十九：农商银行火车站支行

时间： 夜晚（腊月二十三）
地点： 农商银行火车站支行营业大厅

火车站支行营业大厅灯火通明，柜员们正有条不紊地为客户办理业务。城市中回荡着鞭炮声，天空不时绽放出灿烂的烟花。

女子甲（在等待叫号，向身旁女子乙搭话）：大姐，你也是白天没时间，晚上来办业务的？

女子乙：是啊。快过年了，白天生意忙得脱不开身，只有晚上才有空过来。

女子甲：我也是。白天在超市忙着经营，等晚上银行关门了，钱都存不了，放在家里提心吊胆的。

女子乙：现在方便多了，不仅晚上能存钱取钱，还能汇款。

女子甲：今天是腊月二十三，过小年，来办业务的人真多。

女子乙：你们北方腊月二十三过小年，这原本是皇家、帝王家过小年的日子。我们南方是腊月二十四过小年。

女子甲：管它皇家还是民间哪天过小年，现在的日子天天都像过年。我是说再过几天就春节了，时间过得可真快。

女子乙：日子过得快，说明你生活愉快、幸福，生意红火，每天都很忙碌。

女子甲：春节期间是外出打工人员返乡的高峰期，也是生产销售最繁忙的时段。咱们龙脊山市农商银行立足实际，合理调配人力、物力，开设了这家夜市银行，真是太方便了。

叫号机：请 A1118 号顾客到 3 号窗口办理业务。

女子甲：噢，轮到我了，我得去办业务了。

场景一百三十：城中支行

时间： 雨天
地点： 城中支行营业大厅

一道闪电划破长空，紧接着一声惊雷，大雨倾盆而下。在营业大厅办好业务准备离开的人纷纷退回，路过的行人也纷纷跑进大厅避雨，其中有环卫工人、外卖小哥、交通警察，还有接孙子孙女的老人，年幼的孩子。整个大厅瞬间嘈杂起来，如同巨型蜂巢嗡嗡作响。

保安（试图制止）：你们不办业务，不能进来。

江晓红（走上前，批评保安）：你没看到外面下这么大的雨吗？要是你遇到突然的大雨，难道不找地方躲雨？别再阻止了。来，门口的往里走，坐到椅子上。

避雨者 A：我们身上有水，到里面怕把地面和椅子弄湿了。

江晓红：没关系，弄湿了再擦干就行。进来吧，把门口让开，说不定还有人要进来。

在江晓红的劝说下，人们走到座位上坐下。又有一些人从雨中跑进来。

江晓红（对新进来避雨的人说）：老少爷们，今天这场突如其来的大雨，让我们有缘相聚在此。虽然你们是来避雨，不是来办业务的，我们同样欢迎大家，并且为每个人送上一杯热水。

避雨者 B：谢谢你们了。

江晓红：谢什么？要不是老天爷帮忙，我们请你们来，你们还不一定来呢。看，好多人头上、脸上都有雨水。这样吧，我们给大家每人送一条毛巾，把头上、脸上、身上的雨水擦干，别感冒了。小纪，搬几箱毛巾来，发给大家。

小纪（跑过来，小声对江晓红说）：领导，毛巾是明天银企对接会要用的。

江晓红（大声回应）：我知道，银企对接会能用，咱们现在也能用。咱们现在是"银人对接"，去拿吧，有几个人就发几条，包括小朋友。

小纪跑去搬来几箱毛巾，发给大厅里的所有人。

众人（接过毛巾，齐声说）：谢谢！谢谢！

江晓红：不谢不谢。请大家转告其他人，今后不管是刮风下雨，还是晴天，不管是寒冬腊月，还是炎炎夏日，都可以到我们营业大厅避雨、躲风、休息、取暖、乘凉。特别是室外工作的同志，像交通警察、环卫工人、外卖小哥、快递小哥，平时工作累了，就来这里歇歇脚。我们冬天有暖气、有热水，夏天有空调、有绿豆茶，还备有医药箱、针线包、多功能充电器、老花镜、饮水机等服务设施。随时欢迎大家光临。

大厅里响起热烈的掌声。

江晓红：我们营业大厅还有不少人在办业务，需要安静。进来休息的人不要在大厅里打牌、喝酒。另外，也不可能天天给大家发毛巾。

大厅里又响起笑声和掌声。

环卫工人（激动地说）：谢谢！在这里比在我租的房子里还舒服呢。

接孩子的老人：我回家就跟儿子、儿媳、闺女、女婿说，以后都到农商银行办理业务。

江晓红：大爷，您真幸福，儿女双全。

接孩子的老人：幸福，幸福！我不仅儿女双全，还有6个孙辈呢，既有家孙，又有外孙。

场景一百三十一：会议室

时间：日

地点：会议室

农信仁：下面，我来谈谈鱼和水的关系。我们常说军民鱼水情深，密不可分。今天，我要说的是经济和银行的关系。咱们龙脊山市的经济，包括农村经济、三农领域、中小企业和微小企业，就好比是水，而我们银行机构则好比是鱼。鱼离不开水，离开水就无法生存；但水可以没有鱼，即便没有鱼，水依然是水。目前，咱们市的市域经济、三农领域、中小企业和微小企业虽然发展迅速，但规模毕竟有限，也就是说水就这么多。然而，咱们市的银行机构数量不仅众多，而且增长速度快，这意味着鱼在不断增多。在这种情况下，如果我们不转变理念、作风和工作方式方法，甚至把手中的金融服务权力化，不提高服务质量，依旧门难进、脸难看、吃拿卡要，那么水就不会滋养我们这些"坏鱼""孬鱼"了。市场会选择滋养好鱼，而坏鱼、孬鱼得不到水，就会走向死亡。

农信仁（话锋一转）：不过，即便我们是好鱼，也要选择优质的水来生存。如今的水也有好坏之分，有的水受到严重污染，甚至有毒。如果我们进入污水、脏水或有毒的水中，同样会被呛死、毒死。因此，对于那些不符合国家产业政策、土地政策和环保政策的企业，我们坚决不予支持。

农信仁（语重心长）：有的同志说，顾客就是上帝。这句话本身没错，但要明确，遵守党纪国法的顾客才是上帝，违反党纪国法的顾客则是我们的敌人。还有同志提出，我们应该抓大客户，放弃小客户，理由是中外银行家常用的二八法则，即银行 80% 的利润来自 20% 的重要大客户，其余 20% 的利润来自 80% 的普通客户。但我不认同这一法则，中国农村金融有其自身规律，支农支小前景广阔，这也是我们的宗旨。我们要将信贷投放重点放在 500 万以下的中小企业和 50 万以下的个体经济、农户身上。

农信仁（严肃地）：有人说，参加省信用联社组团的银团贷款省事。但我认为，我们坚决不参加。其一，资金不离乡、不离土的原则要坚持；其二，别人家的企业由别人调查、分析和判断，我们难以确定其准确性。省联社组织的银团贷款，还得去争抢，就让他们去争吧。另外，我们无论如何都不能弄虚作假。以前，我们在这方面吃过亏。在信用联社时期，2004 年央行票据兑付时，不良贷款实际是 5.6 亿，可账面仅反映 3.2 亿，结果少兑付 2.4 亿。这 2.4 亿只能由我们自己消化，给我们带来了沉重的负担。

场景一百三十二：龙脊山市农商银行五楼会议室

时间：上午
地点：龙脊山市农商银行五楼会议室

齐远山、吴刚、桂玉娥、查文秀、何丽丽、吴中军等人在会议室里互相打招呼。农信仁走进会议室。

农信仁：大家上午好！

众人（齐声向农信仁问好）：农董好！

农信仁：请大家都坐下。

众人纷纷坐下。

农信仁：时间过得真快，我们相识已经 8 年了，龙脊山市信用联社也成功改制为农村商业银行。今天请大家过来，还是想听听大家对我们农商银行有什么意见和建议。

桂玉娥：没啥意见和建议了。第一次你们请我们过来，我提了一肚子意见；第二次的时候，我都不知道该提什么了。因为你们工作做得太好了，对老百姓服务太周到了。

吴刚：是啊是啊！我老婆说得对，没啥意见了。

农信仁（笑着说）：你们两口子又开始妻唱夫随了。我们工作肯定还存在不少问题，大家提提意见，对我们也是一种促进。

众人：不提了，不提了，真的没啥意见。

农信仁：那好，我向大家汇报一下情况。这几年，在省信用联社党委的坚强领导下，在市委、市政府的关心支持下，在有关部门的监督管理下，在全市人民的厚爱与支持下，我们努力夯实基础，成功改制为农村商业银行，走上了高质量发展的轨道。一是经营规模不断扩大；二是发展速度明显加快；三是发展质量显著提高，不良贷款大幅下降，占比持续走低；四是服务"三农"和区域经济的水平不断提升；五是党的建设全面加强，员工素质得到提升。

农信仁：在看到成绩的同时，我们也要正视问题。今后，我们将推进干部人才素质提升、信贷业务结构调整、经营网点优化、业务经营规范、财务管理规范五大工程。切实增强持续健康高质量发展的信心，进一步突出工作重点，明确方法路径，强化措施，真抓实干，努力实现七个力求突破，开创高质量发展新局面。一是在服务"三农"和区域经济方面力求突破；二是在防范化解金融风险和合规经营方面力求突破；三是在提升管理水平方面力求突破；四是在农商银行公司治理方面力求突破；五是在金融产品创新和金融科技应用方面力求突破；六是在提高员工素质方面力求突破；七是在加强党的建设方面力求突破。总之，我们龙脊山市农村商业银行将始终坚定不移地支持"三农"、中小企业和区域经济，坚定不移地走高质量发展之路，努力做到"社会满意、股东满意、员工满意、政府满意、上级满意"。

农信仁的讲话赢得了一阵热烈的掌声。

场景一百三十三：市政府会议室

时间： 日
地点： 市政府会议室

皮定山市长将写有"龙脊山市民最信赖的银行"的牌匾递给农信仁，农信仁双手接过，转身面向与会者致敬，与会者报以热烈的掌声表示祝贺。

皮定山：龙脊山市信用社破茧成蝶，成功改制为农商银行后，在省信用联社党委的坚强领导下，在龙脊山市委、市政府的领导下，在有关部门的监督管理和大力支持下，龙脊山市农村商业银行全体员工同舟共济、奋发图强、砥砺前行，各项业务实现了高质量发展，一举进入全省系统内第一梯队，实现了社会效益和自身效益双丰收，被市民评为最信赖的银行，真正做到了破茧成蝶悠然飞。

会场上再次响起热烈的掌声。

皮定山：这块牌匾上的"信"字，大家一定要保护好，无论如何都不能让它掉了。要是"信"字掉了，就成了最赖的银行了。

与会者哈哈大笑。

皮定山：大家听了我的话笑了，或许有的同志认为我在开玩笑，其实不然。人无信不立，业无信不兴，国无信则衰。人没有诚信，就无法在社会立足；干事业没有诚信，就难以兴盛；国家没有诚信，就会走向衰败，甚至灭亡。"诚信"二字，历经沧桑，沉淀为我们民族的精神基石，支撑着小家、大家乃至国家的兴盛。为了中华民族的繁荣昌盛，为了祖国山河的壮丽，为了国家富强、人民幸福，我们每个人都不能丢掉心中的"诚信"，要像守护生命一样守护它。

皮定山的话刚讲完，会场上又响起一阵热烈的掌声。